逃婚记
TAO HUN JI

「上」

SHIYIN WORKS
时音 著

台海出版社

图书在版编目（CIP）数据

逃婚记：全 2 册 / 时音著． -- 北京：台海出版社，2021.1（2022.4 重印）

ISBN 978-7-5168-2726-0

Ⅰ．①逃… Ⅱ．①时… Ⅲ．①长篇小说－中国－当代 Ⅳ．① I247.5

中国版本图书馆 CIP 数据核字（2020）第 171133 号

逃婚记：全 2 册

著　　者：时　音	
出 版 人：蔡　旭	责任编辑：俞滟荣

出版发行：台海出版社
地　　址：北京市东城区景山东街 20 号　　邮政编码：100009
电　　话：010-64041652（发行，邮购）
传　　真：010-84045799（总编室）
网　　址：www.taimeng.org.cn/thcbs/default.htm
E－mail：thcbs@126.com

经　　销：全国各地新华书店
印　　刷：三河市嵩川印刷有限公司
本书如有破损、缺页、装订错误，请与本社联系调换

开　　本：880 毫米 ×1230 毫米　　1/32
字　　数：300 千字　　　　　　　　印　　张：15
版　　次：2021 年 1 月第 1 版　　　印　　次：2022 年 4 月第 2 次印刷
书　　号：ISBN 978-7-5168-2726-0

定　　价：69.80 元（全 2 册）

版权所有　　翻印必究

CONTENTS

目录
（上）

第 一 章　姑娘落魄时　　/ 001

第 二 章　入门　　/ 011

第 三 章　师兄　　/ 020

第 四 章　巴结　　/ 031

第 五 章　窘境　　/ 041

第 六 章　旧缘　　/ 051

第 七 章　上课　　/ 061

第 八 章　交锋　　/ 071

第 九 章　成了天才　　/ 083

CONTENTS

目录
（上）

第 十 章　　忐忑　　　　　／ 093

第十一章　　绅士　　　　　／ 113

第十二章　　冷战　　　　　／ 134

第十三章　　自食其力　　　／ 155

第十四章　　形象　　　　　／ 173

第十五章　　鸵鸟姑娘　　　／ 191

第十六章　　得意爱将　　　／ 202

第十七章　　能屈能伸　　　／ 220

目录
（下）

第十八章	重逢	/ 235
第十九章	弄巧成拙	/ 251
第二十章	傻眼	/ 266
第二十一章	靠谱	/ 279
第二十二章	大智若愚	/ 301
第二十三章	谜题	/ 316
第二十四章	清风明月	/ 339
第二十五章	才比子建	/ 358

目录
（下）

第二十六章　　端庄　　　　　/ 373

第二十七章　　距离　　　　　/ 388

第二十八章　　一波三折　　　/ 400

第二十九章　　取舍　　　　　/ 416

第 三 十 章　　怅然若失　　　/ 430

第三十一章　　童话笔记　　　/ 444

尾　　　声　　平淡生活　　　/ 466

第一章 姑娘落魄时

到了这个城市以后，我天天做梦，梦里父母从老家追到了我的面前，抓着我回去结婚，爸妈的脸都扭曲着，凶神恶煞，还骂我，你不结婚还有什么用？

对方家庭条件那么好，看上你，是你的福气。

我看着他们的脸，心脏都跳出来。我觉得，我又没求着任何人看上我，为什么就变成我的福气了呢？

我百思不得其解。

后来我醒了，真是不折不扣的噩梦。

没有人不想好好生活，只是命运总是捉弄人，尤其是我。

我慌张地穿上了衣服，打了车冲到了A大的校门口。却发现，已经来迟了。

报名通道已经关闭，我眼睁睁看着贴在门前的告示，暗自神伤。

门口有个老爷子在扫地，扫到一个角落，扫帚伸不进去。他头发白得厉害，在太阳底下，我瞅着就觉得揪心。

我本来就是一个浑身倒霉的人，大热的天，我被学府拒之门外。

一厢情愿想读研，不过是自作多情。我心境凄凉，连日的打击和倒霉，心态已经崩了，再看到两鬓斑白的老爷子，还在满头大汗费力地用扫帚清扫角落的垃圾。

我立刻快步走过去，一把接过扫帚，帮老爷子把角落的垃圾一点点扫了出来。

老爷子的眼睛望着我，半晌他似乎笑了，向我道谢，我却只有苦笑一下，准备打道回府。

或许我不该奢望，既然曾经那么好的机会我都放弃了，现在还来装样子有什么用，时不待我，我自作自受。我知道，我的学历拿不出手，虽然都是本科，但清华北大和拿钱混出来的函授文凭显然不在一个档次。

也许世上最痛苦的，是有机会的时候，你不屑一顾，当你想努力的时候，发现曾经不屑一顾的机会，是那么难得，几乎千金不换。

烈日炎炎，我利用口袋里最后一点钞票打了辆车，去宁优优的住处。

可耻的我，就算穷途末路，也不愿意挤公交。

宁优优，是我在这个城市，最后一根稻草。

当初我选择这个城市流浪的时候，也是因为她，本来我没抱多大希望，毕竟只是未曾见面的人，勉强称一声好友，虚拟因素太多。

可我没想到,宁优优姑娘,在生活中也是个颇有侠气和仗义的姑娘,听说我要来洛城"找工作",立马盛情邀请我住在她家。

我一个穿着帆布鞋拎着背包的落魄之人,进入了这个别墅环绕的地方。

回到宁宅,宁优优立刻问我,"怎么样,沐白,成果如何?"

我摇头。

宁优优沉默了片刻,立刻朝我笑道:"不要紧,你也别急,船到桥头自然直,明天我帮你去看看有没有别的好地方。"

我没敢说我连学校的门都没敢进,这般丢人没志气,要是放在从前,估计我都撞墙以泄愤。可是热血不能当饭吃,人也不可能热血一辈子。

现在我只能垂着头,默默倒了杯水喝。

优优坐到我旁边,说道:"你不要灰心,三百六十行,哪一行不是干。实在不行就干回你的大记者,还怕没饭吃吗?"

优优一直以为我是在找工作,对于这点,我只能背后一个人默默苦笑。

大记者这几个字,此刻就像几把针扎着我的心。谁都有年少轻狂的时候,但很难说有不付出代价的。我曾经那么疯狂地投入的以为是一生的事业,不顾任何人的劝阻,甚至在面临是否继续学业的选择的时候,也毫不犹豫地选择了放弃。

那时我没想到,热情总有尽头,等发现我的心开始厌倦,看到采访稿,再也没有一丝热情甚至厌恶的时候,我就知道,我倒霉的时候到了。

宁优优不知道,假若再给我一次机会选择,我一定不选记者这个行当,不是因为记者不好,而是因为,我不合适。我没有那样持之以恒的毅力,没有百折不挠的勇气,我不配这个职业。

相反,我是遇到点挫折就要打退堂鼓,所以,如果当时我能安生读书,也不会落到这个境地。

那之后我就明白一个道理,这世上可怕的不是庸庸碌碌一辈子,而是自命不凡悔一生。

可惜那时候我犯的就是自命不凡的病。哪怕现在被扫地出门,我也一点不冤屈。

宁优优家旁边住着一大老板,叫周成泰,早晨跟宁优优出去吃包子的时候,经常在门口遇上这位大老板。

宁优优跟他打招呼,叫:"周叔叔。"

周成泰跟她笑眯眯寒暄了一阵,一会儿问你爸怎么样,一会儿说优优丫头又漂亮了。

能让优优喊他叔叔,周成泰估计三四十了,但保养不错,身材也不发福,头发梳得比他的鞋面还光滑。

周成泰看见我的时候,通常都会喊一声小柳,或者柳小姐。不管是哪一种称呼,都让我挺不自在的。许久不跟人接触,连互相的招呼称谓都已不习惯了。

转身宁优优就冲我噘嘴,说此人最油滑世故,讨人嫌得很。

优优大小姐当然可以快意恩仇,喜欢谁不喜欢谁一嘴就说出来。可是大小姐家财万贯，偏偏就爱吃巷口那家狗不理包子。

可惜我想到前前后后的境遇，包子都吃得分外艰难，只觉得二十年来所有倒霉事，都赶着这几天发生了。

宁优优咬了一口大包子，对我说："你哭丧着脸干什么，整天想的事儿太多，容易苍老。"

我幽怨地看了她一眼。

宁优优把嘴里的包子吞下去，瞪向我："你不会还在想你那逃婚夫君的事吧？"

我五雷轰顶，迅速伸手揪住她的脖子，眼神要杀死她。

宁优优拍打我的手，磕磕绊绊道："你逃的是婚吗，你逃的是该死的命。怕什么，咱又不丢人，况且在这儿，又没人知道你是逃婚出来的。"

我彻底无语，她左一句逃婚又一句逃婚，还说怕人没听见。我颓然坐回到椅子上。真是，永远没有最丢人，只有更没脸。

宁优优就说："要我说，沐白，你爸妈眼皮子是太浅了，区区几百万就能叫有钱？就想这么把你嫁出去，也太草率了！你还不值几百万吗？！"

我被她说得根本抬不起头，我知道优优大小姐开的那辆车，估计都快两百万了。

生活境遇不同，我不会和她争辩这些。你不能保证世上每一个人都同样富有，就如同你不能保证世上每个人都同样走运。

鸿运当空富甲一方，是少数人才有的奢侈的梦。

大多数人，饮食男女，碌碌一生，过的是最平淡的幸福。

我用勺子搅着碗里的豆浆，"你也别这样说，其实，他们也不是那样的人。"

说到最后，还是我对不起他们在先。没本事没工作的女人，在家混吃混喝之后，只剩下一条路——相亲。

怪只怪那突然冒出来的男的条件太好了，应该说在我们那二三线的小城市，那男的就是钻石王老五的级别。所以当我这么一个废柴相中了这样的人，我家二老的眼睛立刻就亮了。

碰巧那男人还表现出很有诚意的样子，三天一上门五天一问候，次次水果礼物拎进门，在我看来大事不妙，在二老看来就靠谱得跟什么似的。

于是在那男人带上父母，表现出结亲意图的时候，我爸妈就毫不犹豫地拍板，也同意把事儿定下来。

我是不相信一个才见过几面的男人，他能对我怎么样真情无悔。从头到尾，我的意愿被他们有意漠视了。

我妈在我门边又哭又骂道："养你这样大有什么用？混到今天没前途的地步，还成日价挑三拣四。你说你能看中谁？相了那么多个，你都不愿意，我和你爸也没逼着你。如今这个，你还一肚子不乐意，我真不明白你想干什么？！那男人有什么不好？家底殷实，人又不错，我和你爸选中这个，还不都是为你操碎了心……"

我被她哭得心都碎了，妈拍门："你还闹，究竟要闹到什么时候？"

第一章
姑娘落魄时

倚着门我浑身都没有力气，那男人是不错，年纪轻轻，交往过的女友都能拉一大车了。那媒婆还怕我了解得不透彻，说这男人有个女友都怀孕了，为了结我家这亲事，硬是逼着女友把孩子打了。

真是天雷滚滚，世上的绝事都让我遇见了。

我想起媒婆一脸惊叹号地说："看人家和你结亲的心意多真，姑娘你还有什么不满意的？！"

我就觉得我的眼睛被闪瞎了。

我对妈说："那男人跟前女友藕断丝连。"这次相亲，听说还是他爸妈逼着来的。

我妈暗恨："人家不是说已经断了吗，你抓着这一茬干什么。"

这种话，也只有我妈这种岁数的人才相信。那男人说话很有一套，哄得二老开心，可他要不会说话，能骗得了那么多女孩子吗？

我喝茶浇愁，愁更愁。

宁优优实在看不下去，道："行了，你想做孝女，那你现在回去嫁给那个暴发户算了。"

我很想送她白眼，可到最后，还是忍下去了。

怎么说我现在也是寄人篱下，不好对主人太过挑剔。

宁优优得意地拿起一只包子："你昨天不是说要去找工作的吗，多试几家啊。"

我垂头丧气："明知道没指望的事，去试它干什么。"

宁优优咳嗽了几声，压着嗓子说："有句很老套的话。"

"做了不一定后悔,不去做,就一定会后悔。说不定,你明天就后悔了。"

她这么说我倒想起,学校报名的时间,的确是明天就截止了。这真是苍天给我一次选择的机会。

宁优优指着我,下了通牒:"要么你现在回去做暴发户夫人,要么你再去试一次,没第三条路。"

虽然她说的和我想的是两码事,但我还是精神一振奋。

以前的错过了也就错过了,这次,怎么都得努力一把。

倘若我此刻就顺着命运之河漂流下去,我这辈子就完了。

这次几大教授联合招收门徒,是千载难逢的好事。多少才子才女都削尖了脑袋想挤进去。跟对了好的导师,不仅以后学业都有保障,运气好的,还可以得到被推荐留学国外著名学府的机会,可以说是改变一生的命运。

导师选学生,就是笔试和面试两关。而这次教授招生,打破常规,实行先面试后笔试。面试面试,就是比谁自夸的本事高超,最好夸得天花乱坠让人一听都眼睛发亮的那种。

我第一次知道,原来学校的招生大厅也可以像求职现场一样火爆,人山人海摩肩接踵,女人比男人还彪悍。

我旁边那女孩捣了捣我,眼睛却盯着前面进去的女孩:"看见了没,那女的专业是经济管理,听说去年课余时间去一家外企打工,月入上万呢!唉,看来这次管理系的人选,准是没希望了⋯⋯"

我只是干咽了口唾沫,因为我知道,我旁边这女孩身上别的校徽,是隔壁著名学府A大的牌子。

全国十强的大学出来的学生,都这般忐忑没自信,我实在不知道,我还站在这里干什么。

女孩又捣了捣我,真不知这是不是她的习惯,问我:"你是什么专业的?"

我:"……"

什么叫自惭形秽,什么叫羞愤难当。我要真是名震八方的大记者也就另说了,可我连半调子都算不上,总不能说我是记者专业的。在这么多精英牛人面前,相比之下,我那点东西真是拿不出手。

幸好这时那女孩被叫了进去,不然我脸红都能脸红死。

谁都知道,现在就业形势多么严峻,想要找更好的工作,不约而同几乎一条路,就得"镀金"。镀金的方法有很多种,有自学成才,也有用钱砸的海归派。

能吃苦的选前者,手中有钱想清闲的选后者。

可是无疑都太绕弯子了,拜入这几位导师门下,不要说简单地镀一层金,把你从里到外打造成纯金都不在话下。

我吸了口气吐出去,再吸,再吐,如此这番,在别人眼中堪比天上掉馅饼的事,在我这里就悲壮得不能自已。我明了,我不是怀才不遇,而是没才可遇。

基本上我的信心已经渣都不剩了,可是我早已打定死也要试一试的心情,所以还是进去了。

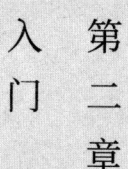

第二章 入门

奇迹之所以成为奇迹，是因为它的概率小到基本遇不上，当然也不会被我遇上。

我挤出人潮涌动的报名大厅，心情格外沉重。

虽说不再干记者后，我受的打击就接二连三，但从没有像今天这样让我灰心。我习惯性地走到垃圾桶旁，将捏了一路的易拉罐扔进去。

继续向马路上走，没心情打车，脚走到酸痛。

身边老有一辆车亦步亦趋，我莫名其妙，终于忍不住回头看了一眼。

周成泰朝我按了一下喇叭，缓缓摇下车窗。

"柳小姐，回家吗？我载你一程。"

我盯着他："不用了，周先生。"其实宁优优的家，怎么能算我的家？

周成泰笑了笑："上来吧，反正顺路。"

我犹豫了半天，终于打开车门坐了进去。但一坐进去我就后悔了，周成泰的车里放着清香剂，很浓很重的味道，我过去就对这种气味非常排斥,闻到就觉得胃里一阵阵不舒服。

"柳小姐今年多大了?"

我还没回过神,就听见周成泰这样问我。

这位大老板还真客套,我勉强道:"二十七了。"

周成泰从后视镜瞥了我一眼,意味深长道:"看不出,柳小姐像十八。"

我生生挤出笑:"哪里,过奖了。"

周成泰又殷切问道:"柳小姐交男朋友了吗?"

嗯?我突然觉得这周老板问得似乎太多了。问年龄就算了,还管我交没交男朋友?

我半天没说话,这时候,周成泰又从后视镜看了我好几眼,突然笑了笑道:"这么漂亮,一定有了吧?"

他是不是想说,这么大年龄,一定有了吧?

那清香剂的气味似乎更重了,我有点作呕。我傻眼了一会儿,低头沉默了一会儿,才缓缓道:"我突然想起我暂时不回宁优优那里,您还是把车停下,我挤公交车走吧。"

周大老板还是通过后视镜看着我,马路上车来车往,我真怕他的车开到不应该开的地方,战战兢兢小心翼翼地缩着肩膀。

周成泰挑了挑眉毛,"噢"道:"柳小姐真是与众不同,我还头一次见到,有人大奔不坐,非要去挤公交车。"

我被他挑眉毛的动作惊悚到了,僵坐半天才干笑:"不好意思周老板,我这人一向没见识,大奔和桑塔纳在我眼里,都是长一样的。"

去他的大奔,我快被这车里的味道熏死了。

周成泰却好像兴致越来越高,眼里有意味不明的光芒闪过:"哦?柳小姐真是质朴,像你这样的女人,真是不多了。"

这人绕来绕去,说的都是些废话。

我靠着椅背晕晕沉沉的,周成泰状似无意说道:"柳小姐身上的穿戴太素了,其实女孩子,应该好好打扮打扮。不然浪费了青春,多不好。"

我真想捣开车门冲下去,香味快要让我吐出来了。看着后视镜内周成泰模糊不清的眼神,我终于意识到了其中玄机。

周成泰眯眼眯得更深,笑道:"柳小姐怎么不说话。"

我反而冷静下来:"没什么,只是突然想明白一件事。"

"什么事?"

我面无表情坐在后座:"衣冠楚楚的不一定是人,还有禽兽。"

车猛地一个急刹车,停在路边。周成泰的目光陡然像钉子一样,盯向了我。

我趁机开门,下车,转身走开,一气呵成。

甩着大步子穿过了三条街道,我终于忍不住,靠在一旁的电线杆上,大吐特吐起来。真是人倒霉的时候,就有一种招邪祟的体质。

我在心里确定,柳沐白,这不是你该待的地方。

我想起我相亲对象那张脸,没错,他是有一堆毛病不假,但或许，本来就不怎么样的我，配人家真说不定是我高攀了。

我越想吐得越厉害，愈发觉得自己实在是悲惨，现在沦落到连家都不能回的地步。照这么在马路边待下去，我觉得迟早要成为被围观一众。

为了避免更悲惨的被观赏的命运，我踉跄着步子，朝站台走去。

也许我就是传说中炮灰的命，连桃花，都是烂的。我想起宋哲宇深情地对我说："我喜欢你，我真是喜欢你。"

转眼宋大官人就跟其他的莺莺燕燕海誓山盟去了。也许宋哲宇的确太优秀，等我不再当记者又放弃了学业的时候，他就觉得我不再配得上他了。

以前在一起的时候，宋哲宇从来不让我说，只要是有别人在场，他一定对我表现得万分疏离。他说的是不想给我带来麻烦，可后来再看，其实呢，哼，原来早就其心可诛。

记得当时我的恶心程度，不下于此刻。

那之后多少年我都没有再见到这个骄子，久到我都不敢置信。我曾以为我和宋哲宇是绝不会有见不到面的一天的，可真的自从那天起，平常时不时就晃到我面前的宋哲宇，就像蒸发了一样。

我才知道，一个人要从你生命中消失，只要他有心，实在是太容易办到的一件事。

这事儿我连宁优优都没说，觉得丢人。每次回想起这段，我都觉得自己太傻帽。

要我嫁给那个暴发户的时候，我还真想过宋哲宇来救我，我就是没出息。

宋哲宇，那可是宋哲宇，街坊邻里谁不夸，我当时真以为他是个品学兼优的好孩子，可没想到，他在情场上，却不是个真君子。

想我此前人生中唯一一朵桃花，就让我悔断了肝肠，以后都有阴影。

等我回到宁宅，已经七荤八素。

我对自己说，我不能再住在优优家了，挤进不属于自己的生活本身就是个错误，人要脸树要皮，我难得发奋地想，倘若我此刻就顺着命运之河漂流下去，我这辈子就完了。

优优踩着高跟鞋走到我面前，坐在沙发上，边涂着指甲油边问："又怎么了？"

我咽了咽唾沫，觉得喉咙里的腥味好了点："优优……"

"嗯？"优优抬起头，眼睛望着我。

我深吸一口气，张开嘴。"咿咿呀呀咿咿……"

我那还有五块钱就要欠费的手机，早不响晚不响这个时候响了起来。

我接起来："喂。"

"请问是柳沐白吗？"

"……是。"

"我是××大招生部的,今天你来我们这儿进行招生面试,冯教授很看好你,你看找个什么时间,再过来一趟?"

……

好像从窗户外飞来了什么馅饼,狠狠把我砸中了。那种感觉,太不真实了。

宁优优奇怪地看着我捧着电话却不说话,问:"谁啊?"

我哆哆嗦嗦捧着手机,生怕突然掉下来:"那个,好的……您说,什么时间?……"

"那就请你明天有空过来吧。"电话里说。

我把电话挂了,看着宁优优一脸的莫名其妙,觉得世界都轻飘飘了。

在我快走投无路的时候给我这么大一块馅饼,甚至在我正儿八经念书的时候都没交过这样的好运。

一路上我拼命回想我究竟做了什么让教授特别看好的事情,得出的答案是,零。虽然这么想有点打击我,但确实,在昨天那么多高手环伺的场景下,我的表现非常糟糕,这几年我没长别的本事,就是有了点自知之明。

人逢喜事,我觉得校门口那个扫地的大爷冲我笑得异常亲切,我想今天就算结果是失败,我也甘愿了。

可是从教务处出来,我激动得浑身都颤抖了。

从今天开始,我正式成了冯云庭教授的入门弟子。

我不知道是怎么走出来的,只知道最后耳朵里塞满了冯教授的事迹。

导师是心理分析专业，如果说招生的几位教授都是泰斗，那么冯教授就是泰斗中的泰斗。而且这位泰斗，很早以前就已经不收徒了。

这么多年，他的门下只出了一位弟子，还是位天才弟子，苏枕之。

苏枕之离开学校也已经很多年，留洋海外，至今未归。

不知今日为何乾坤突转，收了我为徒。

听到这些话，我几乎要热泪盈眶，忍不住为我这位现任的导师歌功颂德了。

宁优优捧着杂志，眼睛却盯着我："知道你现在的嘴脸像什么吗？"

我的嘴咧到耳根："像什么？"

宁优优喊了一声："小人得志。"

是的，我的确是个小人物，却意外得了志。这志我自己得的都莫名其妙，却足够让我喜上眉梢了。

笑完，宁优优提醒我："听说这些高校，费用都不菲的，你要怎么办。"

我停住笑，半晌道："我当记者的时候还有些积蓄，够付学费了。"

宁优优盯着我，直瞅了半刻钟，才噗地笑跳起来掐我："沐白，我实在不懂你，一个刚二十岁就当上了知名记者的人，理当是聪明人,可你怎么会弄到这步田地,弄成这样……"

我粗着脖子,笑得要断气,我也不知道自己怎么会到这个田地,到今天,宁优优终于说了实话了,她这段日子一直维护我的面子,现在终于亲口承认我的惨了。

我咳嗽着笑:"事实证明我柳沐白还是能时来运转的。"

后来我才知道,导师的确非同凡响,面试那天他并不在教授的行列里,门口扫地的大爷就是他。我凄凉离场的时候,都被他看了个正着。

听说以前有个人面试,无意中在门口捡到了一块钱,交给了公司保安,结果他被选中了。

正当我以为我遇见了传说中的好事时,导师告诉我,初看见我时就觉得我的眼睛里藏了不少事,和我年龄都有些不符。

导师毕竟还是英明的,怎么可能因为我替他拿了下扫帚,就收我为弟子。

对此导师的说法是,我有天赋。说我这一双眼,能十分看透世情。说这个专业,就需要我这样一双善于发现的眼睛。

哦天哪,我被夸得头都晕了。

不过这些都不重要了,重要的是,我成了导师的弟子。

我用手机迅速拨过去,深吸口气:"妈,我成了××校××导师的弟子,今后要以专业为重,让那个暴发户滚蛋吧。"

挂了电话,我只觉得,憋了这么多天的浊气,终于能出去了。

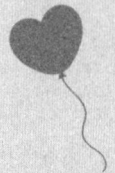

第三章 师兄

我太了解自家爹妈是什么人了，他们是最传统的思想，从摸到书本那一刻起就不停歇给我灌输"万般皆下品，唯有读书高"的观念，自从我在这方面让他们二老失望以后，他二老就不停地从其他方面精神凌虐我。

又有宋哲宇的前车之鉴，我的日子几乎水深火热。

现在，这种有家不能回的日子终于能结束了……

这都要感谢我那慈祥可敬的导师，我理解了，什么叫恩同再造，恩重如山，我觉得导师身上的光芒比图画上天使头顶上的还要闪眼睛。

想起我丢了记者工作后，在家就被老妈用一种名叫宋哲宇的魔咒狠狠摧残，他考上名校青云直上的事迹活生生让我的耳朵起了茧子。这混蛋走后，他的名字却依然骚扰得我不得安生。

想起这些悲痛不能回首的往事，我就握紧拳头，我要东山再起，我要，超越丫的！

尾巴翘到天上的我，一点都没意识到还有句话，叫"师父领进门，修行靠个人"。

其实我到此刻,还是危机重重的,因为导师告诉我:

"三个月后学校会进行一次统测,小白,你必须通过才能获得留校资格。"

导师年事已高,不了解小白的另一层含义,我也不去提醒他。

这几句话无异于让我的晴天又多了一层霹雳,但是,仰望蓝天,我深刻反思,想起那么多人进来,都是为了努力再努力。而我,却是为了躲避家里的压力。从动机来讲,就非常可耻。

我对不起导师,因为他的德高望重,收的学生,我却是最不济事的一个。

于是,在这么反思了一个下午之后,我郑重决定了,不管我进来的动机是什么,从今往后,我都要以导师、以他的课业为重,我柳沐白,不能阴沟里翻两次船,那样我就真太蠢了。

豪情壮志抒发完,从导师那里领到了六七本大厚书,翻开看后,才发现,我太高估自己的斤两了。

这世上没有一步登天的好事,学校之所以从一年级排到六年级,也是源于这个金科玉律。我为了应付家里,从网络大学混来的本科文凭,里面含的水分,绝对要比我本身的真才实学要高。

而学校教授底下的课程,却是一点水分也不含的。

在头昏脑涨怅然若失了一天后,我一咬牙,豁出去了。

于是我成了标准的苦读学子,吃饭,睡觉,上厕所,其实全看书。睡觉只睡五小时,绝不多躺一分钟。

以往我都对别人辩解说,我学业没成功,是因为姑娘我不想学。总之就是咬死了不承认是我脑子不好使,绝不承认是我不够聪明。

我以前没用心学习是真的,但我的读书天分究竟有多高,其实我也不知道。

我把导师给我的书一页一页啃,越啃越恨,越啃越体会到寒窗之苦,越苦越悔恨地背黑发不知勤学早,白首方悔读书迟。我还没有白首,可已经悔了。不读这门课,我都不知道,原来人的心里有那么多的复杂东西。

人呐,总是在吃亏的时候,才会去后悔年少时的放肆胡为。

能在年少时克制住的,就是仅存的精英。物以稀为贵,我说这世上精英怎么那么少呢……

宁优优拎着鸡翅进门,看见我整个人趴在书桌上,啧啧了两声:"我说你这么玩命干什么呢,以前怎么从没听说你喜欢这个专业,看你浑身上下,少说掉了五斤肥肉吧。"

我望着她两眼放绿光:"眼尾上翘,瞳孔扩张,是开心的标志,宁优优我猜你现在的心情一定非常得意。"

宁优优像被电击似的石化,目光森森地盯着我。

"你脸色发绿,笑容猥琐,是痴呆的前兆,我断定,你还没过三个月考试,已经变神经病了。"宁优优十分刻薄地评价我。

我的脸贴在桌面上,终于颓然丧气道:"我饿了。"

宁优优麻利地把鸡翅拿出来,香味在屋子里蔓延,可是我的胃还是好像痉挛一样搅啊搅,竟似对进食没了感觉一般。

宁优优看着我哼笑:"知道饿就好,知道饿就证明你还是个正常人。"

我几时不正常了,我抓过筷子夹起鸡翅狠狠咬着。

本来我打算既然我成了导师的弟子,能搬出宁优优家里住到学校最好。可是考试没通过,我便还不算正式学生,如意算盘落空。

这三个月,我还得赖在宁优优的家里。

每天睡觉时,我一遍一遍在被窝里发毒誓,要是我都这样豁出去了,都过不了关,三个月后,我就回去嫁给暴发户!

人,不对自己狠一把,怎么知道现在的生活多美妙。

可是到半夜我就觉得不对头了,爬起来到洗手间吐了个昏天暗地,这次比上次又要狠得多,没把我胃里胃外全吐了干净。

这种难受的滋味让我痛苦,趴在洗手间门上,身上忽冷忽热。

最后还是惊动了宁优优,她敲开门看见我的样子,又惊又怒:"你真是不要命了!"

我冲她摆手,缩着嗓子发出细细的声音:"没事儿,只是吐了一把而已。"

宁优优把我搬出洗手间,塞进沙发里,整了一杯白开水送我手里。

宁优优抱着抱枕,看我:"正儿八经读书时候,都没有这么拼命吧。"

抱着热水捂在怀里,我瞬间好多了。难受过后,才知道舒服的珍贵。我将整个人,都靠在沙发椅背上。

连续一个月吐了两次,我觉得精神非常颓靡。

岂止念书的时候没有,当记者风吹日晒的那些日子,加起来也比不上这短短的十几天。

别人都是天之骄子,我是其中最笨的一只麻雀,还是一只很可能连累导师的麻雀。

压力重于泰山。

宁优优喝了口咖啡,终于问道:"我说沐白,你这么费劲,究竟有把握吗?"

我瞪着她半天没出声,手里的杯子却好像有点烫手。没有,从没有这么努力,却还是没把握的事。

她清了清嗓子:"呐,我事先说明,你能进入××大,我是非常替你高兴的。但是你这么折腾,万一……"

宁优优有点小心地看着我。

我从沙发上摇摇晃晃起来,吸了吸鼻子:"没事,横竖还有两个多月时间,反正那说的,做了后悔,不做更后悔,就这么着了,成与不成,我都请你吃饭!"

我朝她露出一个很贤惠的笑。

宁优优直打冷战,半夜被我闹起来,有点感冒。她也吸了吸鼻子,没好气道:"我看你真该找个男人疼你了,省得成天对我浪费表情。"

第三章
师兄

我在心里提醒自己，我是客人，不跟主人家计较。宁优优睡觉被人闹起来的时候，脾气就特别不好，何况还连累她一大小姐对我端茶送水，估计她长这么大都没干过。

冲着这个，她对我讲几句尖酸刻薄的话，实在不算什么。

从我刚来时的客客气气，到现在的特没好气。优优大小姐对我越来越不掩饰她的暴虐本性，我和宁小姐的革命友谊也在此中飞速提升。

我能感觉到，面对宁优优时，我不再有初时的那种拘谨，感受也越来越随意，不管怎么说，这是我所乐见的。

在我彻底摆脱暴发户的阴影全身心赶考之后，三个月时光如白驹过隙，充分让我感觉到了什么叫光阴似箭。尤其当你还没把书看完的时候，这种体会更加刻骨铭心。

我站在太阳底下，挥汗如雨，心中反复暗恨。昨天看的知识点都没记住，不该啊，实在不该啊，我怎么能睡五个小时，应该每天只睡三个小时才对！这样节省下来的时间，足够让我把剩下的那些书看完！

再度悔恨，握拳，我果然还是用功不够。

我手抓着书等到考试铃声响的最后一刻，才恋恋不舍地进门。两个监考老师都用一种极关注的眼神看着我，实在让我汗颜。

我坐在座位上，手抓着笔，指尖颤抖。

我，我，我，居然怯场了！

不会吧，准备了这么久，怎么也不能阴沟里翻船！

我死劲握住笔,与它做殊死搏斗,终于,笔尖落到了纸上。可是,我发现,这道题目我不会写。

……泪涌,自古壮士断腕,都要下定极大的决心。虽然高考已经距离我很多年,但那每一次多少考生晕倒在考场的消息我一点也不陌生,十几年寒窗却在最后几十分钟出了漏子,天呐,难道我的运气这样背?

我的脸黑了一半,那两个监考老师一直关注我,看我一直不动笔还以为我在沉思,更加频频投来视线。

这样一来,我更紧张了。

我一边握着笔,一边把视线投向窗外,外面鸟语花香,还种了不少桃树,高校的美景就是不一样啊。

我希望能放松心情,放松,再放松。

我在清风中,居然看见一个人分花拂柳走过来,在盛开的桃树下,步伐挺拔稳健,头发微扬。

我惊了一下,定睛再看,没错,是个男人,我突然庆幸我坐在窗边,连男人的五官都看得非常清楚。

这视觉冲击来得十分强烈,我狠命挤了几下眼睛,才张大嘴巴,几乎忘了自己身在考场。

那一刻,我居然十分文艺地想起了一句不知从哪儿看来的话,彼时,我从三千桃树下看见他,眉目如画,气质高华。

其实我回想的话,男人的五官并不如何出色,但有一种骨子里出来的儒雅温柔,迎面袭来,我终于体会到那句成语,如

第三章
师兄

沐春风。

　　我揉揉眼睛，差点要怀疑是不是我太紧张出幻象了。那个如诗男子走着走着，居然一直朝着我们的教室走了过来。

　　而这时候我发现，我的手终于能动了。

　　我赶紧抓紧笔，埋头开始写字。眼睛，却不由自主想往讲台上瞟。

　　那两个一直盯着我的监考老师，也终于移开目光，看向门口。那位气质高华的男人，慢慢踏进了教室。

　　其中一监考露出笑："苏老师，来了。"

　　老师？我讶异，难道这个男人是学校的老师？看着也太年轻了！

　　那两个监考老师，一个年轻，一个年老，年轻的那个客套完了。年老的就上前去拍肩，笑着寒暄："枕之啊，终于回来了。"

　　男人露出笑，这时说出了第一句话，开口声音悦耳，含一点轻柔："导师，你好。"

　　我听到他名字的时候，就愣了一下，枕之？苏……枕之？我耳边仿佛拂过清风。

　　就在我不自觉发愣的时候，苏枕之居然走了下来。

　　我赶紧低头，内心一惊，与此同时，我发现四周同样瞬间低下来许多的脑袋，原来如此，大家都是一样的。如此这般为男色……倾之。

　　一场考试，苏枕之居然往我这边绕了好几次，也许是我心理作用太强烈，每次那道身影一靠近，我就不由自主头皮发麻，手底下却越写越快了。

最后，我居然第一个答完卷子，盯着被我写完的试卷，我僵硬地抬起了头。

那身影果然还在，这一抬头，就撞见了那张面如冠玉的脸。

苏枕之朝我轻轻一笑。

我心肝抽了一下，没敢再抬头。这是什么情况，难道要让我自恋一把，觉得老天真的待我不薄，看我二十来年太凄苦，终于决定让我走一回桃花运？

太不靠谱了。

"别太紧张。"在我盯着卷子半天之后，苏枕之竟然对我说了一句。

我干笑了两下，也道："谢谢苏老师，我不紧张。"

听到我这句话，他眼中倏然闪过一抹奇怪的神色，似乎是惊异，随后，便恢复笑意。

我把卷子前后看了三遍，好似看出个洞，终于确定再待下去也是消磨时间，才大义凛然地站起来交了卷。

走出教室后，我吐了口气，真是，成败在此一举了。

我拖着步子去办公室向导师汇报，推开门，导师刚泡了一壶茶，转身道："考完了？"

我咽了口口水，艰涩道："是，嗯，考完了。"

"看没看见你师兄？"

第三章
师兄

"什么?"

这时候门居然又开了,如诗如画的苏枕之踏步走了进来。他怀里,还抱了一摞卷子。

"导师。"

我的导师露出了我见他几个月来最为亲切和蔼的笑,说道:"枕之,你过来,这就是你师妹,小白,小白,这是你师兄,苏枕之,刚从澳洲飞回来的。"

我:"……"

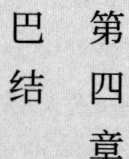

第四章

巴结

我怀着一颗七上八下的心进门，宁优优伊人转身，目光发亮，冲着我就道：

"听说你那师兄不是一般人，长得特别帅，真的还是假的？"

我早说了，宁优优那双耳朵，是招风耳。对某些事情的知晓迅速，是我所认识的旷古绝今。

我抬起头，故作吃惊状："你怎么知道的？"

宁优优甩甩头："嗨，我有一朋友就是你那学校的学生，这种事情，我怎么会不知道。"

那是，优优大小姐交游广阔，我没有不信的道理。我抬起眼睛，看着她。

她一屁股坐在我边上的沙发上，两眼闪烁："是不是真帅？听那朋友说得我很激动啊。"

我慢吞吞抬起头："其实，用帅形容不太贴切……"

宁优优眼瞪大："那是，英俊？不会是阴柔派系的吧？"

她的词汇量总是这么惊人，我翻了翻眼睛，其实那应该是铁血中的真汉子，阴柔中的美男儿。

宁优优的大掌落在我的肩上："恭喜你，终于守得云开见月明，铁杵磨成针。"

我发现人和人相处得太熟了也不是件好事，太熟了基本你从对方嘴里就听不见好话了。

我和宁优优照样下楼吃包子，在门口又遇上周大老板。几天没见，大老板还是风度翩翩的样子，夹着公文包，对我和宁优优露出亲切的笑。

走开后，我对宁优优说："我现在赞同了你的一句话。"

宁优优瞥我："哪句？"

我略有些唏嘘："周大老板其人，确实笑得非常猥琐，非常世故。"

宁优优眼皮抬了抬，"下面还有一句话，是你需要赞同的。"

"什么话？"我立马问。

宁优优走得身姿分外高雅："今天包子钱你付。"

我低头窘之。其实我也不想蹭吃蹭喝，遥想当年谁都是傲骨铮铮一身不屈，可是长大了就懂，傲骨有时候也等于饿死的。

坐在狗不理包子店门口，宁优优终于好心情地，开口关心了我一句："你考得怎么样？"

我还是伸手，抓出了一双筷子，默默道："导师说，卷子是苏枕之改的。"

慈祥可敬的导师居然会冲我瞥来别有深意的一瞥。我既忐忑又不安，本来我还打着万分之一的算盘，要是导师批改试卷，我或许还能走一回运,没想到,横空杀出一旷世美男,虽然是美,可是我现在除了分数,啥也不在乎了。

宁优优对我了如指掌:"你考得不好?还是怕你不过?"

包子端上来,我用双眼传达我的哀伤:"既怕考得不好,更怕不过。"

宁优优魔爪伸上来,几分钟没理我。等到她干掉了三个牛肉包子之后,终于抹了抹嘴,慢条斯理又冲我投来悠长一瞥后,说道:"你要是害怕考不过,就干脆去贿赂他,自家师兄也不用存在面子问题了,我给你出一主意,宁可没人格,不能不及格。你就死命巴结就对了。"

优优大小姐的话总是精辟又犀利,我咬着包子,想着死命巴结应该是怎么个巴结,一边对她道:"可是,如果我过不了关,人家也不一定是我师兄呢……"

现在攀关系,有点早了吧。

宁优优筷子一指,在我鼻子下面:"首先就要把称呼改一改,什么苏枕之,没你这么直呼其名的叫法。就要喊师兄,喊得越真诚越好,越笃定越好,最好让他知道,你这辈子就跟定他了!"

噗,我的豆浆刚送到嘴边,忙不迭又放下去了。我万分惊悚地看向宁优优,"什么叫我跟定他了?"

宁优优不理我,继续冲我传授心得:"我告诉你,我可是出于好心,劝你想明白了,你这个机会可不是人人都能得到的,要是叫你摆谱放弃了,到时候你后悔到哭可不要找我。当初我上大学的时候,那学生给导师送礼还不是家常便饭,就你,还忸怩得跟个什么似的。"

我被她说得惭愧低头。

"可我跟人家,真是不熟……"我脸微红,师兄什么的,都是白瞎的,还是那句话,要是导师,我也不存在不好意思在乎面子的事了。

不管过不过,我都很乐意孝敬他老人家,感激他的大恩大德。

宁优优数落我:"这世上有谁天生就相熟的?我和你,又是吗?何况,那可是掌握你生死大权的师兄,你就这么爱面子不能低头啊。"

这姑娘总能轻易就和人攀交论辈,那样的天赋一直是我望尘莫及的。

我决定虚心求教,问道:"优优,那你说,我该怎么'贿赂'才好?"太露骨的我做不来,所以这还真是个难事。

宁优优揉了揉手里的包子,颇有深意地一笑:"其实方法远在天边近在眼前,你完全可以请他吃……"

"吃包子!"我脱口而出。

宁优优刚刚塞到嘴里的包子又吐了出来,难以置信地看了我半天:"我说你是读书读傻了吗?以前没发现你脑袋这么不开窍啊?"

我也觉得这答案有些离谱,讪讪地摸着鼻子:"那你什么意思,你刚刚不是指包子么……"

第四章
巴结

宁优优愤愤地捶桌:"我是让你请他吃饭啊!吃饭!师兄刚远道归来,你正好发出邀请,这不既顺水推舟又能拉近关系吗?"

我眼睛亮起来,说道:"好主意,优优。"

宁优优终于忍不住给了我一个白眼,"我说你再这么迷糊下去,真要变白痴了。我就不懂了,这才多长时间,怎么我认识的那个精明强干的记者就没影了呢?"

她再次在嘴里塞满包子,一副不愿与我为伍的样子。

我深深地感觉到被嫌弃了,想当初,优优大小姐用何种近乎崇拜的目光打量我,好像我是她发现的一块金子。现在她大概知道,我这块金子其实压根就是一块破铜假装的。

叹息,可惜我也是没有办法的,不是被逼到梁山,谁愿意甘当好汉。

我认真在心里琢磨起请苏枕之吃饭的事来……

我眉头皱起:"可是,我应该请他到哪里吃饭?我又不知道他的口味喜好,弄错了怎么办。"

我想到,就算导师了解他,可是这种事,我当然不好去刨根问底。

"你死脑筋,我听我那朋友说,苏师兄出身清贵,想必品位不会低。"宁优优呱着嘴巴,靠近我,"你就挑最高档的一家咖啡会所,重要的不是吃什么,重要的是距离。"

我听得心如擂鼓,实在有些犯晕,又问道:"咖啡馆……你确定能行?"

宁优优一副智囊军师状道："总比你什么都不做靠谱。想想你的分数，下一回血本也值了。"

可当我正酝酿感情准备厚积薄发的时刻，导师先下手为强了。

星期天，我接到导师大人打来的电话，"小白，星期天没事吧？下午我请你的师兄吃饭，你记得也过来。"

不知不觉间就被捷足先登了，我握着听筒愣了会儿，然后忙不迭地点头："没事没事，我一定去。"

我马上打电话给宁优优，说明了情况。

宁优优一迭声催促："快快快，趁着机会，又有导师在旁边做中间人，你正好可以趁机拉拢熟悉一下关系。"

我心中五味杂陈，导师对我分外提携，只不知我会不会让他失望。

我努力吧宁优优所说的几大要诀记住，深呼吸了几下。最后她提醒我："打扮得清新可人一点，我告诉你，没有男人不爱美女的，你又是他师妹，他肯定会多关注你。这就是你表现的大好时机。"

说到最后，我还是不知道应该怎么表现。

后来没办法，我一直挠头苦恼，快到了时间点，就换了套衬衫牛仔裤出门。不是我有意这么随便，而是看这天气，穿裙子又不合适，穿得太花哨这场合更不合适，而且我这三个月脸熬成了菜色，要是穿上那些衣服，只怕非但没表现出所谓的清新可人，还会造成了一身吓人的效果。

临出门前我洗了把脸，算是对得起自己。

到了导师说的青峰路28号，我看见面前矗立了一座西餐厅。在门口等了2分钟，我正要掏出手机给导师去个电话，看他到哪了，就见苏枕之一路步履行云地走了过来。

多好看的男人，每时每刻都赏心悦目。

我的目光盯在他身上，等他到了近前脸上才将将扯出表情，"苏……师兄，好啊。"

苏枕之微微一笑："小白，你来多久了？"

"才来，才来……"我不由自主低头，今天苏师兄穿一身藏青西装，十分贴合。比上次，显得更帅了。

他笑了笑："我们先进去吧。"

我脖子跟着点动了几下，手心已出了几丝细汗。低头跟着他走，小白就小白吧，反正在这么一堆聪明人跟前，我也的确就是个小白。

在门口苏枕之替我拉开了门，走进去后，他径直领着我走到了靠窗的一个座位。

姑娘我什么都不缺，就是缺点临战的经验。

坐下后苏枕之问我喝什么，我对这种西餐厅一无所知，硬着头皮点了杯果汁，但愿有。

苏枕之要了红茶。

我打量了一下周围，太高档了，想不到导师也会选择这种地方来，真是让人想不到。

过了会儿，服务员又拿来了菜单，苏枕之还是递给我，微笑道："想吃什么，自己点。"

这真是窘，绅士风度是无可挑剔，但我平时就爱随大流那种，眼前这种场合，我更希望能坐在座位上听凭安排。

"牛排吧……"

憋了半天我道。西餐厅我只能想到这种东西能吃得了，我冲苏枕之含糊笑了一下，忙把菜单推给他。回头叮嘱服务员一定要给我弄到八成熟以上的。

"我也不爱吃生牛排。"冷不丁，对面传出这样的声音。

我转头，看见苏枕之冲我轻轻露出笑。

"呵，师兄在国外也吃不惯啊……"我一边咧着嘴，一边扬了一把桌上的毛巾，又垂头假装铺餐巾。

他似乎有些忍俊，嗓子里轻笑了一声："这跟我在国外有什么关系……嗯，饮食习惯改不了。"

嗓子真好听。

这么着实在太磨人了！我在桌上用眼神画圈，和自己不熟悉的人相处就是这么困难，说啥都不知道好。在焦急地等候了十几分钟后，我终于鼓足勇气抬起头，脸微红看着苏枕之问："那个，师兄，导师大概什么时候到？"

苏枕之端着红茶的手顿了顿，也讶异地朝我看过来："你不知道？导师临时有事，不能来。他打你手机不通，就给你发了条信息。"

一句不能来了又把我劈中当场,我翻出手机,屏幕上什么都没显示。狐疑地拨号过去,当听到里面传来话务员小姐甜美的声音,两眼立刻一抹黑,欠费了。

第五章 窘境

我窘得恨不得挖个地洞钻，都怪今天和宁优优那一通电话，扯得太过了，把我仅剩的可怜话费打没了。

苏枕之在对面看着我，很识趣地没开口。

顿了半刻，我强作镇定地把手机放回包里，说道："那师兄，你怎么还来。"

苏枕之微微一勾唇："我怕你不知道消息，来了找不到人，索性就来这里和你会合。"

敢情今日这顿饭就是个阴差阳错的结果？！

人生中难得遇到此种窘事，遇到了才能体会到内心深处那种羞愤交加恨不当初的百般纠结滋味。

尤其此时，服务生已经把牛排端上来了。八成熟的牛排我还是很喜欢吃的，味道不错，在我面前就香气四溢。可我估计我这辈子都不想再吃牛排了，它将与我最丢脸的经历挂上钩，闻之则无食欲。

我低头抉择究竟是夺路就逃还是低头装哑巴。前者干净利落可惜后患无穷，后者受尽折磨却不一定劫后脱生。

"你的卷子我看过了。"对面飘来一句话成功地让我狂乱的状态定住了。

我迅速抬头,苏枕之脸上倒没什么特别的表情,他低了头,用刀叉细心切开牛排,专心地好像也不在意其他事了。

我忍了忍,又轻轻咽了口口水,终于对试卷的关心战胜了窘迫,我细着嗓子问道:"我……考得如何?"

我注意到苏枕之切牛排的手顿了一下,过了会儿道:"你在三个月内,能有此成绩,不错了。"

我心里咯噔一下,心里紧张琢磨盘算着苏枕之这话是什么意思,究竟是好还是坏,三个月有此成绩,是说我过了有成绩,还是没过,直接给我个形式上的安慰?

我越来越不安,手脚简直不知往哪放,希望越大失望越大,我这样就没了希望又该如何?

苏枕之朝我看来,眼里似乎动了动,随后他对我淡淡一笑:"最终成绩还没有出来,你别给自己这么大压力。"

最终结果还没定吗?

我忐忑加犹疑地扫了他一眼,终于低头,在无可奈何的情况下,捡起盘子边的刀叉。

我注定食之无味,我的刀子在牛排上运动半天,却没叉起一块后,我抬起头,才发现苏枕之也在看着我。

互相对视,都有些窘。

"是不是我的话影响了你的心情?"他问我,笑了笑。

第五章
窘境

我咬牙吃了一块肉,低声道:"没有。"

他也低头,叉子在牛排上划过,却没有用力:"我知道,当学生,就是注重分数些。"

我没作声,据我所知,天之骄子类似宋哲宇这些,未必真明白人间疾苦。

苏枕之却说道:"原来我在导师手下的时候,每逢重要大考,也会有一番紧张。"

我嚼着牛肉味同嚼蜡,不知其滋味地说道:"不注重能行吗,一生的命运都在上头了。"

苏枕之似乎有些惊讶,笑道:"一生的命运?"

我把嘴里的东西咽下,抬头看见他的表情。那一瞬间,忽然福至心灵。

我突然来了勇气,双眼看着苏枕之道:"像师兄这样的,出身好机遇多,当然不用对有学校特别依赖。可是社会上很多普通人家的孩子,都要靠读书,改变命运的。"

虽然我是有意说这些,但说的时候,我真动情了。我就是因为没早点明白这个道理,总是心不在焉,才会吃到今天的亏。

我想我的表情,我的双眼,一定很真实。

苏枕之定定地看着我,愣了愣,他大概没料到我会说这些,半晌,他才轻轻道:"原来如此。"

这声原来如此出口,竟又让我莫名心虚起来,直觉我已尽力,后面如何,不是我能控制了。

苏枕之后面没再说什么话，秉持着食不言的原则，我正襟危坐地吃完了一顿西餐。吃饭的过程中，我盯着鲜嫩嫩的牛排也曾耳边一遍遍回响着宁优优"宁可没人格不能不及格"的真言，这顿饭如果我付钱也算实现了我请师兄吃饭的诺言了。可是我没吃过猪肉总看过猪跑，当记者时也曾为了采访某大老板勇闯国际饭店。

所以眼前这顿饭值多少钱，我囊中羞涩，也知道付不起。

何况导师大人杀得措手不及，我打定了吃导师饭的想法，身旁根本没带大额银票。所以我吃着牛排，对自己的计划也只能想想了。

出门时，苏枕之还是为我开门，淡笑："你怎么过来的？"

我道："坐车来的。"

苏枕之说："我开车过来的，我送你吧。"

我张了张口，把拒绝的话咽回去。

"在这等我，很快。"苏枕之拿着钥匙小跑向停车场，看他实在不像生气的样子，我在路边内心比较纠结。

看他开着一辆黑色轿车过来，左右我也认不得是什么车，他替我打开门，我就坐了进去。

"第一次吃饭，没带什么礼物，这个送你。"苏枕之竟然从车前递过来一个红色绒布盒子。

我真有些受宠若惊了，看着他递到眼前的盒子，一时不知所措。

第五章
窘境

他很耐心地伸着手,笑道:"不是什么贵重的东西,希望你能喜欢。"

这话说出来,我不接好像就不对了,但我心里挣扎了下,还是没好意思伸手:"师兄,这……我不能要。"

客套应该怎么客套,实在没那经验。

苏枕之盯着我,笑出细细的眼波:"给师妹的见面礼,也不能要吗?"

我怔了下,看着他近在面前的脸庞,忽然就心一紧,怔怔地把盒子接过来。

苏枕之终于把手缩回去。

他承认我是他的师妹,是不是意味着……我两手把盒子打开,里面是一条细细的手镯,红绳编织着,上面串着一颗纯色的珠玉。

我估不出这东西的价值,只能拿出来,轻轻道:"谢谢师兄。"

苏枕之在后视镜里冲我一笑。

优优说她朋友说苏枕之出身清贵,我定然信了,苏师兄教养学识什么的,都太异于常人了……

我跟宋哲宇在一起时,他都没送过我东西,固然跟当时是早恋没工资有关。可是……可是我最近怎么总想起那家伙?

我把手链盒盖重新盖上,仔细放在包包里。

礼物收下了,一定要珍惜,这是不二原则。

师兄按照我说的,来到宁优优的别墅区,停在门口,抬头看着他眼里有些疑惑:"你住这?"

我赶紧道:"和一个朋友住的。"

他点点头,要替我打开车门,我忙自己先下去了,回身冲他摆手。

他似乎又愣了一下,眼中流淌出笑意,我看到他的口型对我说了"再见"。

奔回屋里,宁优优已经回来了。

她在穿衣镜前摆弄,转身对我道:"来得正好,帮我看看后面怎么样。"

我默默走过去,这妮子又换新衣了。来到这里认识宁优优,我才意识到女人真的可以买东西像喝水,三百六十天衣服不重样。

我在心里一遍遍比对自己不穿坏不换的衣服,太奢侈了,这样的生活太奢侈了!

我来到宁优优背后,看她身上这件裙子,波希米亚风又带点淑女气,其实和宁优优女王御姐的气质不符。不过合身倒是非常合身。

"不错。"我真心赞叹。

她总算转过身:"你吃过了没?"

我一低头:"吃过了。"

宁优优的声音在头顶响起,银亮色高跟鞋咯噔咯噔踩过去:

"吃过就吃过呗,你怎么一副欠债的样子。"

我悄然转身;"你吃过没?"

宁优优翘起高雅洁白的大腿:"还没,本来想和你一起去吃的,谁知道你动作那么快,出去这么长时间,有人请啊?"

我曾由衷地觉得宁优优这种天赋,才是当记者的料,加上她那一身王霸之气,扛起摄像机,绝对一往无前当仁不让。

她突然轻呀了一声,盯着我手里说道:"你买什么了?"

我看了看拿着的绒布盒子,不禁觉得压力很大。

"师兄……送的。"我头次觉得话语是含在嘴里的。

宁优优的嘴巴张成某种形状,然后她猛然把腿放下,半响,严肃道:"可以啊,沐白,这么说你及格的事也有戏了?"

我立刻哭丧着脸,拿着盒子坐到沙发上她旁边,垂头道:"还没有。"

宁优优把脸凑近我,拍着我的肩膀,声音登时降了几个分贝:"不急,慢慢来。我告诉你,高校这种分数啊,学分什么的,及不及格,都攥在各科导师手里呢。你别着急,把师兄攥好了,一定没问题。"

哪里是我攥他,我横看竖看左看右看苏枕之苏美男也不像是能被我攥住的人。今天和他吃顿饭,照这情形,我不被他压死就不错了。

我苦哈哈地对宁优优说:"我更希望我能考过。"

宁优优笑得温和:"对自己有信心是好的,可不怕一万就怕万一，万一你就没考过呢？"

我的头耷拉下去。

她捣了捣我："你呢，你到底有没有对苏师兄说正题啊？"

说得轻巧，我哪敢。我双脚盘在沙发上，扯过一个抱枕在怀里，瘫进去叹道："我已经暗示得够明显了，他肯定不可能不懂。接下去他想怎么做，我也没办法了。"

我的盒子被夺了过去，宁优优打开盖子："让我看看他送了你什么东西。"

我轻呼一声。

宁优优把手链拎了出来，我牙根发痒，这大小姐真是好长的爪牙。

"唔，不错啊，这手环上，玉的成色挺纯的。看来苏师兄不管怎样，为人还是很大方的。"宁优优道，"诶，你也不用太担心，看这样他也不会吝啬给你分数，没准就看在你是师妹的情面上给你过了呢。"

啊，这是多美好的结局。我也很憧憬，可是以往我憧憬的结果总没好事，这次会不会也一样？

宁优优又"诶"了一声，说："我觉得，你应该想想，为什么那么巧，你考试的卷子，就会正好被苏师兄批改呢？"

我一下愣了，眨了几下眼，犹犹豫豫道："可能师兄刚回校，他又是导师弟子的身份……那么受瞩目，做点事应该的吧？"

宁优优点着头，"也说得通，不过还是巧了点，谁说他回

第五章
窘境

来就一定要批改试卷,而且,沐白你之前得到过你师兄要回来的消息吗?"

其实我一开始听说也觉得很突然,在考场上看见苏枕之也是意外之极。我看着宁优优张大嘴:"你不是想说,他是因为我才有意这么做的吧?"

宁优优抓下巴:"有这个可能,也可能是你家导师的意思,有意想给你放水。"

不会吧,我怎么不知道我还有这个价值?

我惊讶地眨着眼,一时间实在怀疑是宁优优脑补太多了,非亲非故,无缘无故,导师和苏师兄都是聪明的顶尖尖上的人,哪个能傻得为我做这种事?

不靠谱,我立刻在心里否决。

宁优优最后也没继续说,折腾够了她踢掉高跟鞋换了布拖鞋,开始翻出外卖单子挨个挑选,头也不抬地说道:"你也别太急着定论了,走一步算一步吧。"

我肚子里算日子,就算走一步算一步,我也没多少时间了。苏师兄改卷子,肯定不可能改到地老天荒,不定哪天就批出来了。

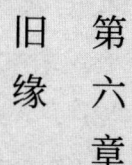

第六章

旧缘

经过了三个月的劳心劳力，骤然闲下来了，接下来的就是等待结果，这种日子就像发酵一样难挨。

宁优优知道我日子不好过，早晨起来拉我去逛街，我对逛街之事无甚爱好，私以为在太阳底下走街串巷实在是件少有的痛苦之事。

但宁女王一下命令，我不从也得从。

宁优优从衣柜里拉出一条裙子，勒令我换上，我一看那裙子颜色鲜艳不说，还露胸露背，坚决恳辞。

我牙缝里挤字："其实穿裤子……逛街才方便。"

最后推来拣去，我挑了套风格极类似水手先生的衣裳换上。至少这件衣服走路的时候不用担心地瞻前顾后。

我唯一庆幸的就是宁优优逛的都是商场，空调吹着，不必忍受烈焰之苦。每过一家金碧辉煌的店，大小姐试衣，我拎包。我感觉自己就是来陪衬的。

还没逛几家店，宁优优手里已经拎了几大袋子的各类型衣服。然后她步伐一扭，走到了一旁的珠宝首饰店。

珠宝首饰店更不必说,满眼都是金光银光闪闪,宁优优看中一款手镯,招我过去长眼:"沐白,你看,这镯子样式漂不漂亮?"

我望了一眼,果然非凡,在一堆金银珠宝中,也不掩其华。

宁优优挑选珠宝的眼光,确是不一般。

售货小姐柔柔地介绍:"这是古玉雕成的镯子,成色和质地都非常好,我们这也仅剩这一个了。"

我看了一下标价,一万八。我闭上眼,把头扭过去。

反正我也买不起,跟着宁优优,也算长见识了。

宁优优当即拍板,要买下来,可是当她掏出信用卡,售货小姐却说:"抱歉小姐,我们这里的刷卡机出了故障,暂时只能收取现金,麻烦您到隔壁的取款机上取一下现金好吗?"

宁优优皱了下眉,有些不乐意。奈何售货小姐非常亲切地再三解释,她才松了口,道:"好吧,你先帮我包起来。"

售货小姐连忙表示同意,伸手进柜台里取镯子。

宁优优这才和我一起,去不远处的取款机取款。

我看见宁优优把一张银行卡放进去,按了几下,吐钞口哗啦啦就往外吐钱。刷卡的时候感受还不深,如今目之所见,可都是真金白银,才骤然各种羡慕嫉妒恨。

唉,如若我当时能有这样的阔绰出手,也不用被个暴发户逼得离家出走了。真是,想想就痛。

宁优优把钱放到钱夹内,道:"回去取镯子吧。"

可是等我和宁优优回到原先的店内，却看到柜台前已经有了个年轻女人，正在和售货小姐争执。

"对不起小姐，我们说了，这个镯子已经被一位顾客买下了，不能再卖给您。"

"被买下了？买下了你们还放在柜台里？那顾客人呢，在哪？"

"对不起小姐，请不要为难我们……"

我盯着柜台那里发愣，没想到不过走开几分钟，还能上演这样的戏码。

宁优优脸上一冷，抬腿就走过去，冷冰冰地对售货小姐道："我来拿东西。"

售货小姐一看见她，立刻如释重负露出笑："好的，请小姐稍等。"

那个原先与售货小姐争执的女人，闻言立刻转过了身，我叹了一下。

秀发如云，面庞秀丽，实是个不可多得的美人。要不是她此刻横眉冷对，我一定认为她是个温柔型的佳人。

宁优优几时示过弱，当即冷冷扫她一眼。

美人立刻炸毛，忽然猛地转身，豪气干云地从手袋里拿出一沓钞票，摔在了柜面上，冲售货小姐吼："我先付了钱，东西理应卖给我！你们要是不给，我就投诉！"

我在旁边看得顿时唏嘘，这美人是不是出门前遇到了不顺心的事，怎么这会子气性都上来了？

宁优优气得浑身发抖，许是没料到遇见这样的难缠之辈，还这么不讲理，她如今拿钱也不是，不拿也不是。

比她更为难的是售货小姐，全身僵在那里，估计也是头回碰上这种两女争抢的事件。

我眼睛看着那一沓沓鲜艳的钞票，这世上的有钱人总是这么多，因为有钱又闲，所以闲得都能为了一件珠宝争得脸红脖子粗。

平时宁优优这人，就是御姐女王，何况这件事本来还就不是她的错，她又不理亏，所以当场就拉下了脸，跟那美人杠上了。

"凡事要讲先来后到，不是砸钱就可以。我先和店家商量好了，这东西我买下，这商场处处是监控，我不介意调出来看看是谁先到的。"优优大小姐盯着美人，眼带寒风地说完一番话。

为了这种事调监控……我上去拉宁优优，刚要开口劝劝她。

美人粉拳紧握，忽然脸一转，看向身后，跺了跺脚有些气恼有点焦躁地叫了声："哲宇……"

这声哲宇真是要人命，语气之嗲，超乎想象。

当我听到"哲宇"的时候，还完全没往别处想，只当普通的一个人名。

可是当一分钟后，我看到从此美人后方走来的身影，眼眸霍然被刺了一下，觉得眼熟。然后就越来越张大，和前面的哲宇一对，我就石化了。

宋哲宇西装革履，记忆中的少年早已变成男人，可唯独脸上那装纯情的笑容变都没变。

他伸手就搂住美人的肩膀:"小双,怎么了?"

美人一个眼波,一噘嘴,一切尽在不言中。

我收回劝阻的手,完全冷眼旁观。

宋大官人就是宋大官人,挑女人的眼光永远都高,交往的女友一个赛一个漂亮,照眼前这个看,很显然也不在乎对方是否花瓶。

有了男友依仗,美人的气势顿时不一样起来。

从骂街泼妇,陡然转换为高傲孔雀。那姿态,那神气,气得我旁边的宁优优差点没七窍生烟。

宋哲宇一贯是个聪明人,当然能看明白怎么回事,当即他一副谦谦君子模样,走上来对宁优优道:"这位小姐,能否请你打个商量,就把这镯子让给我,价钱好商量。"

电影电视上的狗血戏码在眼前上演,只是我没想到居然是宋哲宇,就算他这几年工作再飞黄腾达,也禁不起他这么为女友挥霍吧。

可是宁优优是真正的大小姐,当然不吃这一套,撂下的狠话更是一山更比一山高:"钱我不在乎,我就要镯子,我不介意出双倍价钱。"

我顿时觉得我连陪衬的路人甲都算不上。双倍就是三万六,三万六买一镯子,其中还包含赌气的成分,不是我等平头百姓能接受的。

我看得出宋哲宇脸色变了变,那位被他亲切称呼"小双"的美人,脸上也罩了一层霜。

这时,宋哲宇忽然朝我看了一眼。

我的脸立马一板,心底微颤。

我本想宋哲宇这厮不认得我不注意我也就算了,可他要是不按我想的办,我也……索性装路人。

不想跟一个人纠缠原来是这种心情,那么多年没有见他,我面对他的情绪早已不知不觉中转变为了老死不相见才好。

宋哲宇眼里有光跳动了一下,他动了动嘴巴,似乎就要开口说什么。

他身边的小双忽然一甩手,这时候恼怒地爆出一句:"算了,我不要了,让给你好了!"

这小双心思深细,有意为之,将那个"让"字喊得石破天惊。

宋哲宇立刻被吸引过去,目光专注,柔情似水。

我心里冷冷笑,实在让我很反胃。

不说还好,宁优优的脸色立马变了。这小双明显是丝毫不想输人,弄得现在宁优优好像跟她抢似的。

宁优优性格强势,但她现在却骑虎难下,如果买了,好像在示弱,如果也赌气不要,这小双说不定正好借机把玉镯占为己有。

我看到宁优优气恼的神情,就知道她两样都不想让那小双占便宜。

宁优优到现在估计都没人敢占过她便宜,火气彻底被惹上来，一时场面僵在那里，气氛冰凝。

宋哲宇柔声安慰小双："没关系，我下次给你买更好的镯子戴。"

尽管宋哲宇事业学业一路青云直上，没人怀疑他过人的智商，但很显然，这么多年，他的情商一直没怎么提高。

小双柔情一笑，和宋哲宇转身准备走。

要是这么一走，宁优优就真是吃定了哑巴亏了。

姑娘我一直都有一副侠骨柔肠，偏偏今日这两人的表现把我也激了，真是无理也能搅三分，让人不恨都难。

我冲着左右为难的售货小姐喊："既然都不要，这镯子我买了。"

我没给他们考虑的余地，从钱包里掏出我的银行卡，"你等着，我去取。"

说着豪放转身，小跑到取款机前，哗哗哗取了钱，再跑回柜台，喘息略重。跟着宁优优逛了这么多次街，好歹今日也体会一把挥金如土之感。

宋哲宇和美女小双似是都被震在当场了，居然也没走，宁优优也站着，瞪着眼看我。

我轻咳了一声，走到售货小姐面前，把钱递给她："麻烦你，把镯子给我。"

售货小姐傻愣愣地将包好的镯子递来，我伸手一拎，转身拉起宁优优胳膊弯，"买好了，咱们走吧。"

宁优优居然也没说什么，配合地跟着我走。

"等等。"身后，宋哲宇乍然喊出一句。

我背脊僵了一下，脚步略顿，还是继续走。凭什么你说什么就是什么，宋哲宇，你以为你还是个蒜。

宋哲宇缥缈的声音传来："你是……柳沐白？"

我冷笑，装得还真像回事，我是谁，他刚才早该一眼就认出来了吧？这么多年，他死要面子的毛病，简直是愈演愈烈。

"不是。"我冷笑把这两个字去在他的脸上。

出了商场，我火速叫了辆出租，拉着宁优优，直接奔到了她家门口。

我早把镯子塞给了宁优优："送你。"

宁优优抱着镯子看了看我，没有说话。直到进了家门，她才拉住我，拧着一双漂亮的眉毛，问我："你今天干吗要这样做？"

我瞄她一眼："算了，就当我付你这么长时间房租了。谢谢你对我的收留。"

"那你学费呢？"

我弯腰解开鞋带："还不一定能考上呢，要是考不上，我干脆就回去混日子了，更不用钱了。"

宁优优沉默后说："你今天怎么了，怎么这么见外。"

我转头，暧昧笑："原来优优大小姐是拿我当自家人？"

"不是，一贯的厚脸皮今天突然这么知书达理，我有点受不了。"

我忍着把刚换下来的鞋砸她脸上的冲动。刚跟宋哲宇的碰面，我还余怒未消。

宁优优终于问到了正题上:"怎么刚才那男人认识你?"

她的心思果然是盯在了这上面。

我进去拿毛巾洗脸，实在不想多说。

宁优优再接再厉:"他得罪过你?"

我还是充耳不闻。

"哎呀，看你这么冷漠的样子，难道是前男友?"优优大小姐爆出了今天第一句惊人之语。

把毛巾一撂，"不、是!"我咬牙切齿，内心我坚决不承认，我跟宋哲宇那叫"谈过"恋爱!

宁优优惊了一把，随即叹息了一下，眼波转为同情:"果然是。不会吧，这么巧?"

我恨得冲到沙发上，拿起抱枕深呼吸:"我说了不是，不是就不是!"

"骗我是小狗?"

"骗你我就是白痴!"

……

对于我如此"毒誓"，宁优优显然惊叹了。她走过来，我抱着抱枕严阵以待。

"到底怎么回事，你告诉我呗?"

我扭头，宁优优往我身旁一坐，"就算你们不是男女朋友，起码也是旧识吧?今天那个男人看你的眼神，绝不是陌生人该有的。"

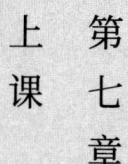

第七章 上课

我看若我不说,这姑娘定会被好奇心淹死。

我决定简明扼要,将一切杀死在萌芽状态。"他是我仇人,因为他曾经干过一件天理不容的事,所以我恨他,我讨厌他,我看见他头就痛,我,反正我和他八竿子也打不到一块!"

"天理不容的事?"宁优优眼睛更亮,她早已忘记先前的不愉快,一门心思靠近我,"难道是抛弃你?"

我狠狠剜了她一眼,"他欺骗过我,这种口是心非极端不诚信的人,我一辈子都不想见到他。"

宁优优摸着下巴,若有所思:"这倒是,我知道你一向讨厌这类人。"

我把抱枕放下,做严肃状:"所以,不要再提起这个人了!"

宁优优看了我半天,叹一声道:"好吧,反正我对今天那对男女也没什么好印象。不说就不说了。"

她能这般轻易放过我,实在让我惊喜莫名。我在沙发上坐下,看见她的爪子居然又伸过来,朝我眯眼说了句:"抓紧向前看才是真的,以前什么事,都过去不要再想了。"

我愣是没听出来她这句话包含的什么真意，看她表情心满意足地拎着手镯进了屋，我放松身体，这事才算完。

宋官人是街坊邻里口中的一枝花，他从来不在外人面前露出他败絮的一面，是以他获得的总是称赞。对比起来，我妈会说我是个缺心眼儿，缺的本来人家第一眼看我挺好，可几下接触过后，就全露馅了。

我做不到宋哲宇那样的完美无瑕，虽然在我眼里，后来觉得这娃挺装的，可人家装的时候你就是看不出来。

我在沙发上歪得都要睡着了，宁优优幽灵般出现在身后，习惯了她的到来伴随高跟鞋的清脆声，偶然一次她不穿高跟鞋，真就好像鬼魅一样现身。

她把上午取出来的那沓钞票，放到了我旁边："呐，给你，今天你能那么讲义气，我已经很高兴了。"

我盯着骤然出现的大红票子，愣了愣。

就感觉身旁沙发一陷，宁优优坐到我身旁："你也别太灰心，沐白你又不笨，那三个月你都那么刻苦看书了，这次冯导师的弟子，你一定当得成。"

我脑子骤然被拉回现实，又晕了晕，不看的时候不知道，真正读书了才明白，哪里是只要刻苦，就一定能心愿达成的……

我很想让宁优优把钱拿回去，钱这东西就这样，给的时候痛快，真看见了就心里挠得慌。但那镯子我是真心送给宁优优的，这姑娘才是一副侠义心肠，在她以前我都没遇到过这样的人，就是正经知交几年的好友，关键时刻也未必像她这么给力。

我一直愁怎么报答她，今天既然正好那镯子她喜欢，我送她也开心。

我刚要说，宁优优睨了我一眼："你不用说了，今天要不是你来这么一下，这镯子我肯定不买。你自己的钱自己收着，这镯子算你送我的了。"

我张了张口，却发现不知道说什么了。煽情这东西实在不适合我和宁优优两人，所以她在看了我一分钟后，也不耐烦地站起来了。

我汗了汗，手指攥到我的包，就头皮一乍。刚才出门，我好像，又忘记了给手机充话费。

于是慌忙站了起来，直接从一堆红票子里抽了一张，去楼底下报刊亭买了张充值卡，今天因为优优我心情好，首次大方买了张一百元的充上。

刚踏进门，就听见来电的铃声响了。

我一边看着手中还没拆封的充值卡，一边看着另一手闪闪发亮的手机，傻眼了。

难道我最近真的是幸运女神驾到吉星高照，运气好成这样？现在居然连欠费的手机都能自己响了？

宁优优被吵得受不了，伸出头来："你倒是接电话啊！"

我被她一吼，赶忙低下头，显示是个陌生号码。

迟疑了那么几秒钟，反正接了不亏，我接起。

"喂你好，这里是方小姐，请问你哪位？"我扯着标准的普通话，笑着说起。

那边传来一声笑语："方小姐？你不是姓柳吗？"

我的手一滑，差点抖落下去。

清隽，温柔，这声音里的感情自然爽朗，丝毫不造作。我所认识的，这么亲切的人，只有……

鉴于昨天才见过，我不可能忘记他的声音。我立马换了腔调，连连笑道："啊，师兄，你好啊。"

苏枕之的声音在电话里，听在耳中更低沉而磁性。他一笑："你今天有重要的事？"

我："没，没啊。"

苏枕之低低道："那怎么不来上课？"

上课？这个词在我耳朵里显然是需要翻译的，可过一会儿，我也涌起不祥的预感，问道："上什么课？"

苏枕之沉默了一下，问我："你不会……这段日子从来没上过课吧？"

"……"

我抱着仅存一丝希望，垂死挣扎，虚弱地笑着问："啊，要上课吗？"

苏枕之道："当然，你不是三个月前，就成了导师的记名弟子吗？每天的课，你没去上？"

我突然觉得遇见宋哲宇什么的都不算什么，那些只是毛毛雨而已。刚才多少秒前听到的那句什么话,才是真正的晴天霹雳,劈得我外焦里嫩。

师兄好像也沉默了,半晌道:"我马上到那边去接你,你跟我去上课。"

我战战兢兢地开口,哭腔都快出来了:"可是,可是导师没跟我说。"

苏枕之几不可闻叹了叹,道:"导师大概没想到你不知道。"

一句话更是让我羞愤地几乎要晕掉。是啊,这次能进入教授门下的,个个都是在名牌大学里锻炼过的。当然不会不知道要上课这么简单的事,也只有我,我才什么都不晓得。

那岂不是等于说,我已经缺课,缺了三个月了?

一瞬间,我觉得跟不跟苏枕之去上课都无所谓了,考试过不过关也无所谓了,我,肯定没戏了。

把手从耳朵上拿下来,都不知道是怎么挂机的。在这一刻,我想死的心都有了。

生活,为何短短几日,你都如此这般跌宕起伏,天知道,我多么怀念你平淡如水的日子。

宁优优起初还没当回事,后来渐渐看到我白得像一张纸的脸色,也吓住了。

她在门口站了一会儿,走过来摇我肩膀,吃惊道:"你不要紧吧?"

我再也忍不住心中酸涩,眼前一瞬间就全部模糊,也不克制地就放声大哭起来。

宁优优倒抽了一口凉气。

我扑在沙发上,哭声嘹亮,坚持了大约半个小时后,嗓子终于撑不住开始嘶哑。内心里,真想抽自己几百几千个大耳刮子。

宁优优手足无措地站在我身边半天,才转身去拧了一条毛巾,塞到我脸前。

我拿过来使劲擦,擦着哭着,真是一塌糊涂。

宁优优也没法子了,沙发全被我占去,她就站在一边看着我。

最后我手机又响了,宁优优拿起来递给我,我看也不看一眼。拼命扯着哑了的嗓子喊,似在发泄。

宁优优最后只得自己接起来:"喂,嗯……好,我知道了。嗯,请稍等。"

她把手机放回我手边,终于伸手推了我一下:"起来吧,你师兄来了,在大门口,他喊你下去。"

我肿着两颗核桃眼,下楼。

苏枕之把车窗摇下来,就看着了我。那一刻,他似乎有点无语,我撑着沉重的眼皮,也觉得自己挺无语的。

"上来吧。"他说。

我站着不动,继续用核桃眼对着他。

苏枕之沉默地看着我,良久还是叹了口气,目光轻柔:"你上来,从现在开始我带你去上课。"

我心里仿佛有一万头那啥啥在咆哮狂奔，来不及了啊来不及，简直不愿意回想我已经错过了，那是多么宝贵的课，我居然一节都没上啊？！

想到这我觉得我以死谢罪都太轻了。

我嘶哑地说："师兄……我能不能补考？"

豁出去了，真是只要他点一下头，我真的能啥都不顾了不在乎了啊，悔恨！

苏枕之还是看着我，眼露难色："没办法重考。"

我恨不得现在撞死在门前。宁优优从楼上探出头来看着我，那种神情很是惆怅。

前面一扇车门在我面前滑开，苏枕之用淡然的声音说道："你先上来，再说别的。"

我上不上去都这样了，我不信他还能让我做出什么花样。

我置之死地而后生地坐了上去，苏枕之探身过来关上车门，看了看我僵挺在座位上的身影，又伸手拉过安全带，替我绑在了身上。

我欲哭无泪。

苏枕之一言不发地发动车子，流畅地驰出住宅区。第一次坐他车的时候太紧张，什么都不曾注意。这次因为万念俱灰，反而不用有所顾忌了。

他的车里似乎有一种花草似的清淡香味，那味道闻着让人放松。

半响我才后知后觉转头，涩声道："这不是回学校的路。"

苏枕之把着方向盘，微微一笑："你现在的状态，上不了课。"

我扭过头，真是心里的忧伤像潮水蔓延。他那眼神让我，陡然觉得自己仿佛又回到了文艺女青年的时代。

苏枕之静静道："小白。"

我再次把头扭过去看他，我以为他要说什么。是开导还是安慰，这会儿都来吧。

他很认真地问我："你中午吃饭了吗？"

我："……"心里忽然想起，有一句话怎么说的，所谓你的悲伤只是你的悲伤，和其他任何人无关。

我低头拔手指，咬牙根："没吃。"

车几乎立刻停下了，我愕然转头，旁边矗立着一家海鲜楼。

我愣愣地开口："我不爱吃海鲜。"

苏枕之立刻问："那你爱吃什么？"

我再次恨不得抽自己一嘴，"啊，不，我还不想吃东西。"

"你请我吃吧。"耳边淡淡一句。

"什么？"我扭头。

苏枕之也转脸："带钱了吗？"

我居然下意识捏了捏口袋："带，带了。"

"那走吧，"苏枕之洒脱地开门下了车，绕过来替我开了门，"海鲜楼也有其他东西吃。"

气氛是实在太不对了，以至于我在如此悲伤中还能炯炯有神地发现，我跟苏枕之好像不怎么熟，认识也不过两天而已。

我也不知怎么就晕晕乎乎下去了，抬头苏枕之高大的身躯挡在我面前,他身上好像也和车上带着同样的气味,很清新的男人。

我顿时,惴惴不安站在原地不知如何是好。苏枕之却又一笑,伸手一拉我胳膊,把我拉了进去。

这会儿正是饭点,这家店里却冷冷清清那么多张桌子寂寥地空置着。店员看到我们,热情相迎,眼睛发亮,让我一度以为这家店真是生意太惨了。

可是人家随后就说:"包厢已经满了,二位在这大厅里将就坐一下吧。"

我顿然察觉原来不是生意不好,是生意太好。看来这世上人人都生活得如此美好,我能有如此惨淡的处境才叫实在难遇。

看到每位客人都热情相迎的高素质店员,人家即使是个店员,也是有前途的。

苏枕之挑了个位置:"就坐这里吧。"

我们往那儿一坐,店员拿来菜单。我心想既然请人家吃饭,就不能表现得太扫兴了。

我拿餐巾纸揉了揉鼻子,整了整心情,慢慢尝试露出一笑:"师兄你想吃什么?"

我发现称呼就是这么奇怪,师兄叫着叫着竟然就习惯了,一出口没了之前的别扭。

苏枕之低头扫了几眼,点了几样菜,店员捧着走了。

苏枕之一身气质难掩,坐在这儿也是鹤立鸡群,我想起刚刚在人家面前那样失态,实在是就觉得,丢人。

第八章 交锋

我直接归结于苏枕之身上存在一股让人放心的力量,导师说这个专业需要天赋,我看苏枕之这天赋就绝对是万里挑一的。

怪不得是导师唯一的弟子,又是天才弟子,果然,绝非浪得虚名。

我这厢感叹,那边店家的上菜速度也一流,才几分钟,已经端来了。我刚才不知道苏枕之点了什么,现在一看,只是寻常几样小菜,一清二白,连个荤都没有。

我晕了晕,要不是昨儿个才跟他吃过牛排,我简直要怀疑苏枕之苏美人是吃素的了。

陡然想起他让我请客,心中狐疑难道是因为这个?

我把不愉快先抛掉,变得和颜悦色,冲着他轻轻笑道:"师兄,再点几样吧,不用给我省钱。"

就算无缘成为同门了,就算这师兄以后不再是师兄了,但一日为师兄终身为师兄,况苏美人君子端方,就算我跟他没这几日的渊源,光是和他面对面吃饭,我也愿意请他吃这顿饭。

人嘛,不都是这样,世上有一味名曰美人的心药,静气凝神,进而身心愉悦。

苏枕之也回以温柔的一笑:"不用了,我们两个吃这几样,够了。"

我抽了抽鼻子,再次掩面,我现在相信一句话,同样的美丽程度,男人比女人要有杀伤力。因为在这整容产业还不甚普及,而女性的美容事业却已经延续几千年的世界上,真正的帅哥少已成为不争的事实。

我拿起筷子夹菜,送进嘴巴里第一口的时候,我才意识到肚子已经饿了。

本来嘛,以我平时的饭量,适才经历了那么一番惊天动地的体能消耗,怎么可能不饿,奈何刚才太悲伤,没注意到。

我咬了一口锅贴,苏枕之那边也拿起了筷子,但我端看他只是极斯文地吃了棵芹菜,就又放下筷子。

果然是不合口味吧,贵公子,怎么吃得惯这样的粗茶淡饭。

他目光看向我,来了一句:"小白,你以前是做什么的?"

我筷子顿了顿,磨了那么半晌,还是闷闷道:"记者。"

半天,我听出他声音里带了一丝笑意,简洁道:"不像。"

我知道他为什么说不像,姑娘我最近的表现整个就像一弱势群体,扛起摄像机冲锋陷阵的日子,离我已经越来越远了。

苏枕之似乎也有些停顿,他嗓音有些低,"那,你已经工作了,为什么还要回到学校?"

这问题实在是太为难了,我不能说我干记者干到不想干了,

第八章
交锋

找别的工作，那些单位需要的学历一个比一个金光闪闪，我不给自己镀金想进也进不去。

"我发现学校比较好。"良久，我挤出这么几个字。

当你不能说出最真实原因的时候，就要说出第二真实的原因。扯谎这事儿是不能干的，尤其是当着聪明人的面。

学校好，这是我的又一心声，说实话，干一行你喜欢的工作的时候，其实并不是单纯工作就行。当我真正上了班，我才发现工作环境那波涛汹涌以及同事和同事之间的竞争关系犹如洪水猛兽，笑面虎，美女蛇，口蜜腹剑图穷匕见，一环扣一环只让我在瞬间，体会到了以往十几年都不曾体会到的麻辣酸甜。

那个时候我终于发现，以前总觉得种种不如意的校园生活，其实是多么单纯的环境，多么美好。难怪人都说，学校是一块净土。

至少，你跟同学闹得矛盾再大，也不可能牵扯到利益关系，过两天说不定又是你好我好。学校不管你家财万贯还是身无分文，都被清一色的校服遮挡着，所以大家是平等的。

出了校园，进入社会，立马名牌地摊货区分开来，硬生生分出个三六九等，那些眼神，都是不一样的。

所以等我真正懂得了这些的时候，我才开始怀念校园。

苏枕之若有所思看着我，眼里流露出深意："我知道了。"

这哥们总喜欢过段时间就高深莫测地来一句我知道了，他到底知道什么了，我实在窘。

剩下的时间就沉默了，我不住筷子地吃菜，一来避免抬头尴尬，二来我实在是饿了。

苏枕之也没再说，又夹了一棵芹菜，放到碗里。

陆陆续续离开了几个人，好像是楼上包厢的，然后正好就有一些人进来。

我刚夹起一筷子，就听到后面道："哲宇，这家的海鲜最好吃了，我每星期都来。"

脚步声往这边过来，我筷子上的鸡蛋落回碗里，我往座位里边挪挪，装看不见。

这个世界难道就这么小，那为什么之前三年我一次都没看见宋哲宇，偏偏这两天连续遇到？这难道就是所谓的，你想见的时候偏偏不让你见，你不想再见的时候偏偏要在眼前晃？

这是什么样颠倒的世道。

店员热情地介绍："先生，楼上有包间，要上去吗？"

宋哲宇的声音道："好的。"

我把头埋到衣领里。我想宋哲宇看见我一定会装没看见，因为这是他一贯的风格。可是……

"啊哲宇，那个不是你前女友吗？"

一句前女友，让我骤然攥紧了筷子。随即，内心有一股火窜了起来。

每当我以为我自己走运的时候，其实后面总跟来倒霉的事。比如拜入导师门下，随后却又遇到的考试。比如我的手机，直

第八章
交锋

接带来更霹雳的噩耗。所以这次,我也就不奇怪了。

我能感到,顿了顿后,宋哲宇的脚步朝我走了过来。

我不动声色地闷头嚼饭。宋哲宇终于来到桌子旁边,道:"沐白,你也在这里。"

对面,苏枕之抬起了头。

他大概这时候才意识到,这对男女口中的"前女友"是指我。

我忍了又忍,转过头。

我还没来得及说话,那个小双同学又开始了:"哟,哲宇,怎么好像她不太高兴的样子。"

我啪地放下筷子,脸上扯出一个极难看的笑容。

真没想到,这世上还有这样"单纯"的女子。

我酝酿了半天,才终于说出话来,讪笑道:"宋大哥,哪个说我是你前女友?"

我望着宋哲宇那张脸,一枝花还是一枝花,可是我却不再觉得赏心悦目了。

他的脸色骤然变了变,看着我的眼神,闪过了一丝东西。

那女子小双也愣住了,磕磕绊绊道:"你们,你们不是在一起过吗?"

脑残无极限,无耻无下限。

那一刻,我居然能放松下来,突然觉得,跟这对男女纠缠,好像不值。

我露出了和颜悦色的笑,这么舒爽的状态,我好久没有过了。

过去，我有这种状态的时候，跑新闻都特别顺利。

我对宋哲宇"亲切"道："宋大哥以前就爱开玩笑，街坊邻里住得近，没想到这么多年还能见面。这位是你女朋友吧，怎么能说我是你的前女友，多招人误会。"

那小双愣愣地看了我半天，我笑得温和，邻里相逢的热情，都在里面了。我打眼一看就知道，这姑娘是个心思极细的。

小双似乎才反应过来，伸手去揪宋哲宇，骂道："好啊，原来是你故意骗我！你混蛋……"

宋哲宇一张脸难看地盯着我，旁边女友的打情骂俏，好像没进到他的耳朵里。

我不再搭理，转回了头。

苏枕之很巧地笑了笑，轻声道："原来是你旧识，小白，怎么不给我介绍。"

我也笑："刚才没看见。"

以前我就盼望着，要是能让那个傲慢得要死的宋哲宇吃一回鳖，就好了。没想到今天一举达成心愿，顿时面子里子都有了。

苏枕之又招呼："二位吃什么，要不要一起？"

我低着头心里喜得颤抖，苏师兄，你实在太给力了。

宋哲宇果然尴尬一笑："不了，你们吃吧，在这里遇见沐白，我们就来打个招呼。"

苏枕之连连客气："应该的应该的。"

那小双看见苏枕之，也不知怎么想的，还歉意地冲我道歉。

第八章
交锋

我心情早已好了,自然分外大度地说"没关系"。

两人上了包间,从他们背影消失,我才把笑容一收,道:"师兄,我吃饱了。"

苏枕之目光幽深地看了我一眼,自然没反对,"好,我也差不多了。"

我看着他,没过问他两根芹菜的事,彼此对视一眼,心照不宣地起身离座。

有人就是能迅速跟你有默契,这事有时候就像总有些人天生跟你不对盘一样。不过我能在遇到宋哲宇这个不对盘的人同时遇到苏枕之,已经很满意了。

为了苏枕之昨日若有若无地帮了我的忙,我绝对破罐子破摔地去上课。在成绩下来之前,就算成不了学校学生,好歹还能有机会听听高水准的课,我肚子里自我催眠说,还是我赚了。

我不知道大学生原来这么好学,我进去的时候已经人挤人教室水泄不通。我猛眨了几下眼,咦咦,不是听宁优优说,大学的课难得有几个人上的吗?怎么实际情况差那么远?

我腹诽,决定回去鄙视她。

那妮子估计是自己不愿意上课,时常翘课开溜,就污蔑周围人和她一般不上进。

只剩最后一排还有个空位,我挤了过去,赔笑问旁边:"同学,这地方没有人吧?"

那同学只顾着伸头看黑板,讲师还没来呢,就这么认真了。她兴许顾不上我,就随意摇了摇头,我喜滋滋坐上去。

我抬眼一扫,竟然惊奇了一下,这教室这么多黑压压的脑袋,竟然有百分之九十以上都是女孩子!只有少数几个男同学插在中间,几乎被淹没了。

我暗暗心惊,难道大学里头女生都比男生好学不成?唉,真是想不到我们的女同胞这样争气啊。

……

我感叹地想,就听上课铃响之后,原先还东倒西歪的女生们,顿时挺直身姿,正襟危坐,个个看着像大家闺秀十分端庄。

受到感染,我也立马整肃容色,和她们一般坐得端正。

我坚持,再坚持,过了一分钟脖子已经发僵。这种小学生似的坐姿着实是十分的辛苦,我扫了一眼周围不由更加敬佩,难为她们怎么能坚持这么长时间呢?

又有一遍铃声响起,实是清晰悠扬,我心一抖,原来刚才那遍只是预告铃。

这遍铃声真是对教室里努力坐正的姑娘们的一次摧残,再次憋了有一分钟后,靠后排的女生开始坐不住了。接着这种情绪开始传染,坐后面的胆子比较大,几个人小幅度地动了动肩膀,眼神彼此交流了一下,终于压不住女生天生爱八卦的毛病,开始交头接耳。

"冯教授怎么还不来?"一个女生问。

第八章
交锋

其他人皆对望："不知道为什么没来，可能因为刚上课。"

我耳朵立刻竖起来，心底讶异，学校有几个冯教授，不会这么巧，我第一回上课，就撞见自己的导师给讲课吧？

旁边也传来难掩激动的声音："这可是冯教授的第一节课，很难得的。"

"对啊，听说……苏学长也会跟着来？"后面这女生说话，语气一听，就知道是真正的醉翁之意不在酒。

那几个人都有些难耐住情绪了，兴奋地小声道："我也听说了，不知道、苏学长会不会也来给我们讲讲课？"

前面，又有几个脑袋渐渐靠了过去，一脸笑："听说，苏学长人很好的……"

除了开头第一句听到了我可敬的导师以外，后面就都是苏学长了。现在人说话，都会抛砖引玉了。

依我看这些姑娘们崇敬导师未必是真的崇敬，但冲着苏枕之而来却绝对是百分之百的。姑娘们的心思啊，就是这么欲拒还迎。

我扫了一眼黑压压的女性同胞，隐约有点明白了。

这都是明星效应，活生生的名人效应啊！不管哪个地方，风云人物总是惹人眼球的。

苏美人那张脸，我看着美，别人看着，当然也美得冒泡。

看着教室里渐渐有沸腾的趋势，就在这时，终于门外缓缓踏进来了一个身影。

导师和蔼可亲的面孔出现在讲桌上，热闹的人群终于又安静下来。

我平白挂名当了导师三个月的弟子，这却才第一次正儿八经听他讲课，实在是惭愧极了。

因此我听得分外认真，导师一节课上冲我望了好几眼，我的表情分外恭谦。

一节课下来，导师已收服了大半学生，真正叫他们体会到什么是专业过硬，名牌教授的水准。那些一开始还频频张望盼着苏枕之的女孩子，小半节课过后都转移了阵线，目光盯向头发花白笑眯眯的导师身上。

我愈加在心里惊叹，看着导师，这节课充分说明了，男人的魅力不仅仅是靠帅的。就算导师不帅，照样有办法让那群小姑娘眼睛牢牢钉在他身上，这就是人格魅力，这就是不一样的吸引力。

最后我怀着同样崇敬的心情走出了教室，旁边女孩子一脸意犹未尽："冯教授课讲得真好，要是有机会，做他门下的学生，就太好了。"

另一走在她旁边的女生立刻道："你想得美，冯教授只有苏学长一个学生，你要是也成了，不就和苏学长同门了吗？"

先前女孩不服气白她一眼："有什么不可能的，冯教授不是已经又收了一个学生吗，就是新招进来那一批的，听说那女生也不怎么样。可见，要成为冯教授的门下弟子，也不是那么

第八章
交锋

难的。"

不怎么样……我低着脑袋,我的确不怎么样,可是被人这样当着面嚼耳根,我实在羞愤得很。

"那批招进来的人,怎么样,听说他们最后的选拔考试,正是苏学长批的卷子,结果出来了吗,有几个过的?"

那女孩撇撇嘴:"苏学长上午公布过了,说是全部通过。"

第九章 成了天才

我在原地,反应了好一会儿,才有些回神……

我没听错吧?

一种踩到狗屎运的神奇感觉在悄悄滋长,也许就是狗屎运走得太突然了,所以我踏出去的步子才感到不真实。

可我还没等这种狂喜流回心底,那两个女生又开始了:"听说冯导师收的那学生,三个月来一次课都没上过,居然还考过了!"

"太不可思议了,不会吧,难道真是天才?"

一个人难言惊奇和嫉妒的复杂话语,我感慨我居然能一下子听出这么多的情绪。

我在两个人的谈话中莫名其妙成了天才,在一瞬间,我觉得我内心的情绪比那说话的两个女生加起来还要复杂。

先前说我不怎么样的那个圆脸女生,表情更是深奥地叹息走远:"唉……冯教授收的弟子,果然都不一般。"

无缘无故被夸了一顿,我觉得我好像踩在云上一样。都不知道是走向哪儿了,突然知道我并没有如预期一样被刷下来,这种感觉就够美的了。我没中过彩票,不过这种事情比中彩票还要让我甜。撞大运的心情,大抵都是差不多的。

我眉开眼笑,边抿嘴乐边走,走到一棵大树下,猛然刹住了。

因为我突然发现,苏枕之正站在不远处,似笑非笑地望着我。

我回应过来第一感觉是,糗大了。

这男人像标杆一样靠在前方的画报栏上,也不知在旁看我笑话看了多长时间。

我浑身肌肉紧绷,暗暗吞了好几口水,脚慢慢地挪了过去。

"师兄好……这么巧啊。"我佯装不经意地笑着招呼道。

苏枕之淡淡笑道:"来上课了?"

我扯嘴笑了出来:"是啊是啊,来听讲课。"

苏枕之露出一丝略有些奇特的笑容,道:"带饭卡了吗?"

闻言,我愣了愣。

他道:"以后课业紧张,要留在校园吃饭了。"

我这才有反应,连忙道:"我还没有饭卡。"

苏枕之转身:"来,我带你去办卡。"

于是又一次,我仿佛又理所当然地跟着他走了。我盯着他的背影,还在想,真不愧是师长级别的人物,就是照顾人呐。

跟苏枕之去食堂里绕了一圈,办了个一百块钱的卡。我陡然想起上次那手机费还是人家帮忙给冲的,忙又拿出一百块,双手捧过去,"师兄,那个,上次那手机费……"

苏枕之盯着我手里的票子,忽然闷笑了一下,说道;"不

第九章
成了天才

必了,我也是为了找你才冲的。你记着以后保持开机,会有很多事情需要通知你。"

我垂头看了看手心里的钞票,很有毅力地推让了几次,苏枕之坚辞不收。后来我想起宁优优教我的一句箴言,大意是说当一个男人说什么都不肯收你钱的时候,最好适可而止,不然容易伤了人家自尊。

我就把票子收了起来。

苏枕之见了,眼底划过几不可见的轻微笑意。

"师兄,还要谢谢你。"

"谢我什么。"

谢你让我过关了……这话憋在嘴里,却不好意思出口了。我于是看他一眼,颇为矜持地,决定一切尽在不言中。

苏枕之也看了看我,表情还是那样,微笑。

身为亲切的代表,他大多数时候都是笑的,不过笑的深浅有差距,浅的时候没什么,和他人一样礼貌和煦。但一旦深了,画一般的大帅哥,眼纹却有些上翘,眼神显得深邃。

此刻他望着我,就笑得很深。莫名地,我耳根有点红了。看来我太高估自己了,时常和这样的美男子相对,观音也能动情了,实在太危险。

顿了顿,我还是决定换个委婉点的方式问:"师兄,你为什么让我过?"

他马上反问了一句:"你觉得你不应该过?"

我:"……"瞧这问的,更直接了。应该说,我有多少斤两自己清楚。

半晌,他才接了下去:"你有天赋。"

听到这句话,我不得不更窘了。

看着苏枕之那张脸,我却失去了追问下去的勇气。我觉得我真是闲得没事找事了,吃了个馅饼你还管它是怎么掉下来的呢,反正我过了,后顾之忧也就没了。

我如是喜滋滋想。

宁优优听到这个消息后说:"看吧,多亏了我的提醒,不是我开导你,你这榆木脑袋还不知几时开窍!"

我的笑都咧到耳根了,这次不必再担心中途来个大砖头把我砸晕,优优大小姐坚持是她的功劳。

我要请宁优优去吃川辣火锅,她却要叫外卖吃比萨,叫最贵的那种,坚持要杀我一顿血。

这是两年来,遇到的最大最大一件好事,我非常乐意地等着她宰杀。

可是比萨送来了,咬了第一口,我就后悔了。事实证明最贵的不一定最好吃,咬在嘴里酸涩得难以下咽。

宁优优却好像吃到了最大的美食,一个劲往嘴里塞,对我说:"沐白,上次苏师兄来接你,人在车里,我没看清楚。我说你什么时候找个机会,把师兄约出来顺便让我见见?"

我干脆地拒绝:"不给见。"

第九章
成了天才

宁优优跳了："干什么，这么自私啊。"

优优大小姐如狼似虎，加上空窗期甚久，寂寞太久，成日对身边的男子横挑鼻子竖挑眼，难得她突然对一个人有了兴趣，我还真不太放心。

那可是挂名的师兄大人啊，一个不好，得罪了，我的求学之路，也就幻灭了。对于已经幻灭过一次又鬼使神差捡到便宜的我，患得患失是难免的了。

我道："我跟师兄不熟，他课业又忙，我哪约得出来他。"

宁优优凉凉地说："哟，师兄又不是你家的，这会子就开始霸道啦？"

我忙赔笑，"哪儿能啊。"

宁优优甩给我一个白眼，继续吃比萨。

我见她不再绕着这个话题，也松了口气。

我乐颠颠地去向导师申请住在学校，学校里竟然有专门供硕士生用的宿舍楼，很轻易就申请通过了。

我觉得最近运气实在好得不能，仿佛突然降临了幸运女神光照我一样。

上完了上午的课，下午就清闲了。我好心情地回到别墅，告诉宁优优说我要搬出去，不再劳烦她了。

这个时间点，优优大小姐在进行她的美容功课，贴着眼膜贴保养。

仰靠在沙发上,宁优优喝着燕窝汤,很滋润地补着,然后耷拉眼看我一眼:"终于要走啦?"

虽然我没指望宁优优会深情脉脉地留我,但这般的反应还是让我心灵受了伤,我觉得我看宁优优的眼神有点幽怨。

大小姐一向最怕我这样的表情,用她的话说,就是表白错了对象,让她浑身鸡皮疙瘩暴起。

她故作嫌恶地撇过脸:"我说你果然是单身太久,各种空虚寂寞冷了吧,正好去学校里住,那里多的是男人,遇见男人,你就正常了。"

最近我被宁氏毒舌伤得体无完肤,她不跟我客气,我也不跟她装情深了。进去几分钟把包袱收拾出来,皮箱一拉,回身挥手道:"朋友,我走了。"

能有事没事把燕窝这种东西当水喝,才是真正的大小姐。我在别墅里住得再久,也成不了大小姐。

现在发现我娘亲很多话都是至理名言,人不能依恋上不属于自己的东西,时间一久,容易连自个儿是谁都忘了。

我快要走出别墅的大门,忽然听到宁优优喊我的名字。

我回头,宁优优站在二楼的窗户前面,冲我挥手:"沐白,虽然你小气,连你师兄的面都不让见,不过我还是决定大人不记小人过。记得以后每星期,请我吃川辣火锅!"

我笑着冲她道:"行啊。"

宁优优一口大白牙在阳光底下晃:"反正你跑不掉,以后见面次数多的是,我总能看见苏师兄的姿容。"

我提着包,拉着行李箱,转身上了一辆出租车。

学校的硕士楼是有,但是很偏,破倒不是太破。但是虽然美其名曰是给硕士专用的,但是因为,念硕士的一般都是本地人,住在学校的少之又少。

所以这栋楼,我走进去的时候才知道,很空很空。

踏进去的一瞬间我立刻有一丝悔意,不该从宁优优的别墅搬出来。但这一丝悔意立刻被我死死摁住了!早日搬出来是明智的,再迟些日子,我就要被富贵浮云腐化了。

眼前的楼和别墅的对比十分强烈,因此才给了我过于强大的视觉冲击。我的房间在二楼,我庆幸选择了这个位置,打开门,房间更整洁,一张床,一张桌子,靠窗。除此外,就是屋顶上的唯一一盏灯。

几乎是一目了然,我不需要多花费功夫看。我告诫自己,这环境不就和我以前住的差不多?没什么不习惯的,住上个两天,什么不适应都没了。人都是有惯性的。

我把行李箱放墙根,坐到床上休息。几分钟后,听到楼上有声音,楼道传来脚步声。

我愣了愣,主观定论下得太早,我一直以为这栋楼除了我,就没别人了。

出于警惕我还是来到门边,伸头看了看,虽然这里是高校,安全设施没得说,但孤家寡人,免不了警觉些好。

却看到一个和我差不多大的女孩子。

梳着马尾辫,很干练的外形,她也在往楼上拖行李箱。

这是同住此地的学生无疑了,看到还有邻居,我心情好了许多。"你好。"我下意识道。

那女生直起腰,倒是落落大方,她伸出手:"李红曳,摇曳生姿的曳。你叫什么。"

被人搭讪不说名字,的确不礼貌,我只得也伸出手,轻轻说道:"柳沐白。"

那女生的表情在一瞬间变得微妙,目光动了动,她淡笑了笑道:"原来是你,早有耳闻。"

这时候我才发现这姑娘有点眼熟,似乎是这一批招进来的几个人之一。只不过人家是真才实学进来的,我是靠运气撞进来的。

情绪这种东西真的是瞬间能万变,李红曳说出这句话的语气腔调,蓦然就让我察觉到距离了。人跟外表还是能对起来的,看着精明干练的人,多半就真是这样。

李红曳又说:"你真幸运,能成为冯教授的弟子。"

她的眼神在那一刻其实不甚友善,我能感觉出。我觉得这李红曳不是好相处的那类人,也打定主意不多言了。淡淡应了她几句,我找个借口把门关上了。

生活际遇大抵就是如此,几多欢喜几多愁,正如不是每次都能遇到宁优优那样的坦荡姑娘,也不是每个人都能像她那样古道热肠。

窝在我的小窝里，难得有了一方自由天地，闲来无事，我决定查询一下话费。手机摁了几个键，我搁在耳朵上倾听。靠在我的软枕上，我觉得比较惬意。

当听到电子音甜美的声音说："您的话费余额还剩下二百八十六元，感谢您的查询，欢迎再次来电！"

我从床上坐起来了。

最近我多次怀疑了我的耳朵出毛病，当然最后证明它们都是非常健康的。这次我也很快接受了不是我耳朵出毛病这个事实。

侧头盯着我的手机，我越看越惊心。

我没有想到，苏枕之给我的手机充话费居然冲了几百块之多！我最多以为他给我冲个五十一百什么的，就让我很是感激他的绅士之风了。

想不到！

我握着手机几欲仰天捶地，晕啊，我想到昨天我还兴头头地给人家一张百元钞票，原来我给人家的钱还不够几分之一。

我扑在床上揉枕头，老天爷对我异常厚待，走了运的同时还不忘让我每日一窘啊！

一日更比一日窘，窘得欲哭已无泪……

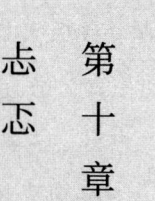

第十章

忐忑

我在忐忑心情中睡在硬板床上度过了一个不眠夜。清晨我起早穿戴好，抓着饭卡去食堂吃了顿丰富的早饭。

第一天上课，怎么也不能亏待了自己。

饭毕，我像其他人一样抱着书去上课，重新踏入校园走在林荫道路上，我的心情相当激动。

从小我那个悍勇的娘亲发狠的时候就念着说，让我滚出家门自力更生独立奋斗，那时候我和她都是做梦都想不到某一天会阴差阳错以如此狗血的方式打了折扣地完成了她的念叨。

人生被逼至一定境地，我现在相信是会绝地逢生的。

早上我接到苏枕之的短信，说让我去A栋教学楼的第一间教室选课，除了必修课之外，还有两门选修课，任由选择，高校就是自由。

这一瞬间我才真实感到了甜头，我感叹这才是人性化的教学。

人嘛，通常都有自己擅长的科目，就算是我也同样有拿手的那一门课。自由选择就是大可以怎么拿手怎么来，就是送分课。要不怎么说高校的学习，比起九年义务和高中的题海沉浮，就是天堂呢。

我心情大好地按照指示到达了地方，原以为我去的已经够早，没想到选修表前面竟然已经挤满了黑压压的人。那个李红曳，赫然站在最前面一排。身材高挑的好处就是站哪儿都显眼。

我有些傻眼，她什么时候下楼的，怎么我一点也不知道？

我明明记得我昨夜乃至早晨都是很清醒的，怎么会没听到动静。

我狐疑地上前，还好教授招进来的学生也就那么几个，再挤也不会挤到哪里去，我努力奋进了几步，还是能看到选课表。

真是眼花缭乱品种繁多，看得我都不知道该选啥好。

我不知怎的，我挤进去还没多久，人群哄一下就全散了，都陆陆续续坐到座位上。

背后空空的就有点不自在，我有些汗，他们也差不多，都看完了。我继续仰着脖子，非常认真地盯着课表。历史我一向还行，只不过这一科一星期才两节课，想来期末占的比重也不大。

下面还有……

我扭过脖子，苏枕之面带和悦笑容，浑身好像镶了一层金边，踏进门里。

他朝我挑了挑眉，低沉道："小白？"

我扯开嘴角朝他笑了笑，然后低头转身，迅速朝最近一个座位坐过去。只要想到我傻傻地递给他百元大钞的场面，我看见他，就抵御不住浓浓一阵不自在。

第十章
忐忑

坐在椅子上,我明智地决定,装作不知道。

苏枕之给每人发了选修课表,填好上报。

这次选进来的十二个人,有十个都是姑娘,只有两个大男生。此等场景,不由让我心中起了浓浓对女同胞的自豪。

拿笔在选课表上敲了敲,便想参考学习一下,我环顾四周,由于大多数人都坐在前排,一圈人的桌面都在我视野内。前后左右瞄了瞄,她们几乎不约而同,都选择了历史。

相对于其他科目,历史加分不多也不是重要科目,简直就是鸡肋。话说,一块鸡肋也能这么多人抢啊?

我还在心里犹疑不定,那些人显然早就决定好了,已经有人把表格交上去,苏枕之收了。

我大受压迫,赶紧再把视线投回表上,决定认真选择。

苏枕之走到一张桌边,就能收到一张表,那些人等着他似的,他一来就马上站起来。

我正在纠结是历史还是音乐,其实小时候我还是有音乐的梦想的,渴望成为毛阿敏那样的实力唱将歌手,一开嗓子声震四野。虽然最后失败了,震四野不是我想要的那种震,但现在还是考虑是不是圆梦一把。

这时我听到旁边一个清晰的女声说:"苏老师,我们这次选课,最后就能通过吗?"

苏枕之温暖如风的声音回答:"还要报到教务处申请,不过大家资质都不错,我希望大家都能选到合适的课程。"

一女声继续不依不饶:"苏老师,听说你以前就是这个学校的学生,我们可以叫你学长吗?"

啧,真是,这些姑娘们太会说话了,背后不都是叫苏枕之学长的吗,何必还当面问。

苏枕之果然道:"当然可以。"

李红曳的声音响起来:"听闻苏老师以往的历史研究就非常深厚,这次苏老师的历史课也一定讲得很好。"

清晰彻耳,一瞬间,我醍醐灌顶。

这世上大多数人都是冲着皮相去的。都会说以貌取人肤浅,其实人人都肤浅。

我看着苏枕之冲李红曳礼貌微笑,实乃顿悟了。

我一转头,决定果断地选择……

"要来上课吗?"苏枕之速度怎的那样快,一转眼声音在我耳后响了。

我转过脸,用一分钟理解了他话里的意思,眨眼冲他笑说:"我怕师兄你的课太受欢迎了,我没本事挤进去……"

苏枕之说道:"不要紧,你要是愿意来,我给你留一个位置。"

看着他的脸,我和他对视了片刻,在这种情况下,我还能说不愿意吗?!

我垂下眼,恭谦道:"那就多谢师兄了……"

苏枕之满意地收起了我的选课表,转身出去了。留下我在座位上低头敛眸,享受四面八方的瞩目。

第十章

虽然我对开后门这种事情一向不反感，要是后门开在我身上，我更是不会反对。但本着低调做人的原则，苏枕之这么明目张胆地开后门，又实在让我如坐针毡。

李红曳站起来，走过来拍了拍我肩膀："柳沐白，一起去吃午饭啊？"

我看着她，努力平静语气："不了，我中午，跟朋友有约。"

李红曳点了点头，从善如流道："那我们先去了，再见。"

"再见。"

十分钟后，我垂头丧气走出教室，叹了几声，走了几步，不经意一抬头，苏枕之腋下夹着选课表，站在窗子底下，看到我露出笑。

我如被烫了下，额角一跳："师兄？你还……在这？"

苏枕之看着我，眼睛缓缓一眯，低笑道："我等你，走，跟我去见导师。"

他站在墙根不动，我硬着头皮走到他面前。

苏美人迈开一双长腿，往前面走。我规规矩矩跟在后面。苏枕之斜睨我，轻轻问了一句："话费还够用吗？"

我脚底几乎一滑，腿肚子都要抽筋了，脸上却板得死紧，正色道："够用，我打电话一向不多。"

苏枕之面带微笑："够用就好。"

很晕很晕，我还得客气一下："谢谢师兄帮冲话费。"

苏枕之微笑回道:"不算什么。"

我:"……"

办公楼这路恰恰是离此地最远的,我感叹的同时也一身紧张。很快我发现苏枕之的步伐很规律,我快他快,我慢他也慢,始终保持和我同行。

看到这些我更囧了。

身旁美人如玉,我却如履薄冰。苏枕之这块好玉,我如果在十八岁以前遇到,绝对是一颗芳心沦陷找都找不着地方上岸。可自打经历了宋哲宇一役后,我就知道,秀色不一定可餐,男人长得美,不一定就好。

其实苏枕之还是比较让人舒服的男人,通身君子遗风,风度文雅。但苏枕之一回校,吸引了那么多狂蜂浪蝶,我还是小心翼翼,不要化成灰的好。

"小白,你的家乡是在……"

他说出一个城市,我小小惊讶了一下,因为我的家乡真是个三线以外的小城市,你不是在那个地方基本就不知道,甚至在同一个省内,有时候彼此相邻的城市的人都还不识。

我点了下头,苏枕之又道:"那里的风来水榭很漂亮。"

我这次是真正吃惊了一下,因为风来水榭的确是我们那儿的景点的名字,可以说也只有我们那儿才会知道的一个很小的景点。

小城市喜欢附庸风雅,建筑取的名字尽往古典了整,不过那地方还确实是漂亮，从小到大我去过了十几次都不止。

真想不到，苏枕之这样的贵公子，还去过我们那里游玩？

我真是起了点兴致，转脸问道："没想到师兄还去过我们那儿。"

苏枕之笑得很含蓄，看我一眼："我曾在那儿住过一段时间。"

还住过？

我越加讶异，兴致勃勃问："在哪个地方住的？"

苏枕之嘴巴微微动了一下，片刻，又重新微笑。

我有些奇怪地看着他，对他的反应有点纳闷，正打算追问的时候，苏枕之开口："到了。"

他在左拐一间办公室停下，抬手敲了敲门。

我看到了我最可亲可爱的导师，抬起头来，冲我和苏枕之和蔼笑道："来啦，都坐吧。"

我特别有种拜见领导的感觉，和苏枕之一起朝沙发上面坐了。

苏枕之看样早就知道什么事，坐下也不多问。唯有我还蒙在鼓里，但我也憋住不问，此刻，我要表现得镇定、泰然。

导师把他那杯普洱茶泡匀了以后，才看过来，慢慢地说道："这次找你们来，是有些事。"

我坐直身子，调匀呼吸，这学问越高的人，往往做事就越慢条斯理，连说话也要顿上好几次。

导师喝了几口茶，又接着道："下午，我就要去外地进行学习考察,这次时间会比较长。"

我在心里感叹,真是活到老学到老,怪不得导师的学问浩瀚如江海,都是我等凡夫俗子不能比的。

"所以,"导师看向我,"这段时间,小白的课程……"

我太感动了,此时此刻导师还能想到我,尽管我只正经地听过他一节课,但这种精神上的教诲实在让我受用无穷。

我倾身道:"没关系,导师,您不用在意我,我一定会好好努力的。"

导师慈祥地笑了笑,点点头。

我旁边的苏枕之忽然低低笑了一声。

我莫名其妙转脸看他。

导师轻轻道:"苏枕之啊,小白这段时间的课程,就由你暂代,你一定要好好教导。"

苏枕之在我耳边轻飘飘地回答:"我会的。"

我登时傻了,事态的发展好像扭转得太快了,快得我都没反应过来。

导师看看我的表情,更和悦道:"你师兄是有教授资格证的,何况你们两个都是年轻人,思想也更接近,有他在旁指导,说不定比我还强些。"

我好像一块肉被人算计进准备好的大筐里的感觉,根本丝毫也不知道。我下意识看看苏枕之,他冲我露出淡淡一笑。

我一瞬间死心,挣扎问:"导师,你要去多久?"

导师揉着额角:"哦,一年左右吧。"

……

导师,您把我收进门来究竟是干什么的?

原来导师所说的外地是国外,而且周期也是如此之长。这大大出乎我原先的意料,这不就等于,苏枕之以后就是我半个导师,我的期末学分什么的,都得他来给?

这个打击太大,我一时接受不能,有点僵。

而且导师说走就走,下午真就不见影了。我一连几天都有些颓靡不振,宁优优说我是身在福中不知福。

最后我决定跟她摊牌,宁优优在电话里就噼里啪啦训斥我:"以苏师兄的为人,最后放你过关,根本不是难事,你还有什么好不满的?"

我语气弱了下去:"我觉得跟着导师,我也一样能过关。"

宁优优的声音在电话里听着更加的有威慑力:"你死脑筋啊,我从我朋友那看到苏枕之照片了,长得多帅啊,你怎么就不知道珍惜?"

我趴在床上,珍惜什么,咽了口口水道:"就是因为长得太帅了,我又不是石头,对着他那张脸,他给我上课的时候我哪还能听啊?"

宁优优连说了三个"你"字,最后恨道:"所谓近水楼台先得月,你就不会把握时机,想法子拿下?难道你想一辈子单身?"

我彻底被雷到了,不由自主瞪大了眼睛,拿、拿下?这都什么跟什么，我觉得我跟优优大小姐的思维不在一个层级上。我讷讷道："没想过。"

"那从现在开始想啊！"宁优优的吼声能把电话吼穿一个窟窿。

我特别为难特别窘迫地看着手机，觉得我打这个电话是个错误。

现任导师不能得罪，他开的课，缺席是不能的。

我抱着手机，按原定计划潜入他的历史课教室，可是刚一进门，就跟计划背道而驰了。

这间教室比起其他大教室，不算大，人数也很整齐，我目测下来，估计最多三四十人。

我预计的人满为患的景象，并未曾出现。我大呼不妙了，本来按照约定计划，我先潜进来，稍稍露个脸，让苏枕之知道我来了，然后过个最多十几分钟后，宁优优在鲍鱼海鲜楼等我，我从后门溜出去，顺利和宁优优会合。

可照现在这种人数来看，我要溜出去，貌似……很有难度。

我顾不得慌张，因为苏枕之已经很准时地进来了。我只好先挑一个位置坐下，硬着头皮应付。

心里不甘地嘀咕道，真没想到，苏枕之竟然只挑了这么几个人来上课，刚刚够把位置坐满，真是辜负了那些个一心膜拜他的姑娘们。

我深深替那些姑娘们悲哀,自己同时也被连累得不敢乱动。

这个教室,少一个人,就很容易看出来,就算我坐在最后一排,要趁人不注意地打开门,溜出去,也是难上加难的。就算溜出去,苏枕之也绝对一眼就能发现。

我悲乎哀哉。

苏枕之拿起点名册,抬头看了一下,又笑眯眯放下。

是不用点名了,教室都坐满了,一个不少,哪还需要点名。

苏枕之道:"今天我们讲战国史。"

战国七雄,春秋五霸,苏枕之的课讲得滔滔不绝,年轻讲师虽然是年轻,但的确是功底深厚。我对春秋战国这一段历史也很感兴趣,苏枕之很会讲课,既不枯燥,也很让人有听下去的欲望。

但是装在我口袋里的手机震天般地响,几乎每分钟就要响几次,于是他课讲得再好,我也没办法有心思了。

我偷偷把手机拿出来看,宁优优的狂轰滥炸让我晕头转向,坐在座位上也更加紧张。

跟优优大小姐约会迟到是会死人的,我的眼睛频频看向旁边大门,想着那门把手,心中一遍一遍临摹打开门神不知鬼不觉冲出去的样子。

"柳沐白。"

我左右张望,寻找着机会。

突然发现一堆人都朝着我看,教室里也安静了下来。我脸往讲台上瞅，茫然地看着苏枕之。

苏枕之似乎看了我很久了，目光颇有深意："沐白，不想回答我的问题？"

我意识到发生了什么，红着脸站起来。

上课不专一，也真的是会倒霉的。

周围半天沉默，我只好把头低下去，脸上发烧问道："对不起老师，刚才的问题我没听清。"

底下传来窃笑声，传进我耳朵，我的耳根更红了。

苏枕之的眼神放柔，缓缓道："你就说一说，春秋战国时期，有哪些著名的军师？"

我眼珠转了转，松了口气，问武将我不在行，军师的话，还能混一混。我吸了口气道："孙膑。"

"只有这一个？"苏枕之道。

我脸略红："苏、苏秦，张仪……"应该也算吧。

苏枕之在讲台前走了几步，终于目光盯着我，轻轻一笑："你坐吧，下次听课专心点。"

我战战兢兢屁股落回到椅子上，正襟危坐。

苏枕之嘴角隐约扬了一下，继续上课。

我叫苦不迭，这下子更引人注目了。逃走不成，索性低头看书装哑巴了。

一堂课如此这般度日如年熬过来，终于发现，许多年不回归课堂，课堂的日子于我而言已经十分难熬。

苏枕之下课也很准时，铃声一响，也不理会下面群情激奋，合上书本就笑着走出了教室。

我大出一口气，瞅准机会，拉开门就开溜。

还没走出几步，身后传来："沐白，你急着上哪？"

我僵硬地回头，他叫我沐白的时候，比叫小白更让我不自在了。

苏枕之脸色有些严肃地走过来，看着我，问道："你一节课都心神不宁的，怎么，我的课讲得不好？"

他的尾音听起来有些意味深长的意思，我抬眼看了看他。

我只好道："不，老……师兄你的课讲得很好。"

他淡淡道："既然好，怎么不认真听？"

我正不知该如何是好的时候，口袋里的手机又开始震动起来，我忙不迭想伸手去按，以我和苏枕之的距离，这震动声也够大的了。

苏枕之眼神幽深："你的手机在震。"

我冲他讪笑，一边认命地把手机拿出来，一看果然是宁优优来电，犹豫半晌还是放到耳朵边。

想不到，电话里吼声如雷："柳沐白你到底什么时候过来？！我在这等你半个多钟头了！"

我耳朵被刮得生疼，估计苏枕之也不可避免听见了。

他的脸色稍稍缓和，问我："你和人有约？"

我苦命地点头。

半晌,他终于道:"那快去吧。"

闻言,我如获大赦,看着他眼角恢复的笑意,我总算有勇气迈开步子。

苏枕之在身后道:"就算和人有约,下次也要约在课余时间。"

我呼吸几口大气,终于鼓足勇气慢慢转过身,道:"师兄,你上课的时间,是临时安排的!"

我略带悲愤,颇含怨气。

苏枕之的笑意更浓了。

我转身,一溜烟跑了。就算你是美人师兄,也不能胡来啊!

鲍鱼海鲜楼包间里,宁优优开着音响,拿着麦克风,看我来就打了个眼色。

我没想到的是,包间里面,居然还坐着一个陌生的男人。

但我看了两眼之后,很快就发现,这不是个男人,而像个大男生。卡着大眼镜,斯斯文文地坐着,就像是优优大小姐的布景。

但这布景大咧咧坐在沙发上,神色含笑,就盯着宁优优。

我有些搞不清状况,约的时候,宁优优没说还有别人啊。

宁优优放下麦克风,走过来揽住了我:"你可来了,怎么,苏师兄的课,那么难逃啊?"

我扭脸看着她:"你怎么知道我上的是苏师兄的课?"

连我都是临时得到通知,难道优优大小姐新学了一样本事未卜先知?

宁优优看了一眼沙发上的男子,说:"他告诉我的。"

见我目光看向沙发男,她终于介绍道:"子渊是××大的研究生,和你是校友,姓江,江子渊。"

我眼睛睁大了,早听宁优优说她朋友她朋友,从那得到的许多小道消息。只是我没想到,她这朋友,会是个男的。

宁优优搂着我到沙发边坐下:"子渊,我跟你说过的,这是柳沐白。"

江子渊目光终于舍得从宁优优身上离开,冲我露出笑容:"你好,我曾在学校见过你。"

我也只好冲他笑:"你好。"

江子渊的长相实在是标准路人,比路人清秀一点,但扔人堆里不刻意去看,也很难注意的那型。什么时间见过他,我真没太在意。

好嘛,包间里多了一个人,就没有来之前自在了。

宁优优按铃叫人,一会服务生捧着菜谱进来,"人既然来了,就点菜。"

她把菜谱递给我,我客气地推给旁边的江子渊,道:"你点。"

江子渊面带微笑,下意识要推拒,宁优优搁旁边来了一句:"子渊一会儿有事,马上就走了,你不用客气,自己点吧。"

我递过去的手僵了僵,江子渊的神情也略略有点不自在。

他笑道:"对,还是你点吧。"

我干笑了两下，只好再把菜谱收回来，跟宁优优在一起最大的收获就是吃吃喝喝长肉很容易，沈姑娘慷慨大方惯了，没见她对谁吝啬过啊？

怪了。我捧着菜单，眼神却往旁边溜。

看到江同学端着茶杯，假装喝茶，一双眼睛却借着茶杯阻挡，目光专注在唱歌的宁优优身上。唉，其实江同学真是掩耳盗铃，小小一个茶杯，实在阻挡不住他那炙热的眼神。

我悟了。瞬间明白一事，优优大小姐如花似玉，有二三爱慕者，实在是不足为奇的。

这名江同学这么大一男子，还能做出如此纯情之事，实属难得。

没过一会儿，江子渊果然走了，宁优优淡淡和他打了个招呼，又投入她的唱歌事业中。

我叹息道："你也太冷淡了，怎么不留一下，辜负人家的热情。"

宁优优白我一眼；"在门口碰见，他送我过来的，你迟到那么长时间，他陪我而已。"

我点好菜，靠在沙发上轻叹；"你也不投桃报李。"

宁优优丢了麦克风，到我身边："我们是朋友，他有事，我还留他干什么。"

我看着她感叹，真是一出落花有意流水无情的戏码，优优大小姐的心思就不在这上面。

第十章
忐忑

我被师兄折腾得实在悲催,来到这里本想清闲又被宁优优的歌声吵得耳朵疼,宁优优拉开啤酒:"来,干,祝你和美人师兄终于走到了一起!"

我觉得没来之前她一定就喝过酒了,这醉话都出来了。

我倒了一杯白开水,和她干杯,宁优优向我面授机宜:"阿白,我打听过了,苏师兄是绝对的金龟婿,他的身家有证据表明非常不一般。这男人是个宝,你千万别犯傻。"

我刚喝到嘴里的白开水又咽不下去了,优优大小姐这是和谁杠上了,怎么就三句话不离苏枕之?

他是不是宝和我犯不犯傻有关联吗?

我含混地把话题岔过去,"我看你别跟人家江同学走得太近才对,何必祸害人家纯良男人。"

我跟宁优优属于那种表面很没有共同语言,三句话不投机,但一聊起来就会忘乎所以的那类。一星期没见面,打开了话匣子就停不住。

吃吃喝喝到晚上十点还没散,我这几天好不容易把生物钟调过来,作息时间特别规律,这时候已经撑不住,开始有点头晕了。

优优大小姐则是彻夜狂欢惯了的,现在还是兴致高涨,扯着不让我走。

我无奈,只好说:"我先上个厕所,洗把脸再回来。"

她才算暂时放了我。

我捂着额头，走出包间，外面过道里更是吵，还好我认识路，很快摸到卫生间门外，推开门进去反手锁紧门。

耳根稍稍清净，我手臂撑在台上，放开水龙头，等了一捧水洗了一下眼睛。

我低头，用水擦洗着面颊，正觉舒服的时候，门外踉跄的脚步声音接近，洗手间的门锁，猛烈晃动起来。

我吓了一跳，转脸看去。

似乎有人在用力开洗手间的门，但是除了开门声，却又没有别的声音。

我心揪了一下，这么诡异？

"谁呀？"我大着胆子问了一句。

没人回答。

我头皮更麻了，片刻，慢吞吞往门边移动。孰料，刚接触门口，就闻到门缝里传来的酒味。

洗手间比较偏，这地方鱼龙混杂，这可是大晚上的，吓死个人。

呕！……这时候门后传来清晰的呕吐声，好像一个人接连不断地在吐。门缝里不仅传来酒味，光听这呕吐的声音就知道门外那人喝了多少了。

我的心慢慢平复下来，后退一大步，心惊肉跳道，不知是哪个醉鬼，摸错了厕所门。

我一手握着手机，终于慢慢地，旋开门把手，刚开了一条线，人身上的重量就整个儿压我肩上。

"啊!"我尖叫,双手保持平展的姿势,这个不知从哪儿冒出的男人,居然一手将我抱住了。

我吓得心都要跳出来了,那人发出低微的哼声,突然抬眼扫了我一下。

好生迷离的眼神,于是,我的第二声尖叫,生生卡在了嗓子眼里,却更加惊魂未定了,我不可置信睁大眼,慢慢挤出字:"师、师兄?!"

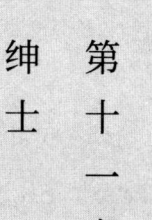

第十一章

绅士

夜黑风高，厕所门前，我盯着趴我身上的大男人，西装笔挺，和白天完全两个样。

他扣着我的手腕，脸埋在我颈窝，低喃："小白……"

我如魂灵附体，把他身体抱住，往门边一放："师兄，你你，你怎么会在这？！"

我悔恨于自己的词穷，在此刻惊慌得比什么都甚。

苏枕之好像还不算太不省人事，靠在门边，他微微睁开眼睛，嘴角勾起一丝笑："……小白，你怎么……在这里？"

此刻，他还有心情跟我反问。

我看他好像还有理智，颤颤巍巍抬起手指，指着门道："师兄，你，进错厕所了！"

苏枕之嘴角又勾了一下，居然好像要说什么，可是他刚一开口，就又扶着墙壁弯腰呕吐起来。

我的神呐！

"师兄！"

刚才门内听是一回事，亲眼看是一回事，我慌手慌脚把他扶住，眼看白天还笑语温柔的师兄，此刻这般痛苦，就算我还不明白发生了什么事，心也还是痛得揪了一下。

这是怎么了，下午还好端端、风度翩翩地上课，这晚上怎么就变成这副模样？

太颠覆了，太让我心酸了！

苏枕之忽然握住我的手，慢慢抬头道："小白……你，你送我回去……"

苏美人喝醉了的眼神，实在是太醉人。他尽力把话说得清晰，除了弯着腰，此刻他并没有做出其他毁灭形象的事。即使醉成这样，苏美人也依然是……美人。

心酸归心酸，我还是上去帮助他站起来，片刻，我发现苏枕之只是干呕，并没有真正吐出什么实质东西来。

他这副模样，倒让我不知如何是好。

因为比起喝醉，他此刻更像……身体不舒服。

喝醉酒的人好像不是这样的，我见过的醉鬼一个比一个夸张，能像苏枕之这样还能时刻注意，并且思维逻辑貌似也比较清晰的实在不多。

我心一横，豁出去了，把他一条胳膊放在我脖子后挂着，一手揽起他的腰，艰难往前走。

厕所虽然人少，但肯定一会会再来人。先走为妙，让别人看见苏枕之这个样子，我于心不忍。

"沐白，我发现你最近越来越磨蹭了，连上个厕所也这么久，你是在里面过年吗?"宁优优慵懒的声音自拐角一点一点接近,我只好停下脚步,一边欲哭无泪地想,为何所有事都要撞一块。

只见过道里灯光迷离,优优大小姐的脸色更迷离,她手里还拎着她刚买的香奈儿手提包,就僵在我面前。

我肩上扛着百斤的重量,也跟她对视。

半晌,难得优优大小姐舌头打结地问:"这,这是……苏师兄?"

可惜宁优优第一次见到苏枕之,却是在这种情境下。

我沉默,一切尽在不言中。宁优优拎着香奈儿,一步一步挪到我跟前,上看下看,忽然盯着苏枕之的脸啧啧称奇:"真是柔情男子啊……"

刚才还跟我说话的苏枕之不知怎么,此刻闭上眼睛一动不动,我也不知道他是真的还是装的。

我勉强才把嘴角扯动一点点,对她笑:"优优,我们的聚会先散了吧,师兄喝醉了,我送他回去。"

宁优优通情达理地点了点头,说道:"你先去吧,我埋单,回头再聚。"

我不敢耽误,拖着苏枕之走几步,宁优优在后面说:"看你一个人辛苦,要不要帮忙?"

我刚要开口,又改了主意,宁优优喝了酒,自己都没开车来,何必还多带累她一个。我请她帮忙把苏枕之一起扶到门口,叫了一辆出租车,把苏枕之塞进去,我就转身和她挥手道别。

一进出租车，苏枕之才算睁了眼。时间掐得这么准确，我都怀疑他是否是故意的。"你打算把我送去哪？"他第一句话，却是开口低低问我。

我："……"

半晌，我捏了捏口袋，确认银子够用，才转过脸认真问他："师兄你住哪？"

他看了我半晌，才轻轻道："我住学校。"

我刚要对司机说，苏枕之断续接了一句："不过这么晚，有门禁，回不去了。"

我把嘴巴重新闭上。这是个有主见的爷，可这爷此刻实在又是棘手得很。

"去宾馆吧。"良久，他慢吞吞说出一句话，看着我的眼角微眯，"开两间房，他们会让进的。"

司机先生猛往后视镜瞟，难得他还死命装作面瘫，憋得不知多辛苦。

我能理解他，因为我也很辛苦。

我催眠自己，苏枕之是喝醉了，他是醉了……我板着脸，极力正经回答他："我没带身份证。"

露宿街头吧，谁没事吃个饭还带身份证啊。

苏枕之沉默了。

他沉默的样子实在和睡觉太像了，街上灯光暗又看不清，真是美人如花隔云端，犹抱琵琶半遮面。

第十一章
绅士

司机先生等了半日,我也等了半日,但司机先生出于职业操守,没有出声催促。

苏枕之这时,总算低声报了一个地址:"天心居21幢。"

我看了看他,就说吧,一定还有后路,苏先生怎可能沦落到街头,光看着都不像啊。

只是我没想到这后路会这么敞亮,天心居这什么地方,实在不逊于宁优优的别墅区。下车后,司机先生朝我和苏枕之投来异样的一瞥,我也顾不得人家会怎么看我了,赶紧架着苏枕之就往前面走。

苏枕之在我耳边低语:"前面左拐第二栋,钥匙在我上衣口袋里。"

师兄啊,你究竟是醉了还是没醉啊?我心里叫苦。

从他身上摸出一把钥匙,孤零零一把,省得我猜了。打开这栋豪宅的大门,我把他搀扶进去。

手一摸墙边,按亮了大灯。灯光通明,照得屋里真是富丽堂皇。我赶紧把人放到沙发上,跳开搓着手道:"师兄,我去门口给你买解酒药。"

刚才我进来的时候,看到天心居门口旁边有一家24小时经营的药店,真是及时雨。

我转身就走,手腕一暖,苏枕之准确抓住了我。

我红着脸转过头:"师兄?"

正想着他要来一句电影电视常来的台词"我没醉",他虚着朦胧的双眼盯住我，口中低沉道："会回来的吧？"

呃？

跟想象的有出入，难道还怕我溜了吗？我耳根发烫，低声呢喃："嗯，会的。"

他又握了一会儿，才放开我。我赶紧奔到门边，抓过钥匙冲到楼下的药店，进去买了一盒解酒胶囊，揣在怀里再次回到楼上。

苏枕之眼睛亮亮的，盯着我，温柔又蜜意。

我的心忽然波动了一下，这种感觉许久不曾有，刹那间让我感觉到些许无所适从。

我耳根脸上，刚刚褪下去的红潮，因为他这表情又不由自主浮起来了。

我低头走进去，小声道："师兄……你用哪一个杯子？"

苏枕之低笑："都可以。"

我捡了一只玻璃杯，到饮水机前给他倒了一杯水，连同解酒药，一起递给了他。

苏枕之看着我，眼如流水："沐白，真是细心。"

天呐，能不能不要在这种夜深人又静的气氛下，再来一个半醉的美男子对我说话啊，很危险的，会倒霉的……

我几乎不敢抬头，准备苏枕之一吃完药，我就开溜。冉待下去简直就是折磨。我觉得任何一个正常的女人在面对苏枕之现在状态的时候都不会心静如水，在这点上，我绝对相信我是十分正常的女人！

第十一章 绅士

苏枕之细白修长的手指握住水杯，兑着两粒胶囊吃了下去。

我略略松了口气，伸手帮他把杯子接过来。没想到他又盯着我看，视线渐渐胶着不动。

他看了看我的手，忽然低低冒出一句："怎么不戴我送你的手链？"

我愣了一下，没想到他竟会问这个，下意识看自己的手，我尴尬地抚了抚空无一物的手臂，想到一个理由："太贵重了，怕弄坏了。"

苏枕之的眼里闪着微光，因为喝酒，嗓音有些沙哑地慢慢说："你不知道，戴着接受的东西，才是对送它的人最大的一种感谢吗？"

我委实被他这一番情容和话语怔住，过了会儿，只好把话含在嘴里讷讷说道："下次戴。"

经此一役，我痛定思痛，决定把话题转移到安全地带，如果再任由苏枕之这么带领下去，还不知道会漂移到哪个天边去。

我诚恳道："师兄，夜阑人静，你又喝了酒，现在应该多休息才是。"你可以睡觉了，睡吧睡吧，你不睡我还要睡呢！

没想到，苏枕之居然真的没有拒绝这个提议，他看着我，嘴角露出一抹轻轻的笑，道："嗯，是该睡了……"

我一定是眼花了，一定是因为夜太深，头顶二百瓦的灯泡照得也不清楚。

我不敢再多想，抓紧时机直起身道："那么，我不打扰你了师兄，我就先走了。"

我转身,然后,手腕又立刻被握住了。

我忍不住晕了晕,今天我的手腕怎么这么受欢迎,无奈地再次把脸转过去。

苏枕之的脸色比刚才变了些,他一字字道:"你不能回去。"

我真是想不通了,郁闷道:"师兄还有什么事?"

苏枕之定定地看着我,又变回和刚才一样的眼神,寸寸柔和,说道:"时间已经太晚了,你一个女孩子,这时候出门,我不能放心。"

我咽了口口水:"没关系师兄,我长得一直比较安全。"

苏枕之眼里划过笑意:"我不这么觉得。"

我自抽嘴巴,正正经经道:"不要紧,师兄,这世上没有那么多坏人。"

苏枕之还是摇头,半晌说:"那你不如留在这里,这里有空着的客房,你可以住。"

我瞪着眼睛,拐了这么半天,竟然把一句留女过夜的话,说得这番婉转有礼。

我按住胸口,蹙眉道:"这怎么可以?"

苏枕之似笑非笑:"哦?你觉得你师兄比外面那些人还不安全?"

这叫什么事儿?!

苏枕之一直清醒着说了这么多话,他的酒已经解了吧?果然是解了吧?

苏枕之注视了我半晌,忽然低叹了一下,这一叹就让我纠

第十一章
绅士

结了，见他逐渐撑起了半边身子，对我道："你若是坚持要走，那么，我就起来送你回去。"

绅士也不用这么绅士的！我看着他惊住。

因为在二百瓦灯光下，所以苏枕之脸色好坏一目了然，比起平时，他绝对算得上虚弱，我如何能让这么虚弱的人再送我回去？我从小就渴望遇见一位绅士，可真正遇见了，才发现绅士完全不是那么回事。

不管真假，我被打败了。

宁优优早几天一直唆使我讨好苏枕之，今晚，就算我就地取材一次。我恳切道："师兄，你看你脸色这么不好，我还是留下照顾你吧。"

苏枕之脸色再度出现笑意："今晚辛苦你了，那边有浴室，你可以洗个澡。"

洗……

我大无畏道："没关系，我淌汗一向少，不洗了。"

……

苏枕之看着我，有些沉默。

我捋袖子道："师兄你的卧室在哪，我先扶你进去休息。"

苏枕之唇边一笑，道："我就睡沙发。"

我："？"

"我喜欢睡沙发。"

这下轮到我呆滞，果然美男子都有些怪癖的吗？

空气中弥漫着淡淡酒味,我折腾好后在两个客房门边徘徊了好久,最终选定一间。果然这么一幢豪宅里就没有房间是不豪华的啊。

半开着门,我还是不甘心,伸头问:"师兄,你怎么会喝这么多酒?"

其实我不知道他喝了多少,不过看醉的程度,应该不会少了吧。

"这是我第一次喝酒……"苏枕之说。

我耳朵竖起来,惊疑,第一次?第一次?!

我也听说人第一次喝酒特别容易醉,那性质就大大不一样了。我看了看他:"你喝了多少?"

苏枕之顿了顿,听语气还很不确定:"一瓶吧。"

我对酒没概念,但也知道一瓶酒要放倒一个男人……通常好像不太可行。我默默地,不由自主地垂下了头,痛心疾首地想,师兄,你以后可千万别和会喝酒的一桌子,万一别有居心的人把你放倒了,劫财劫色怎么办?

有些话不能明说出来,但苏枕之好像长了一双观心眼,对我低笑道:"放心,不会有下次了。"

我耳根烫了烫,可怜的耳朵今天晚上已经不知道第几次遭罪了。我默默缩头,把房间门关上了。

二十多年来第一次孤身在异性家里过夜,就算那个男人光风霁月、君子端方得人人皆知,现代柳下惠,可是心理上,还是有一点点微妙的不适感。

我猜苏枕之也不是铁打的人，他果然是要睡觉的，天蒙蒙亮我就打开门，偷偷溜了。

美人虽然赏心悦目，但量力而行保证身心健康更加重要。

其实导师还是给我讲过课的，只有那么一次，他说，心理学上有一种政策叫怀柔，在这么一个人人浮躁的时刻，强硬手段会激起人的逆反心理。

所以一般有深度有文化的人，都会使用一招传说中的以柔克刚，天下无敌。我事后才终于回过味来，作为我那位了不起导师的唯一亲传大弟子，苏枕之当然是尽得真传的。

可惜那个时候，我已经被逼无奈在他家过了一夜。换句话说，我明白得太晚了。

从早上六点开始，宁优优的短信就唰唰地不停："醒了没？"

"昨晚怎么过的？"

"真的是在苏师兄家里过的吧？"

"诶，夜里没敢打扰你，什么进展，给个回话。"

……

在她短信狂轰滥炸的时候，我已经回到学校自己的宿舍快一个小时了。因为毕竟心虚，我全部没回。这事儿最好是烂在肚子里，不要说了吧。

我文艺地在心里想，就让这件事，随着时间的飞逝而烟消云散吧。

我胆小如鼠地过了一星期，苏枕之一星期的课只有两节，一个星期四下午一个星期五上午，其余时间我在图书馆和宿舍之间晃悠。

中间足有五天没有见到他。

这几天我一个人蹲宿舍啃书的时候，接到一个陌生号码，看了一眼，开始以为打错了，没搭理，可是却响了很长时间。

于是我把书丢一旁，把手机拿过来，"喂。"

里面顿了一秒后，才有一声低沉略醇厚的叫声："沐白？"

乍听，没有听出。细思，有点耳熟。

我吸了口气，好久之后才敢确认，字字平静道："宋哲宇。"

在我报出名字之前，对方，竟然很有耐心地等。就好像笃定，我能叫出他来。

手机里若有若无有低笑声，然后道："是我。"

愣了半晌，我怔怔道："你有事？"

那边居然又惜字如金地沉默了下去。这次我没等多久，立刻反问："谁告诉你我号码的？"

这次有回应了，还是轻轻的，道："……我打听的。"

打听？

就凭宋哲宇的关系网中，能和我沾上边的，好像，根本也没什么人吧。

答案几乎显而易见。

从家乡长辈中找寻，更直接的，我爹妈。我想起来了，宋

第十一章
绅士

哲宇在我眼里忘恩负义、忘情负心、人神共愤、天理不容，可是在我爹妈以及一干老家的街坊眼里，他还是个好孩子。

他的要求，怎么会得不到满足。

"什么时候有时间，我们聚一聚吧。"他终于叹息着慢慢说了一句。

顿了许久，我突然轻笑出来："对不起，宋先生，我想我们还没有熟悉到需要聚一聚的地步。"

说完干脆利落把电话挂断。

以我对宋哲宇的了解，他不会再打第二遍。不过我的估计稍稍有了些出入，他打了第二遍，我没接。

就没有第三遍了。

啧，看来几年过去人还是有变化的，至少知道多打一遍了。

我拾起枕头上的书，啃着买回来的巧克力棒，平心静气地继续看着。没想到我真的能这样平静，虽然以前常常想以后就算和宋哲宇说话，也一定要冷酷，但这种心境，简直太让我惊艳了。

我对自己很满意。看来拜入导师门下后，心理素质果然提高了。

记得以前我对宋那厮余情未了的时候，会为自己找各种借口，例如，我手机换号了，他找不到我。他在外地了，所以我才见不到他。果然恋爱中的女人智商为负，傻乎乎的，今天这通电话就是对我曾经最好的嘲讽。

我现在愁的，反而是另一件事……从我离家之后，我那两位爹妈,就再也没过问我。电话,也从来没打过一个。

我知道我做的事儿就算放在现今风气开放的二十一世纪,也足够大逆不道。二老铁定气火攻心,恨我恨得咬牙。我丢下一堆烂摊子,让他们独自面对暴发户一家人,甭说他们老脸挂不住,估计他们这辈子都没这么丢过人。

我爹妈那两人,一生好强。这三个月我想着就心酸,说不定从此不认我都有可能。

可是今天这通电话……骤然让我燃起了希望火星。我不在乎宋哲宇怎样,但我在乎自家爹妈。倘若,爹妈他们真的告诉了宋哲宇我的手机号码,就说明他们还是肯原谅我的?

难掩一阵激动,如果这样的话,他们不打电话来是余怒未消,我实在应该孝顺地先打过去问候,这样很可能化解最后一道隔阂,和二老握手言和。

可是,握着手机,我心情忐忑不安,最后还是缺乏一点勇气。

中午,我沮丧地出门觅食,准备下午继续纠结。在学校路上,我遇见了江子渊。

见过一面就是这样,人群中打照面的时候就能立刻认出来。

江子渊冲我打招呼,一笑:"柳沐白,好巧。"

我还记得江同学那天含情脉脉的眼神,于是也绽开笑脸:"你好。"

江子渊还是戴着个大眼镜,一派纯然,不过人家抱着的课本上明明白白是硕士,那晃眼的字绝对忽略不掉。

第十一章
绅士

不熟的人寒暄也寒暄不了几句，江子渊跟我打过招呼后，正准备告别。

可是他的目光顺着我的肩膀望过去，就暂时没再动，我回过头，才知道他是望着我身后逐渐走过来的苏枕之，还是风采灼人，还是美人依旧。

江子渊轻笑道："苏学长。"苏学长这称呼的影响真是广泛，几乎遍及了学校各角落。

苏枕之冲他点点头，以示友好。

我头皮一紧，也干巴巴地笑着打了个招呼，就要低头离开。

苏枕之叫住我："沐白。"

我内心狠狠挣扎了半天，还是把脚转回来，低头低声道："师兄。"

他声音柔和传来："是要吃午饭吗？和我一起去吧。"

本来听到他前半句，我下意识要点头，但等听全了，赶紧把头摇得像拨浪鼓。

苏枕之朝我走近一步，轻道："怎么了？

我只好咧着嘴，强笑："我吃过了。"

苏枕之："……"

苏枕之的眼眸即使不在晚上也能闪出惑人的微光，怪不得他会成为天才，就算他不说话，只一个劲儿看着你，也够受的。

我看着脚趾头，随时预备好了闪人。我不看你总行了吧。

苏枕之才轻柔道："那好吧，下午记得准时来上课。"

我愕然，才把这事记起。我再次抬头："我能不能请假？"

那一瞬间，苏枕之眼里明显愣了一下，随后浮上一层幽光："为什么？"

我顿时心绪有些复杂，偷偷地想，什么理由请假会被允许？我想到读书时代非常万能而且通杀的一个理由，我道："我……有点，不舒服。"

没想到苏枕之眉毛明显皱了皱，他再上前了一步，声音更低："哪儿不舒服？是身体不好吗？"

看了看他的表情，我油然而生一股愧疚感。

"其次……我还有点事……"我躲躲闪闪继续道。

苏枕之的脸色便有些莫测，他道："很重要？"

我深吸了几口气，终于说道："很重要。"关系到家庭是否和睦的大事。

苏枕之顿了顿，"好，准你假。"

说罢便踏步从我身边离开，我过度敏感地觉得，现在的气氛好像已和刚才不同了。

苏枕之自我身边走过，过后似乎又停顿了顿，他微微侧过脸："小白，我希望你第一句对我说的，就是实话。"

闹了一个上午的我的心，猛地震了一下。

鬼使神差地，我下午仍旧去上课了。

我催眠自己，第一节课想逃课，第二节课想请假，真是太不敬了。换了哪个导师，都不会喜欢的。爹妈的事可以晚上再谈，

第十一章
绅士

反正一节课不过四十分钟，其实耽误不了事。

可是我眼睁睁看着苏枕之在台上讲课，忽然各种纠结各种囧。

纠结得我都不知怎么是好了，我就知道要糟，糖衣炮弹的威力就在于它的外面裹着一层糖衣，宁优优曾经说，我是那种宁愿把糖衣吃掉然后被炸死的人。

这句话直白地翻译过来，我懂是什么意思。

这节课还有很多大学生在上，坐在一堆青春少女中间，我深深地觉得，我老了。

不仅人老，连心也失去了热情和活力。我迄今才意识到宋哲宇是多么坑爹，他掏走了我所有的勇气和胆量，使我变得胆小如鼠，疑神疑鬼。

"沐白，你有心事？"在走过我身边的时候，苏枕之用书挡着，悄声问了我一句。

这一句的音量轻若浮云，可是我的心却被提了起来，好像我中午说的话他全然没放在心上一样，还是看着我，那神色依然隐隐关切。

独在异乡，几曾见过这般眼神。糖衣炮弹会那么诱人，也是因为外面那一层糖衣，是真的甜。

我不理解苏枕之为什么这样照顾我，若只说我和他师出同门，未免理由牵强。可是他每每流露的关切，亦是真的能触动我……

我咬牙切齿，要不是在课上我几乎要趴桌子上捶，柳沐白，你太没有定力了！

下课的时候兵荒马乱，苏枕之一走人人都跟着出了教室，窗外几个女生抱着书走过："诶，看没看到苏学长脸色不好？"

有人低声附和："好像是苏学长这一个星期，身体都不太舒服，坚持上课呢！"

"刚才我在课堂上，还听他咳了几声，不知是为什么不舒服啊……"

女娃们语出惊人："苏学长不是住学校宿舍吗，不如我们组织去探望吧！"

"好啊！……可是苏学长那教职工宿舍，不给学生进的。"由惊喜到失望。

那女生满不在乎道："没关系，我们可以守着门口……"我心想，守株待兔吗？大学女生果然最不缺的就是胆量，实在让人惊叹。

我在窗户底下正襟危坐，连课本都忘记收了。

没出息地，我再次摸进了宁优优家门。

宁优优按着我脑门儿："你瞧瞧你，课还没上几次，已经开始心猿意马。"

心猿意马一直是我最大的毛病，没有事儿的时候我尚且不能专心，何况这一天，发生了这么多事。

我的脸色，异常幽怨。

宁优优拿起美容剩下的半根黄瓜，咔嚓咬了一口，那森然

第十一章
绅士

的声音直直刺向我。"苏师兄真是因为喝酒,不舒服的?"

我揉揉鼻子,我也是瞎猜的,哪能说得准。"听说后果很严重。"

犹记得,我第一次喝酒,还是啤酒,只抿了三口,结果头疼睡了一整天。对于不会喝酒的人来说,这东西真不是什么好东西。

宁优优嚼着黄瓜:"你打算去探望吗?"

我嘴唇颤了颤,慢慢痛苦状,扭过头去。

我不知道我这副模样紧接着让优优大小姐联想到哪了,她冷不丁冒出一句:"你失过恋吗?"

我正端她的水喝,闻言明智地放下了。

我机械地转过脸,惊悚的目光看着她:"你干吗问这个?"

宁优优的黄瓜咬不下去了,她也直勾勾地看着我:"我只是觉得你刚才的样子一副失恋样,激动什么,见鬼似的?"

我讪讪地把目光垂下:"别瞎说。"

"行行,知道你没经历过,柳大记者纯情着呢,哪有工夫和心思想这种事情。"宁优优继续吃得香香脆脆。

我看着她,嘴巴动了动,没有说话。

有些事经历一次也够了,伤疤留在那,就让你一辈子都不想碰。

半晌,东西吃完,宁优优终于又正经说话:"知道最大的毛病在哪吗,就是你太闲了。你就不考虑找点事情做啥的,充实你思虑过剩的脑袋,顺便捞点外快?"

一席话,如醍醐灌顶,没齿难忘。让我陡然支起了身,亮着眼看向她。

宁优优老神在在地说:"而且,你不是正缺钱吗?正好一举两得,也省得你天天想些乌七八糟的。"

……这话不太中听,我不承认我想的都是乌七八糟的,但是工作挣钱,这个诱惑很大。

我暂时忘记烦恼,马上朝她笑:"优优,你脑袋真好使。"

宁优优意味深长道:"信不信等你忙得脚朝天的时候,自然就不纠结了。"

这个我同意,因为经历过。

"你们感情这么突飞猛进,"宁优优俯身,脸逐渐在面前放大,"该不会,就是因为……那一夜?"

亏她忍了这么久,可算绕到这了。提到这个我就……我张着嘴,破罐破摔瞪眼道:"你也说过让我狠狠巴结他。"

宁优优像是咽了口唾沫:"现在时机不同了,你已经成了名正言顺的弟子,可以不必做得太过火。"

我瞠目结舌,这算是,过了河拆桥吗?

宁优优接着补了一句:"当然,含蓄一点做还是可以的。"

……

我就说,优优大小姐怎么可能突然那么通情达理了。

第十一章
绅士

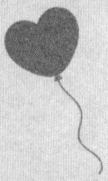

第十二章

冷战

从校门口张大爷那买了二斤水果，我提着来到教职工楼底下，来回地转悠。

内心纠结去还是不去，这道选择题实在太难选了。难得都到门口了我还临阵退缩，仰头看着这栋充满岁月斑驳痕迹的苍老宿舍楼，其实我不太明白，一个人为什么要舍弃豪宅住这里，这得有多么大的奉献精神和无私的胸怀才能办到啊。

我转到第八圈的时候，看门的老大爷伸出头来："别转了，要上去赶紧上去，一会儿老教授就回来了，别打扰了他们休息。"

咦，听说教职工宿舍看管特别严，进去都得费好大一番功夫，今天我又是走了什么运？

我正惊喜，就听大爷把头缩回去后，一个人在窗户里面嘀咕："自从那小子搬来以后，三不五时就有年轻小姑娘来晃，真是，看都看烦了。"

我面红耳赤，不敢再转，提着我的水果往前走去。

走了两步只得又转回来，红着脸问道："大爷，你知道苏……老师是在几楼吗？"

第十二章
冷战

大爷甩了一句:"二楼,左边那间。"这大概是我见过的最酷的大爷。

我红着脸再走进去,顺着楼梯来到了二楼,竟然发现左边的房门开着,苏枕之倚在门边,朝着我神色有点似笑非笑。和前几日西装革履不同,今天打扮实在居家,衬衫西裤,领口锁骨凛冽。

我避开眼睛,提醒自己非礼勿视。

"老远就听到你的声音了。"苏枕之淡淡说。

我大窘,是门口大爷的声音太大了吧,不是我……

进了苏枕之的宿舍,环顾一周,和我想的基本一样,摆设简单,布置得简单,根本没有任何耀眼的东西。

我把水果放在桌子上,脸色热度还没退,说道:"师兄,听,听说你……呃,不太舒服。"

苏枕之一笑,缓声道:"我感冒了,你没听出来吗?"

我怔了一下,继而顿住,这才感觉出,苏枕之说话的声音……貌似是和以前有点出入,好像,呃,鼻音是重了点。

看他一双眼眸盯住了我,带了淡淡一丝笑意,说不清道不明的滋味。

我半天挤出一句:"吃感冒药了吗?"

苏枕之咳了一声,转头道:"我还有点扁桃体发炎。"

发炎?我真有点吓着了,下午讲课没见有不对劲啊,怎么这会儿就发炎了?

我扫了一眼桌上，没看到任何药物。"消炎药、感冒药……一起吃，我去买。"

"沐白。"

我转回来，正好对上他幽深的目光，我心又紧了紧。

半晌，他终于笑了笑，"不用了，我吃过药了。"

真的假的？我表示怀疑，但他这么说了，我只好重新回来。他拉了一张椅子示意我坐。

苏枕之眼睛瞥向桌上，嘴角微翘："买了什么水果给我？"

我赶紧双手把袋子捧过去："苹果、梨、降火……"

他笑着，从里面拿了一个红皮的苹果，轻轻道："一起吃吧。"

说完不等我回答，径自站起来，走到桌边抽出了一把水果刀，对着垃圾篓轻轻削起了皮。

这情况变得好像又脱离轨道了。我下决心，怎么也得表示表示。走上前，我道："师兄，我来削吧。"

他摇了摇头："你去坐着。"

我立刻反对："这怎么行，你身体不舒服，还是我来……"

"我削得快。"苏枕之来了一句，一边把削好的苹果递给了我。

……

我盯着那雪白滚圆的苹果半晌，这刀工，一看就是常削苹果的。

我悻悻道："师兄，你吃吧，我不爱吃苹果。"

第十二章
冷战

苏枕之接了一句:"那你怎么知道我爱吃?"

我窘。

苏枕之又拿起一个苹果继续削,我盯着我手里的白嫩果肉,犹豫了一会儿,才小小咬了一口。

"你的重要事情解决了?"苏枕之忽然漫不经心问了我一句。

我顿时呛住。

想起下午找他请假用的理由,咬了大半口的苹果囫囵吞下去,我卡着脖子道:"师、师兄!"

苏枕之又一只苹果削完,轻轻咬了一口:"嗯?"

我脸红脖子粗,无法掩饰内心的尴尬。

其实我一直真心觉得,苏枕之不是一个爱开玩笑的人。就是因为太一本正经太君子了,使我觉得,我也应该时刻一本正经,但这样难度太高了。

他忽然换了个话题:"你有事情找我?"

我猛然想起应该解释一下自己的来意,赶忙道:"师兄,我是专程来看……看能不能照顾你。"

虽然宁优优建议我应该含蓄一点,可是我琢磨了半天,还是不清楚含蓄应该是个什么样子,不如直接说出来简单。

苏枕之低沉着嗓音说:"才来?"

才来,区区两个字我细细品嚼怎么发现意味真是深重,再结合到苏枕之的表情,我意识到我犯了大错了。

人家说表忠心表的就是时机,错过了时机,还不如不表。

苏美人不舒服看样子已经好几天了,我这时候来,看样子人家是嫌弃太晚了。

我如履薄冰,可是这也不能怪我,我前几天都没见到他……我躲着他来的。

我更加如坐针毡。

苏枕之忽然一笑,眸光微晃:"记得上星期那晚你也说要照顾我,可是等到最后,等到你走了。"

我想起不告而别,嘴硬道:"我是怕吵到师兄休息。"

话冲口而出,我突然想起来,我那天早晨偷偷走的时候,那时睡在沙发上的苏枕之,脸色好像就红得不正常。不过我那时候哪里还管那么多,所以没放在心里。

现在陡然想到,那个时候,苏枕之可能就是着凉发烧了。

想到这我更愧疚了,低下头,不再逞强,忧伤地承认:"师兄,我错了。"

苏枕之没什么表示,只轻轻一哂,看着我柔声反问:"你走得那么匆忙,在你眼里,我就那么可怕?"

这扯得就太远了!

我赶紧表忠心:"不师兄,你误会了,我真的不是……故意的。早知道您不舒服,我一定不走了!"

苏枕之:"这么说,你走的时候,我是舒服的?"

我:"……"

我真的觉得,苏枕之今天的逻辑比以往都要强大。

第十二章
冷战

可是苏枕之的外表实在是一个谦谦公子，所以他即使这样说话，也不会显得咄咄逼人。

我想肯定是苏枕之坚持睡沙发才冻到的，人家都说喝醉酒的时候更加怕冷，他偏偏要躺沙发，自食其果了。

说起来我真奇怪，问他："师兄，你为什么非要睡沙发呢？"

很明显那么多房间里，有一个是他的卧房。我才不信他真的喜欢睡沙发，这理由太牵强附会了点。

苏枕之瞥了我一眼，眼里又开始闪出高深莫测我看不懂的光芒，半晌才道："看家方便，可是没想到，还是没看住。"

这话怎么听怎么有玄机，我皱眉苦思想跟上他的思路，可是等我跟上了，才发现，耳根脸部更加烧起来了。

我想，我一定是理解错了，苏枕之的想法一定不是这样的，对，是我想歪了而已。

我屁股带火似的站了起来，充满诚意地说："天色不早了，打扰这么久，师兄你早点休息……"

苏枕之看了一眼窗外："我一般不休息这么早。"

我道："可是现在不同，师兄你要以身体为重。"

苏枕之看了看我，目光中有点似笑非笑。

我又想低头。

半晌他道："又要走了？"

我咽了咽口水，心想我肯定要走的，嘴里说道："师兄还有什么吩咐？"

苏枕之顿了顿，片刻缓缓道："明天还有课。"

"我一定会上的！"我忙不迭道。

苏枕之略略颔首，直到此刻才淡淡说了一句："我没事，你不用担心。"

我非常郑重地道了别，揣着我乱蹦的小心肝，离开了教职工宿舍。

看门大爷看见我，眼神有了点改观，说道："待了这么长时间啊……"

本着尊老爱幼的传统美德，我冲他咧了咧嘴角。

"小姑娘看来很讨老师的喜欢。"

本来挺平常一句话，也不知我多心还是大爷神情不一般，怎么就让我噎了一下。

宁优优的一句找工作赚外快，不得不说让我峰回路转、柳暗花明。

宁优优毫不吝啬地大力给我建议："沐白，你要不要考虑干回记者这个行当，我听说现在樱桃周刊的记者特别吃香，一月工资有的能拿到五位数！"

宁优优和我由记者相识，所以她从来都是不遗余力地逮到机会就劝我干回老本行。

可是爱极厌极，我是不会再干了。

想了想，还是花了三个小时做了一份简历，去人才市场碰

第十二章
冷战

运气。

人才市场招聘会上,宁优优的话让我底气充足,她说:"沐白,你现在身价不一样了,要学会利用金字招牌。你是冯导师的弟子,××大在读的硕士生,有了这些,谁还会管你本科文凭究竟是哪儿来的?"

可我还是低估了社会对人才的渴求。

我捏着我的简历走进去,大公司我想都不想,就算我碰运气进了,也得掂量着我的本事能不能胜任,别回头干了一半被赶出来了。宁优优说得对,我的导师名头太响了,就算我不能给他争光,起码也不要丢人。

我挑了家中小型企业,把我的简历放进去。

据说简历会经过第一层筛选,然后剩下来的人可以参加面试。明显这单位这次找人下了狠决心,三字真言"快、很、准",一个小时过后,挑了五十个人进去,现场面试。我有惊无险地过关,成为其中一员。

一眼望大厅,还是人山人海,狼多肉少的局面得到了充分诠释。

磨了半个小时,后来一个负责招聘的人看到我,指着前面进去面试的一个女的,道:"看见了吗?"

我点头:"看见了。"

"复旦的。"

在面试之前,还要来一场心理战吗?

又过了十分钟,我看到一二十出头的小姑娘拿着浙大的学历证书走进了大门,步伐相当彪悍,我的心脏也震得相当给力。

看来这心理测试真的不好度过,在这度日如年中,我把情况艰难地告诉了宁优优。

宁优优沉默了半响,才施施然道:"你想听鼓励的话,还是打击的话?"

我嘴角抽了抽,未免她的毒舌这个时候发挥作用,我忍耐道:"鼓励的吧。"

"……加油!"她说。

我:"……"很明显,优优大小姐鼓励人的话,显然没有她讽刺人的话来得源源不绝。

面试轮到我,我吸气再吐气,尽量稳重地踏进了房间。

简单问了几个问题之后,坐在中间,一个方脸阔额的中年人,忽然手放在简历上,点点头道:"你被录用了。"

我坐在椅子上,脑子本来还在想刚才的问题回答得好不好,陡然被这么一句话惊到。

还没反应过来,中年人就把简历递到一边:"柳沐白是吧,等下面试结束后,来领工作服。"

啊?虽然这种惊喜不比导师选我的时候惊喜,但是,似乎更加无厘头了一点……

我不可置信想,就算不是大型企业,但在就业形势严峻的今天,面试也应该没这么好过关的吧?

"还有问题吗?"中年人问。

我连忙站起来:"没、没有了!"

我头一次觉得我应该去算算命,莫非我今天真是走运年,一扫之前的连连霉气?

可是到了门口,我开门预备出去,听到后面一主考官压低声音说:"怎么招她?她的专业好像并不怎么符合……"

另一人更小声地说:"她是×大的,我在苏三公子身边见过她……"

当记者的就是要眼观六路兼耳听八方,所以他们的声音哪怕更小一点,小得像蚂蚁叫,也能钻进我的耳朵里,可是听到后,我反倒更惊疑不定。

面试等太阳落山才全部结束,只有三个人留下,典型的残酷淘汰。主管人员再次出现,分派了工作,签完合同后,我也拿到了自己的工号。

工号牌上面是助理。我当场就虚了,这职位,还不就是一个伺候人的活。助理,秘书,这两样,伺候人的活儿都不好干。

想询问和我同进来的女孩,却一个也见不到,早就各奔职位去了。

不管怎么说,有了工作是好事,其他可以暂抛一边。

我打电话给宁优优,报告了消息。

没去过地狱哪知道天堂,一千八的工资干不了大事,但是对身在学校的我来说,简直就是一块闪亮的馅饼。我非常大方地用预付的工资请宁优优吃火锅，差点举杯庆祝。

大快朵颐的间隙，宁优优说："工作可以是拼的，可以是赚的，到你这可以是捡的。"

太小看我了！心情好，我不跟她争论。

宁优优把那古玉镯子套在手上了，我瞥了几眼，又想起宋哲宇那个人。

免不了不愉快。滋味很不好。

一想到我在自家爹妈心里，还比不上一个宋哲宇，就十分膈应。

我觉得我后来会对宋哲宇那样的排斥反感，就是觉得他太威胁我的江湖地位了。

要上班那天，我起了个大早，新人新气象，我要做一个有理想有抱负的新人。可是发给我的职业套装穿上才发现太大了，袖子像炮筒一样，据说还是最小号。

但是没办法，我只能拖着沉重的步子到了公司。这大概是我干的第一份正儿八经的工作，不是记者的跌宕起伏，是明明白白的小老百姓工薪阶层。简单来说，我还是很期待的。

公司门口站着昨天面试考官之一，看见我来，就冲我点了点头。

看样子似乎让我过去，我受宠若惊，真想不到这家公司待遇这么好，对新人这么照顾，还负责接待？

他自我介绍："我叫关翰青。"

第十二章
冷战

我看他年纪是主考官中最轻的,很有风度的样子,应该是这家公司的高管之一。

我挤出笑容,忙道:"关先生你好,我是昨天应聘的柳沐白……"

他点头表示知道,转身往里走,让我跟着他,我当然没有二话,颠颠地跟在后面。

半道上,我就被一个穿短裙装的性感美女辣到了眼睛。

美女走到跟前,对关翰青略略颔首。

关翰青介绍:"这位是我的秘书,艾咪咪艾小姐。"

怪不得说,每个成功的男人身边,都配备一个绝色的秘书。

我刮目相看,这形象太符合了。名字也太特别了,艾咪咪。嘿,乍听还以为是宠物名儿,太洋气了。

出于对前辈的敬意,我有样画瓢地喊她"艾姐"。

艾美人淡淡地看了我一眼,迈着大步,踩着高跟鞋远去了。

我在原地一头雾水,我知道职场人际复杂,搞不好是大麻烦的。

关翰青虚着眼睛看我,非常大度地指点迷津:"你叫错了,她不喜欢人家喊她'艾姐'。"

我虚心受教:"那应该怎么叫?"

"咪咪姐。"

咪咪……我再度陷入无语。

我想起小时候生活在我家楼下的那只生物,顿时觉得无话可说。

关翰青推开一间办公室的门，我以为他要领着我去见我的领导，没想到来了这儿。正要虚心地问，关翰青指着一个角落的办公桌说道："那是你的位子，公司暂时还没来得及多配一张，你暂时和咪咪共用一个。"

我这才后知后觉地察觉，他刚才说艾咪咪是他的秘书，那，我转头张口道："关先生，我、我……"

他瞥了我一眼，很淡定地道："你是我的助理。"

至此才终于知道我这个助理伺候的人是谁，居然是销售部门的经理。

我许久才憋出了酝酿已久的台词："……经理好。"

"不客气。"关翰青继续淡定地把文件放桌上，扫我道，"你身上这工作服是拿错了吗？"

我低头看看可以去唱戏的炮筒袖，解释说："昨天后勤说，新人没有量身定做的衣服，只能凑合。"

关翰青盯着我看了半天，挤了一句话出来："你该长点肥肉了。"

我："……"

这份工作的工作时间是弹性的，朝九晚五，双休，可以任选两天休息。我跟关经理说了一声，调了星期四五休息，美人师兄的课是再也不能缺了。

不仅不能缺，而且每次上，必得要兢兢业业，不能打马虎眼。

话说我之前，一直没搞清楚秘书和助理的区别在哪里，至少在这个公司，我发现我和艾咪咪干的工作几乎是一样的，只是她不在的时候我干，我不在的时候她顶上。

后来才知道，美丽风情的艾小姐是嫌弃她一个人工作太累了，事情多，关经理才向人事部要求再调一个人。于是就有了我。

唉，这都无所谓，两个人分工，我也不累。这工作比起以前记者的白天黑夜，简直太轻松了。

乐滋滋干了两天之后，经过我的努力，我跟艾咪咪小姐的关系也得到了改善。

跟艾美人的火辣裙装相比，我这一身的工作服实在是太土了！得出的结论居然是，秘书都不用穿工作服！

我再一次为这家公司的制度感慨。

咪咪姐也是个爽快人，除了工作的时候有点不爽快之外，平时为人还是很不错的。自从我改了称呼后，对我就分外亲昵。

没几天就混得滚瓜烂熟。

这让我紧绷的小心肝终于松懈，话说天时、地利，都比不上一个人和。再也不能步没有人缘的后尘了！

比起之前遇到的，关翰青大概是我这些天遇见的最正常的男人，典型的事业型男，有理想有抱负，有本事有人品。既不恶俗得让人咬牙吞血，也没有帅得惊天动地，于是我看见这样的他，不免觉得异常亲切平易近人。

他是个轻微工作狂，天天这个客户那个客户，留下我们两个女人，正好聊点话题增进情感。

那天中午我去买盒饭，咪咪姐在隔壁间补妆，回来的时候一头撞见公司里正出来的一个女同事，我的盒饭差点撒了。

那女同事连声道歉，我也连连说没关系。

等到抬起头来，双方才愣了，没想到看到这张脸，我下意识呆了一下。

还是对方先缓过来，笑了笑："原来是柳小姐，真是巧，你也来这上班了吗？"

我愣了愣，嘴唇动了半天，也想打招呼，不过却发现并不知道对方全名。

那女子倒是先反应了过来，微笑一下，目光微亮说："我叫何小双。哲宇以前都没这么叫过，柳小姐恐怕不知道。"

我露出淡然的笑："何小姐，真巧。"

知不知道你的名字，对我来讲，并不重要。

何小双看了看我手里的东西，轻柔地笑；"柳小姐中午都不回去吃饭啊，对工作真是尽心。"

我维持笑容僵硬应付着："哪里哪里。"

何小双道："不如我们去别处吃吧，我知道附近一家餐厅很不错，我请柳小姐去尝一尝。"

我看再说下去就要没完没了，看了她一眼道："何小姐客气了。"

正前方的门突然一下打开，咪咪姐像门神一样威武，冷着

第十二章
冷战

脸看着我们。

机不可失,我立刻拎着盒饭快步走过去:"咪咪姐,我盒饭买来了,宫保鸡丁……"

艾咪咪盯着何小双,蓦地不咸不淡地说:"不是每个人都像何小姐一样,那么有钱,何小姐下次请这个请那个的时候,多少也顾及一下同事的脸面。"

碰了个软钉子,何小双柔柔笑了笑:"咪咪姐说笑了。"

艾咪咪转身进屋,我赶紧跟上,她把门关上了。

剑拔弩张,女人间的冷战。

我若无其事地把盒饭递上去,艾咪咪也若无其事地接过去,打开盖子就吃起来。

我知道我跟她还没熟到那地步,有些事她不会主动说。我当然也不能主动问,低头吃饭的当儿,我也心事翻涌,真没想到宋哲宇女朋友何小双会在这家公司工作,真是比狭路相逢,还要让人不舒服。

艾咪咪不知道怎么跟何小双不对付,不过根据我一个下午的有意观察,发现何小双的人缘非常不错……

当然,咪咪姐身为经理秘书,人缘也是不错的。但是这个不错跟何小双是不同的,因为咪咪姐是笼络人心的美艳御姐,而何小双,是男女通杀的温柔妹妹。

据我经验,通常还是温柔妹妹的温柔花招,更容易收买人心的。

我看着艾咪咪冷着脸工作了一下午,直到五点下班。

出了公司门,艾咪咪拉着我的胳膊跟我同行,她让我在停车场门口等她,她去开车,顺道载我一程。

免费车我当然愿意坐,啧啧,看艾咪咪才二十七八岁吧,已经奋斗到一辆车了,香车美人,好不羡煞旁人。

何小双走过来,看着我露出笑:"柳小姐,男朋友不来接你吗?"

我还没做好心理准备,这女人一开口就噎了我半死,男朋友?什么样的男朋友?

我的面部肌肉免不了又僵硬了一番,扯嘴角笑道:"何小姐,是不是误会了……"

她却好像没听到一样,和我保持两米距离继续柔柔地笑:"柳小姐男朋友在哪里高就,工作应该不错吧?"

我反应再迟钝,在她这种看似随意其实很刻意的笑容下,也能摸出点门道了。

上次,嗯,我记得,和苏枕之在海鲜楼吃饭的时候,这小双姑娘就特别可爱地卖萌了一下,估计她看到的我身边的男人,也就苏枕之了。

想通了这一层,我真是心有戚戚,顿时同情被我拖下了水的苏枕之,这无缘无故,美人师兄可不正是躺着也中枪了。

何小双同学显然不这么认为,还很有礼貌地冲我笑。

第十二章
冷战

可是我却不能回应她了，把脸扭过去，索性装身边没她这个人。正是泥人也有三分火气，她兜兜转转，牵扯到了苏枕之，正是我最不愿意的。

我想不通，难道这些个所谓聪明人都是花花肠子多，内心九曲十八弯？

何小双同学见我长久不说话，嘴巴一动，又要开口。

一辆火红色雪佛兰驶出来，艾咪咪摇下车窗，看见何小双，顿时冷冷笑："哟，何小姐，你在这里等了这么久，莫非你那位男朋友一会就到这来接你吗？"

何小双嘴唇一撇，淡淡笑道："他今天忙，不来接我了。"

艾咪咪冷冰冰接了一句："我就说呢，何小姐怎么这么有空。"

一扇车门在我身边滑开，艾咪咪冲我使了个眼色。我收到。

"沐白，上车。"

我坐进去，伸手把门带上了。

何小双被这样抢白，又被艾咪咪当面下了面子，可是她的脸色却没有什么变化。我转脸看她，她反而冲我嘴角一勾，轻轻笑了开来。

艾咪咪已经发动了车子，刚才的笑只是一闪而过，却让我非常不舒服。

好像是我太在意了一样，好像是我不够坦然，她的笑容好像也在表达这一点。我本应该大大方方若无其事。

可是……我用力握紧了拳头，我想我对宋哲宇早已没了当初那份感觉了，可是他留在我心里的往事，却难以忘怀。

我做不到在面对和他有关的事时，好像什么也没发生。

艾咪咪开着车，驶出了公司范围以后，就恨恨地骂了一声："典型的没有千金大小姐的命，却有千金大小姐的病。"

我被她愤恨的声音拉回神，抿了抿嘴，知道她是说何小双，犹豫了会儿，小心问道："怎么了，咪咪姐？"

艾咪咪哼了声，后视镜里看她眉毛拧起来，她冷道："那女人成天没事找事，见人就喜欢炫耀她男朋友，我还就没见过这样的，不就是她男友在大公司上班吗，整得优越得好像全天下女人都比不上她一样！没脸没皮！"

我听得真是嘴里越来越苦了。

想到宋哲宇，他倒的确像是大公司工作的派头，本身我都料不到，会在洛城这个地方见到他。

我随口问了句："那她男朋友到底在哪上班？"

艾咪咪从后视镜瞧了我一眼："那女人还没来得及跟你说出来吧？她男朋友是寰宇集团的员工，听说还做了个部门上的主管，年轻潜力股。看她成天嘚瑟的，不知哪走了狗屎运让她找到个优质男！"

优质男，首先我就被这三个字寒了一下身体。现今的外在条件至上的时代，看来我没猜错，不管在哪里，宋哲宇的长袖善舞依然能让他风生水起。

艾咪咪又看了我一眼："你怎么了，是不是被气着了？"

第十二章
冷战

闻言,我赶紧把思绪拔出来,微笑道:"寰宇是什么公司,这么厉害。"

我说得无心,可没想到艾咪咪的眼睛会瞬间睁得驼铃一般,瞪我道:"你不会吧,大名鼎鼎的寰宇,你没听过?"

看她的脸色,我讪笑,知道自己无形中又戳了雷点了,只好含混道:"我不是刚来吗?"

艾咪咪还是不能接受:"这不是你刚来不刚来的问题,凭寰宇集团的知名度,你一个参加工作的人,居然不知道,实在太难以置信了。"

我觉得还是闭嘴好。

"你觉得我们公司规模怎么样?"她忽然问我。

我咽了咽唾沫,平心而论,我现在的公司属于中型企业,规模说大不大,但也不小。于是我道:"不错了。"

艾咪咪猛然一打方向盘,声音里情绪非常饱满:"告诉你,我们公司的注册资金是一千万,而寰宇,几十倍,是整整的十亿啊!"

这么惊叹的数字报出,我大概明白是什么样的大公司了。

我还没来得及配合地做出吃惊不已的表情,放在包里的手机就响了起来。

习惯地放到耳朵上:"喂哪位?"

"哪位?"熟悉但有点危险的声音不紧不慢穿透过来,"小白,你没储存我的号码?"

第十三章 自食其力

我的腿肚子下意识抖了抖，这纯属是直达神经的一种战栗。

我还没来得及叫，苏枕之在那边已经淡淡出声问："迟钝成这样，你到底在干什么？"

我气势顿时去了大半，弱弱地说道："我，没干什么。师兄，你怎么会打来？"

苏枕之淡淡道："怎么，你一天都没在学校出现，我不该问问你去了哪？"

我神经再次崩了起来，左右看看，没有挂历之类确认时间的东西。我在心里一遍遍流着冷汗计算，今天星期二，不是星期四也不是星期五，应该绝对没有苏枕之的课才对……

我紧绷着声音，很小心很小心问道："师兄，今天……你上课了？"

苏枕之沉默了一会儿，沉沉道："我没上课，不过其他的课你不需要多听一听？小白，我现在非常怀疑你的学习态度。"

他又开始称呼我小白了，这给我传达了一种不好的预兆。

我赶紧组织措辞，挽救道："师兄，其实我今天，是有事来的。"

他立刻接口:"这么多天都有事?自从上星期我的课上出现以后,你好像就再也没到学校去过,嗯?"

真的假的?对于他如此准确地报出我没去的天数,我感到窘迫和心惊。其实不是再也没去学校,我每天下班后,都要回学校住的。

我按着胸口深深呼吸了几口气后,终于下了决定,坦白从宽。我道:"师兄,其实我,我找了份工作。"

电话那头沉默了一秒钟,苏美人的反应神经永远比别人的发达,他殷殷说了一句:"小白,你知不知道,你现在是什么身份。"

我几乎忘记了自己还在艾咪咪车里,一心都在应付苏枕之,闻言我顺杆爬道:"我是导师的弟子,我一定会好好学习,报答导师。"

苏枕之道:"报答不是随便说的,小白,你应该了解和你同一批进来的人比,你已经落了下乘,正所谓……"

他每说一句话中间就要加一个我的名字,真是让我压力山大。我猜他是想说笨鸟先飞来的,但他始终给我留了面子,没说出口。

苏枕之委婉道:"所以你更应该付出更多的努力。"

我被说教得就剩下满嘴称是了,艾咪咪频频从后视镜看我,从开始的漫不经心到后来的眼睛瞪大瞧着我。

苏枕之缓慢地来了一句:"你在哪,我去接你。"

第十三章
自食其力

我马上激灵了一下,听出重点,道:"师兄,你有事找我?你说个地方,我在出租车上,马上就到了。"

苏枕之顿了顿才道:"那好,六点半,来天心居我家。"

我赶紧答应,也顾不得多思考,暂时松口气,赶紧把电话挂了。

回头,艾咪咪非常不善地看着我,对于我把她的私家车比喻成出租,她显然非常不满意。

我朝她友好地笑一笑。

艾咪咪道:"是什么人啊,看你那表情变化的,真是丰富。"

我揉了揉脸:"有吗?"

艾咪咪把油门加大,一路飞驰一边道:"脸色一瞬间变得老鼠见了猫似的,你说有没有?"

我默默低头,咪咪姐,我打赌你也没看见过老鼠见到猫是什么表情。

艾咪咪问要把我送到什么地方下,苏枕之既然说等我,我原定回学校也不能回了,怎么也不能让他等久了。

我只好请艾咪咪在一个出租站台前停车,真打算坐出租车走。艾咪咪的家跟×大顺路,但去天心居就有点远了,我当然不好意思再麻烦人家送我。

艾咪咪诧异地看了我一眼,没说什么,跟我打了招呼说"明天公司见"后,就发动油门走了。

我飞速拦了辆的士,又飞速到了天心居。

站在大门口，我赶紧转身打电话再问："师兄你家在哪一栋？"

苏枕之声音淡淡传来："21幢，又忘了？"

我："……"

收起电话，我瞄准一幢建筑物，慢慢过去了。

我工作服都没顾得上换下来，就这么泥土仆仆地站在了苏枕之家门前。

可是我站在公司门口都没有站在苏枕之家门口对比这么强烈明显，里面的金碧辉煌美男如画，好像是两个世界，衬得我连自惭形秽都找不到参照物了。

苏枕之慢慢从门里走出来，几天没见，我才发现看见他的身影时心竟然颤了一下。

"进来。"

我搓着衣角，慢慢进去。

他上下扫了我一眼，那眼神比我第一天上班关翰青扫我的眼神要含蓄一点，可是表达的意义我觉得没区别。他看着我，问："沐白，你读研很缺钱？"

他开了个头，我就好说了，我和他对视，真心实意道："很缺。"

我就快坐吃山空了，谁能体会，自食其力有多么的辛苦。

苏枕之的表情在我说出这句话的时候凝滞了一下。

我的心里还有一句话没有喊出来，师兄，这一切都是为了钱，

第十三章
自食其力

这一切，都是为了生存呐……

苏枕之半晌才缓缓道："可你的学业……"

他说这话的时候眼神有点复杂，我有点不明白。哎，其实我觉得苏枕之是担忧过了，我看过课表，属于我的课非常非常的少，大部分时间靠我自由复习。这说影响上课，牵强了吧。

可适当地表决心还是要的，我道："师兄你放心，我保证不影响学业，在我心中，学业永远是第一，工作只是第二位。"

苏枕之深深看了眼我，我的话不知听没听进他的心里，过了半晌，他道："你这么辛苦，我也可以理解你……沐白，既然你想同时兼顾学业，那么，每天都来我这儿补课吧。"

这话弯拐得太快了，我至今都没能适应。瞪着他，我道："这怎么可以呢……"

苏枕之眸光幽深："有什么不可以，你刚才不是说学业永远第一吗？"

我刚刚是说了，可是，怎么总觉得苏枕之的发展一直和我想的不一样呢？我舌头渐渐打结："师兄，我，我是怕连累你。"

果然，苏枕之既然说出来，就一点也不怕我的威胁，他接道："你不仅是导师的弟子，还是我的师妹。"

我更傻眼了。

这声想也想不到的师妹配合苏枕之颇含意味的眼神，冲我抛过来，真是太厉害了，就算我道行再高一点，也招架不住。

他顿了顿，总结道："所以，没什么连累的。"

意思就是无论你为我做什么都是应该的是吧……师兄,你做人可以不必有这么伟大的奉献精神。

我看着他,头埋得越来越低:"那就、有劳师兄了。"

苏枕之似乎抿唇笑了一下,说道:"今晚开始,记得,每天下班六点到我这,学习三个小时。"

这种开小灶的事情我平生头回遇见,不知应该表现得受宠若惊还是大度接受。

犹豫时,苏枕之已经到沙发上坐下,对我道:"来这里坐。"

我怀着复杂难以形容的心情走过去,苏枕之丢给我一本书,言简意赅说:"先看这本,有不懂的问我。"

于是我抱着书开始在沙发边翻开,苏枕之在斜对面给我当临时指导员。

此刻我的内心是非常无言的,可是只能硬着头皮,在苏枕之若有若无的注视下开始看书。在这本书里面,很多地方用红笔做了标注,这些痕迹,看来是苏枕之留下的。

我努力睁着眼把那一行一行字看过去,就看出四个字,晦涩难懂。没办法,我只好凑过去,再一点一点把书挪到苏枕之面前:"师兄,这个……"

苏枕之偏头过来,细致地给我讲了一遍。我估计,大概讲了十分钟有余。

然后我再坐回去,再看,看了不到五分钟,又卡了。我囧,继续再看,那些冗长的句子好像没有断句一样,让我不由想起一句经典的台词,说每一个字都看得懂,合在一起就不懂了。

我只得再靠过去,苏枕之再指着仔仔细细给我讲了一通。

我觉得好像懂了,于是再坐回去,艰难地把一页看完。翻开另一页,第一行,又不会了。

我大受打击,这样来回几趟之后,我几乎黏在他旁边的沙发上不能走了。我瞪圆了眼睛,不能够吧,就算我知道自己的水平不到高超的地步,可是导师留下的书我怎么也读了个七七八八,这段日子在宿舍里用的功不是白瞎的,可是怎么,今天就被打击成这样?

我期期艾艾地扭头看向苏枕之,"师兄,这样不好吧,我很多都不会……"

苏枕之缓慢地一笑:"没关系,当老师,最重要的就是有耐心。你不急,慢慢来,我陪你。"

……我反思,这个是重点吗?

我扭过头去继续看书,太囧了,这直接让我怀疑前段时间的书是不是都白读了。我终于狐疑地翻过书的封面,再翻开扉页,盯着上面的字仔细辨认。

猛一转脸,苏枕之的目光和我相碰,随即转开。

"那个,"我结结巴巴地说,"师兄,这个书,好像不是教科书?"

苏枕之再扭头,和我对望……这一瞬间我才真正地看见,察觉我和他的距离。他鼻尖很挺,五官清晰端正,我一低头,就看见他漂亮的锁骨。

这好像，更不对吧。我愕然。

苏枕之把我手里的书拿过去，翻开看看，他嘴角翘起："唔，拿错书了。"

我赶紧转回头掩饰着我升温的耳根，并装作若无其事地道："哦，怎么拿错了。"

苏枕之目光盯着书本，半天道："这是我准备读博的书。"

……

我浑身鸡皮疙瘩都炸了，难以置信地看着他，苏枕之似乎也有点不自然，站起来道："我去换一本。"

我抬头看墙上的挂钟，已经过去了一个小时多。我悲从中来，忍不住咬牙说道："师兄，你怎么能这样……"这样不靠谱啊。

苏枕之侧过来的半边脸上染了丝笑意，片刻低低说了句："被你传染了。"

我传染什么了？有什么传染的？

我愈加悲愤莫名。

真是屋漏偏逢连夜雨，我腹中空空，肚子叫了两声。

天哪。

苏枕之的目光看向了我，皱了皱眉："你没吃晚饭？"

我不禁脸略红，下班就被叫来了，哪来的饭吃。我决定沉默地抗议。

苏枕之慢慢道："我去找找看有什么东西。"

第十三章
自食其力

我窝在沙发里,觉得胃里越来越疼,好像针刺一样,我咬了咬嘴唇,脸发白。

这房子苏枕之看样子也不常来,根本没什么东西。他转了一圈出来,只找到一袋苏打饼干,他把饼干放到我面前,撕开袋子,说道:"你先垫点肚子,我打电话叫外卖。"

我看他一眼,没有吱声。

我慢慢拿了一块饼干,塞进嘴里,却咬不下去。苏枕之从阳台上打完电话回来,我已经疼得流冷汗了。

苏枕之看到我时,脸色一变,箭步走过来,伸手就将我肩头抓住,伸手把手背贴放在我额头上。

他目光深深:"沐白,你不舒服?"

我把嘴唇咬得发白,看着他说:"我、胃痛。"

苏枕之的手指在我的额头上缓缓擦过去,眼底轻柔,低声说:"没事,我去买药给你。"

我看着他,把牙咬了咬,点头。

苏枕之脱下他的外套,马上把我上身罩住,裹在沙发里后,就迅速转身出门。

我歪在沙发上昏昏欲睡,这名牌儿沙发效果就是不一样,怎么躺都舒服。

不知道苏枕之怎么去得那么久,等到我胃里的刺痛感都减轻了许多,苏枕之才回来,几步来到我身边,俯身道:"没药了,我现在送你去医院。"

他手伸过来,我死死抱住他手臂,抵死不从。多大点事,还去医院。我打着呵欠,慢慢道:"饿饿就过去了……"

头枕在沙发的靠垫上,我甜甜蜜蜜地进睡梦去了。

我睡着了之后,隐约好像有人拽我衣领的扣子,我下意识就护住领口,骂道:"色狼,滚开!"

那只手僵了僵,就缩回去了。

我换个舒服的姿势睡得更沉,嘴里嘟囔:"敢占你姐姐我的便宜,不想活了……"

这一觉睡的,梦境接连不断,梦见爹妈光着脚拿棍追我,老妈向我哭,说我没良心丢下他们两个人面对被我逃婚的那家人,他们现在天天被马年俊一家上门找碴儿,弄得街坊邻里人尽皆知,脸都丢尽了。

对了,马年俊,我都快忘了,我那个逃婚对象的名字叫马年俊。

我只记得当时媒人来我家说的时候,就是满口的青年才俊,这个名字,一定程度寄托了他家父母渴望自己儿子成为一个青年才俊的美好愿望。

我跟马年俊第一次出去吃饭的时候,他就对我说,叫他年俊,让我别客气,他就喜欢听人家这么叫。

年俊年俊,青年才俊。

我还记得我这么叫他的时候,他那满脸红光的样子。

可是我看到他那张红扑扑的脸,却觉得心都死了。

第十三章
自食其力

只有在筹备婚礼的时候，爹妈才会对我露出特温和的笑容。我跟马年俊的婚期越近，他们对我越关心越好，就好像回到了从前。

我真是怀念爹妈对我慈爱的样子，我想，我要是不当记者就好了，我要是不遇见宋哲宇就好了，我就能一直享受他们对我的关爱，直到我老了都不会变。

可是临近婚期的时候我还是怕了，看着老妈近在咫尺的关心表情，也填补不了心里越来越大的空洞。

那天晚上，老妈叹息着拍我的手，说希望我以后好好的，别再乱折腾，折腾得她和老爹的心里都不安生。

我哭得一塌糊涂。那种感觉好像在梦里又重现了一次，既是肝肠寸断，也是撕心裂肺。

可是在后半夜，第二天即将到来，我还是跑了。拖着我匆忙收拾的行李箱，慌不择路逃到了洛城，投入到了这片陌生的天地。

我梦见我老爹气得头发白了半边。

我在梦里心揪得痛，眼泪流了一地不说，偏偏还有一双手一直在我脸上擦不停，然后"小白、小白、小白"不断地喊。

我被擦得心烦，被叫得也心烦，内心早就用尽力气想喊出来，姑娘是聪明无双名震八方的大记者，谁是小白，你才小白，你全家都小白！

我正骂得欢畅，就觉得猛然吸进一口凉气，然后，我醒了。

结束了这冗长乏味揪心的一场梦。

脑袋里轰了一下。

我看到一对漂亮的锁骨,接下来就瞄到了更劲爆的一幕,在我上方,苏美人衣怀半敞地靠在我床头,枕着一只手臂,模样好像疲累得睡着了。

他的脸离我的额头,大概只有十公分不到的距离。衣怀……半敞啊……

我完全不记得自己几时躺到了床上,我醒了,可是我的脖子却好像比刚才睡的时候更僵硬了。我觉得刚才的梦让我痛苦得夜不能寐,可是,可是,此刻的惊悚却已直达神经末梢,让我呼吸都快没了。

因为,苏枕之的气息几乎一下一下拂在我额头上,距离太近了……

平心而论,这一幕其实是多么难得,苏美人春、光、乍、泄,半睡未醒,何等的赏心悦目。

如果,如果我不是刚好被他笼罩在身下的话……我欲哭无泪,我也会非常欣赏这一幕。

我使劲回想昨晚,想昨晚到底发生了哪些事情,刚醒来脑子还混沌,我就像宿醉的人一样,还没回想完毕,就听见上方轻哼了声。

我提心吊胆注意着苏枕之,他缓缓地睁开了眼睛。

这个姿势,这个姿势……惊悚得我头发都好像要竖起来了!

第十三章
自食其力

苏枕之眼波动了动，良久，才轻轻说："沐白，你终于醒了。"

嗯？怎么说得我好像睡死过去了似的？

我视线稍稍移动，发现苏美人的手里抓着一块毛巾，湿湿的，好像刚从水里蘸出来。

他看着我，眼波异常温柔。

这次，距离这么近，我就算近视八百度也能看清他眼睛了。可是这却更提醒我危险的处境，我努力从牙缝间蹦字，可是努力了好久却只憋出了一句："师兄，你，你怎么在这？"

苏枕之略显倦意的眼里，浮出一丝笑，说道："我应该滚开是吗？"

一直保持这个距离说话实在难度太高，我觉得我的大脑转得更慢，完全不明白他在说什么。"师、师兄，你能起来一下吗？"我完全囧到底了，只好豁出去，眼一闭说了出来。

苏枕之眼底一愕，随即不自然地别过脸咳了一声，我还没见过他这样，他慢慢从床边站起。

听他低沉道："你收拾一下吧。"

苏枕之快速走出了房门，我仰望天花板，这才敢动着僵硬的四肢，欣赏自己四平八稳的样子。

很快我就发现，我不是四平八稳，说是四仰八叉还差不多，工作服皱巴巴地穿在我身上，身上盖的被子都被我揉做了一团，堆在脚边。

只有鞋子是脱了的，可是我左脚的大脚趾以及右脚的大脚趾，都非常干脆地从破了一个洞的袜子里挺立出来。

一眼望去，我几乎昏厥，想死的心都有了。

我把衣服勉强整理得好看了点，遮遮掩掩地出门。

苏枕之坐在沙发上，闻声就转头："沐白。"

接触他目光我就避开了，真是，在这么个大美男面前出糗，丢人的程度只会加倍。

我现在恨不得我从来没踏进过这间房。

苏枕之的声音轻轻地传过来："昨天你就没吃东西，现在吃一点吧。"

虽然我的确很饿，我也想起来昨天昏睡然后错过一顿饭的遭遇，可惜错过就错过了，有时候一些错过只是错过，可有些时候的错过就是致命的打击，以及酿成严重的后果，比如我昨晚和今天早晨。

对于我此刻的形象，我都找不到含蓄一点的词语来形容。因为这是多么的猥琐啊……

在手不知何处放的情景中，我的眼睛无意识地飘向了墙上的挂钟。苏枕之家的挂钟实在是显眼，尽显豪华大气，所以只要眼睛扫到了墙上，基本没办法忽视。

而这时候我内心爆发了一阵震撼的叫声：已经七点四十五了！

我不会忘记我是八点上班，而这个时候我却还在几里之外的另一个地方，我清楚记得，上班第一天咪咪姐就告诫过我，

第十三章
自食其力

说公司其他地方都很宽松，唯独时间抓得特别紧，上班若是迟到一分钟考勤就要扣掉一百块。

迟到两分钟扣两百块，三分钟扣三百块，如果迟到了整整十分钟！那个月的奖金就全扣啦！

天知道，我们公司的基本生活费只有八百块啊！如果我迟到了，那这个月我是要喝西北风生活吗？！

于是，再也顾不得其他，顾不得坐在沙发上还是优雅高贵的苏美人，顾不得一切的一切，我抓起我的包包，以五百米冲刺的速度冲向门口。

能够赶上一分钟，节省一百块也好啊！

就在这千钧一发之时，"你干什么？"苏枕之冷静的声音坚定地制止了我。

我抬头看向他，调整了半天面部表情，眼神最终定格在哀戚："师兄，我得上班去了。"

拜托别跟我说话了，我时间不够用了！

任何的多愁善感爱恨情仇，都比不上实际的问题。实际是，我要迟到了。

苏枕之眼睛沉沉的，第一次淡漠道："饿成这样都不吃饭，你还要不要你的胃了。"

少吃两顿饭又不会真的怎么样，工资没有了才是大事……

我在心里反驳着，面色则如常。是我以为的如常，我想其实我现在定是一脸菜色。

苏枕之盯着我嘴角再次抽了抽,我不知道他是想说话还是想笑,又或者只是无语了。

可是我真的真的已经没时间跟他耗了,我迅速穿好鞋子,转身按上门把手。

苏枕之再次一语定乾坤,镇定道:"你吃东西,我送你。"

太给力了,我转过了身,这种局面下,有车送总比没车好。

苏枕之将一包豆浆和几个包子扔到了我怀里,从停车场把他的车倒出来,然后我坐上去后,车子就一鼓作气向我公司驶去。

我终于体会了一把风驰电掣。

虽然我不认识车牌子,但亲身体验,我觉得苏枕之这辆一定是传说中的好车。本来苏美人浑身上下的身家一看就是不逊于宁优优那富婆级别的,当然无一不是精品。

我抓紧一切时间往嘴巴里面塞包子,饿的时候吃饭特别香,就算比不上宁优优爱吃的那家,也差不多了。

可我还是晚了一步,在距离八点还有两分钟的时候,苏枕之的车已经停在了我们公司门口,而我手里的包子,还差两个没吃。

太速度了!

我激动得差点热泪盈眶,工资终于不用扣了!

苏枕之看了看我,那神情似乎想说什么,最终还是忍住了。

我本来是要开车门下去的,可是忽然发现公司门口涌了好多人,而且都好像隔离在大门之外,根本没进去。

正好奇公司这是演了什么大戏让大家都堵在门口时,我看到了咪咪姐傲人的身材走出来,和她那一头耀眼的波浪发。

"负责开门的沈大爷昨天吃坏肚子了,宁总马上赶过来,大家先稍等。"

生猛的不是沈大爷不开门的原因,而是艾咪咪说出这个理由时的彪悍,一般人是没这个勇气的。

我囧了。真没想到拼了命赶来,却意外遇上这样的乌龙局面。

这下也好,我是不用担心迟到了。

旁边苏枕之终于静静开口:"趁现在,把豆浆喝了,还热。"

提醒了我,我拎起手里的豆浆,凑上去猛喝,喝得太急切,呛得我咳嗽了好几声。

我才有机会看向一边的苏枕之,他并没有看我,一只手臂搭在方向盘上,双眼微微闭着。我才看出他眼角有青黑,似淡淡一圈黑眼圈。

我不知道自个儿昨夜都干了什么十恶不赦的事,特别愧疚地别开了眼。

我眼睛平视前方,那里也缓缓驶来了一辆车,车上走下一个青年男人,然后他走到后面的车门旁,伸手打开了门,搀扶着里面的女子走下来。

我看着那女子,再仔细看看那男子,怎么那么像何小双和宋哲宇?

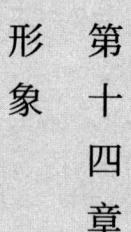

第十四章 形象

车的距离和玻璃都不是太远太模糊，我很快就能断定自己并非眼花了。

心稍微沉了一下，我移开视线，开始漫不经心喝着豆浆。

苏枕之刚刚明明没有看这里，此刻却似长了眼睛，向我道："豆浆不合口味？"

我马上专心对准他，露出笑容；"没有，刚才喝太急，现在不敢了。"

我发现，比起外面那一对实在扎眼的人来说，能看着苏枕之，实在是太过享受的一件事了。

我这个人一向比较现实，意识到之后，目光便瞥也不往窗外瞥。

全身放松下来，我主动把包子递过去，有些狗腿地笑道："师兄，你也什么都没吃，这俩包子给你垫肚子。"

苏枕之眉峰跳了一下，盯着我，便不露痕迹道："我不饿，你吃吧。"随即目光闲闲地看向了车窗外。

我再接再厉："怎么会呢？师兄你都两顿没吃了，饿下去对胃不好。"

我四两拨千斤拨过去。

苏枕之闻言,慢慢再转头来看我,眸色间似笑非笑,说道:"昨晚叫的外卖你没吃,我都吃了。现在还没饿,你自己吃完就是了。"

这理由好,我顺理成章被说服了,于是终于心安理得地拿起剩下的包子,再咬。

对于吃货来讲,干掉两个包子是轻而易举的事,更遑论还是在我饥饿如斯的地步。

我吃得欢,防备弱,苏枕之猝不及防来一句:"你好像不急着下车了。"

咽下包子馅,我回答:"因为公司没开门。"

"还有呢?"苏枕之淡淡地说。

我转头看他,弱弱地笑:"还能有什么?"

"比如,"他朝着车窗外宋哲宇的身影努努嘴,"你的绯闻前男友。"

这句话掐的时间很准,刚好我把最后一口包子咽下去,它就响起来了。于是,我嘴角的包子屑还没来得及擦掉。

幸好包子吃完了,否则一定噎死在车上。太犀利了,犀利得我转动着脖子缓慢看向他,看着苏枕之眼里明灭不定的光,我觉得,苏枕之真是菩萨心肠,等我消化了才来这么一句话震撼我。

许久,我讷讷说了出来:"他是我的仇人。"我用了曾经

第十四章
形象

对宁优优的解释。

苏枕之一只手遮在鼻下，堪称云淡风轻看我一眼："语气太不对了。"

我吸口气，正要调整再来一遍。

苏枕之道："有没有听说一句话。"

我讪讪地靠回座椅："这世上名言太多了。"

苏枕之道："当你说恨一个人的时候，千万不要用缠绵的眼神盯着他。"

缠绵？

指天发誓，我一口血没吐出来。

苏枕之到底是哪里看出的缠绵？我瞪着他，老半天才说出："师兄，你说这话，简直是对我的侮辱。"

苏枕之目光闪烁了一下，盯着我："怎么？"

我兴致缺缺地看着正前方，望着挡风玻璃外那一对身影，平静说："我说讨厌一个人的时候，一定是真讨厌。绝不掺假的。"

苏枕之目光不改："那喜欢一个人呢？"

我转头看了看他，脸略红，问得太直接了。

我低头慢慢道："呃，如果，我能说出来的话，那一定也是真喜欢。"

苏枕之嘴角隐约扬了扬，但很快就恢复平常。片刻，他低声看着我说："对不起，我为刚才的言辞正式向你道歉。"

我脸上红晕还没褪，没有说话。苏枕之这个人，任何时候也不会忘了绅士一把。

苏枕之停了停,用更加轻柔的声音问:"我的问题有什么让你为难,为什么脸红?"

是啊,为什么脸红,我也不知道。只能说,这种感觉,很久违。

我道:"车厢里太热了。"

苏枕之是个知情识趣的男子,没有顺着这个话题再说下去。

他道:"其实偶尔做点自己想做的事,也很好。"

我看着他,想了想,慢慢道:"我希望宁总今天都不要来了。"

苏枕之轻笑出声,目光慢慢深入过来:"其实还可以做点别的。"

做点什么?

我扭头,看见他的手伸过来,慢慢擦过了我的脸颊,把我嘴角的包子屑给擦掉了。

我心跳漏了一拍。

苏枕之笑了一下,低低地道:"沐白,你刚才没系安全带。"

这嗓音如此沙哑暧昧,苏枕之慢慢倾身过来,车厢地方很小,转眼就见他靠近了。

他今天只随意穿了一件衬衫,领口敞着,我眼睁睁看着那漂亮的锁骨再次离我越来越近,这次却是在主人清醒的情形下,杀伤力完全不在同一个档次。

"师、师兄⋯⋯"我喉咙发干,耳根因为尴尬已经红了。

只见他手绕过来撑住我旁边的座椅,脸则慢慢靠近。

我继续一点一点向后挪动，背已经紧紧贴在了车门上了。苏枕之再笑："你躲什么？"

我嘴唇颤抖，心道，你不靠近，我不就不躲了吗？！

但苏枕之却再次靠了过来，近在咫尺的脸，几乎拂到我脸上的呼吸。

我心如擂鼓，真正开始呼吸困难。

这个姿势，好像我已经完全被他罩在怀中，我甚至碰到了他胸膛。

"你何时才能不躲？"我听他在我耳边说。

他这话说的，我真是不懂他的意思，此刻我明明躲都躲不掉，还能怎么躲？而且我太紧张了，我意识到，我到现在都没克服紧张就会不由自主发抖的毛病。

不知不觉中我的手攥到了车门上的什么东西，而且因为大脑空白，下意识手向下一用力，只听轻轻一声。

车门就开了……

我紧紧贴着车门的后背瞬间一空，整个人就倒了下去。

还没反应过来，我就觉得胸膛瞬间离我远去，我一头栽了下去。

那一瞬间太精彩了，像是倒带回放，我仰着头看见了公司门口倒立的人影，惊恐得要命。

关键一刻，我下意识只想到要自保，听到苏枕之急切喊了我一声："沐白！"

苏枕之探出身，看样子本来是想拽我的，可我一时间只想到自保，迅速就伸出了手，并且是手脚并用地，飞速攀上苏枕之的身体，把他死死扒住！

苏枕之根本没想到我会这么做，整个人从车里被我拉下去，巨大的惯性让他和我一起滚到了地上。

"哇！"一瞬间四周围，都是这般的声音。

公司门口原本的人们，目光都聚焦过来，无数双眼睛扫来，众目睽睽，盯着我和苏枕之抱团滚在地上。

我这时候还是傻傻的，刚刚摔到地上一瞬间，苏枕之转身垫在了我身下，因此我没有被摔疼。

但苏枕之涨红着脸，从嘴里挤出："快起来！"

他眼里含着惊怒和窘迫，他的神情也是这两样的结合，声音里更是深藏着这些。

天哪，天哪！大脑清明之后，我也恨不得立刻捂脸狂呼，痛哭出声。

我电一样从苏枕之的身上爬了起来，迅速跳到了一旁。

就看到苏美人十分狼狈地，一点点扶着腰站起来，那面上神情，我不敢看第二眼。

苏枕之绷着脸，走回到车跟前，一言不发地坐进了驾驶座，车门在我面前关起。

车子扬长离去。

愧疚不足以形容我此刻的心情，要是丢脸的只有我也就罢

第十四章
形象

了，我的形象早也破罐破摔，可是由此让这么一位我心中极为敬仰的现实偶像般的人物、美人师兄遭遇了史前第一的围观，翩翩讲师形象荡然无存。

我的罪孽簿上又要添浓墨重彩的一笔了。我知道，一位美人，怎么都是要面子要形象的。今天我却把他的形象彻底颠覆了。

我对不起苏美人……

一下午，我都处于一种神魂游离的状态。

原本不认识我、对我都不熟悉的公司大众，都开始用内容非常精彩的目光看着我，有惊叹，还有仰视，却统一在我望过去的时候，集体转过脸去。

我痛苦地默默扭头，艾咪咪走到我身边，暧昧地说道："沐白，今天那个，是你男朋友吗？"

我悲怆地看向她："我说不是，你会信吗？"

艾咪咪热络地拍上了我的肩膀，叹息说："沐白，真看不出，原来你那么低调。"

我……无语问苍天，其实我没有低调，咪咪姐，你真的误会了。

随即，她用一种特别实诚的目光看着我，说："沐白，平时看你那么斯文，没想到也是生猛型的。"

我内心在抓狂，可脸上还得板得特别正经，也用一种没想到的眼神盯她："咪咪姐，我也不知道我是这种型的。"

远处，何小双似乎不经意地路过，听到艾咪咪的话，她柔柔一笑，目光柔柔盯着我道："想不到柳小姐和男朋友那么恩爱，连上班的时间，都不忘了温存一番。"

今天我和苏枕之拥抱着滚出车外的景象，人人都有目睹。差点忘了，这位姑娘当然也没有错过了。

何况她的话看似没什么杀伤力，只是看似。

我抿了抿嘴角，忽然就不想解释了。

今天混乱中，想到何小双和宋哲宇用怎样的眼神看我，我蓦地感到很不舒服。

我淡淡一笑道："误会。"

我的话一说出来，让周围伸长耳朵听八卦的人只觉得欲盖弥彰。

何小双微笑："柳小姐真是幸福的人，叫人羡慕啊。"

身旁咪咪姐帮我出头了，她道："那是人家沐白的福气，羡慕不来。"

眼看公司两大美人又要开始口角，艾咪咪转移战线，胳膊肘撞了撞我，挤着眼说道："沐白，今天带你来的那车是保时捷吧，从来都没听你提过，实在太谦虚了。可见，做人还是谦虚的好。"

继低调之后，我又被冠以谦虚美名。如果这美名不是在被围观之后产生，我便想喊一声，那人，那车，都跟我没关系。

何小双被说得脸色一阵红一阵白，她的道行在艾咪咪跟前

第十四章
形象

还是差了些。三言两语被艾咪咪打发走，咪咪姐朝我比了个心照不宣的眼神。

"看你刚才，脸突然拉得比驴长，嘿，怎么了，你也不待见那女人吧？"艾咪咪笑得比刚才还阴森森。

我惊了惊，打点起脸上的表情正色说："大家都是同事，没什么不待见的。"

艾咪咪捏了捏我肩："诶，这话说得就没意思了。"

我吃痛，有苦难言。

艾咪咪凑到了我耳边，耳语一阵："今天我们宁总都被你惊到了，发现没？刚才你那……那样的时候，宁总刚好到了班上，盯着你和你那位保时捷男友看了老半天。"

别说了，越说我越想钻进地缝躲一辈子。

也巧，艾咪咪说这话时，刚好宁总走过，她的话便自动消音了。宁总是总公司的二把手，掌管大门钥匙，平时也是一神秘人物。

怎么也想不到今天一连两次能看见他。

老总督阵，大家总算都消停了些，今天我千难万苦顺利熬到了下班。

我虚脱地站在公司门口外面，本来昨天就被噩梦连累得一夜没睡安稳，今天又连惊带吓心脏受不了，此刻我望着那大马路都想要躺下。

口袋里震动一下，一阵和弦铃音飘出来。

我拿出来，看也没看就接听。

还是低沉的声音："沐白？"

早就没什么能震撼我了，我波澜不惊地接着开口："你有什么事？"

宋哲宇还真不愠不火继续说："你有没有空，我们见一面怎么样？"

我不动声色，继而面无表情，"不好意思，实在没时间。"

没时间，而且没耐心。我去按挂机键。

"我知道你跟叔叔阿姨，现在关系闹得比较僵……"他舒缓地说。

我的手还是没按下去，重新把手机放到耳朵上，咬牙道："宋哲宇，你提起我爸妈，什么意思？"

我的声音不由自主尖锐，正好下班，何小双慢慢走了出来，她目光疑惑不定地看了看我。

我迅速背过身去，大大方方地做出了做贼心虚的样子，装得好像有不可告人之事。

宋哲宇缓缓说道："你何必这么敏感呢，我只不过是想帮你。"

我忍住胸间起伏，生硬道："帮我？恐怕不必了。"

宋哲宇默了一下，慢慢说出来："沐白，不管怎么样，邻里这么多年，我也不想看着你跟叔叔阿姨闹翻。"

有些人就是这个样子，说出话特别的真诚，何不去想想，以前最需要理解和帮助的时候，他怎么不在，反倒这时候跑来充和事佬?

我脑子素来不聪明,想不通这个深奥的道理。

我问:"你怎么这么说话?"

宋哲宇接道:"我是真心实意。"

这世上所有说真心的,背后都藏着用心。特别是宋大官人嘴里的,我更得掂量三分。

这厮尚不知从我爹妈嘴里套出了多少的话,他又了解了多少。

我心思一动,狐疑道:"是爸妈……让你找我的?"

宋哲宇不缓不慢地开口:"他们没有明说,但我可以听出他们的意思。"

何小双还在我跟前绕,借故停留,刚才我那声模糊的宋哲宇,显然吸住了她的耳朵。随时随地防着我这个"故交"是不是在和她男朋友暗通款曲。

我于是面容更加装得深沉莫测,抱着手机便故意走几步,嘴里装作答应轻"嗯"几声。

宋哲宇,你别怪我不义,我一向不仁不义。

"你说,在哪里见面?"为了爹妈,我妥协。

宋哲宇顿了一下,低柔地缓慢说:"一会儿我发信息给你。"

我把电话挂了,奸诈。我想宋哲宇还是变了,至少以前的宋哲宇还是个比较阳光的大男孩,而此刻他却多的是沉稳耐心。

我这才转过身,何小双挤出笑:"柳小姐,是……和男朋友打电话呐?"

我瞧着她,冲她微微笑了一下,非常万能的表情回答。

这可以解释为默认,是啊,男朋友,是你的男朋友!

何小双的眼神于是从惊疑变得更加惊疑,她心里说不定已经认定这个在跟我通话的人,就是她的男朋友。何况,今天宋哲宇根本没来接她。

我无暇他顾,脚步心急如焚,实际上也确实很心急如焚地离开了公司。

我想起了昨天困扰了我一夜的悲伤梦境,我不希望我爹的头发真那么白了,更不希望看到我妈苍老的面容。我是那么急于了解他们二老的近况,偏偏,能带给我想知道的这一切的,只有和我已不相干的宋哲宇。

犹豫半天,我仍旧给苏枕之发了条短信,问:今天……还要补课吗?

苏枕之的短信回得非常及时,几乎下一分钟就滴滴传来:当然,你在哪。

我迟疑了很久,最终给他回复了一个:向你请半小时假,我晚点再过去。

我冲到理发店把我的稻草窝头发洗了,不是我要在宋哲宇面前要漂亮,而是老娘决不能在他面前输了面子。

头发洗过吹过,我十分舒服地摸出手机,宋哲宇那厮的地址已经发过来了。

第十四章
形象

我甩着蓬蓬的头发,迈开大步走路,换回了我的牛仔裤和T恤,感觉立马就不一样了。离开公司后这才是我真正的人生,没了拘束少了枷锁,走路都带劲。

我心情其实还算不错地来到蓝茵咖啡,服务小姐马上笑不露齿地上前招呼我,问我有没有预定。

我道:"我找一位姓宋的……先生。"

几乎立刻就感到宋哲宇抬头望了过来,他支起了身。

我撇下服务小姐,几步来到他的桌子对面,他喉间动了动,语声沉沉:"沐白。"

我在椅子上坐下,大咧咧说:"你准备怎么帮我?"

他凝滞了一下,我扫他一眼:"刚才你不是说,想……帮我吗?"

宋哲宇缓缓地一笑,看着我眼眸略深:"你跟以前,真是不一样了。"

这句话进入我耳里,下意识皱眉烦厌。我向来最烦有人跟我说什么你不一样了或你变了之类假惺惺的刺耳话,有这功夫在这装深沉,怎么不回头反思自己当时到底有多熟悉我呢?了解根本不深的时候,就如此大言不惭,怎么不招人反感。

宋哲宇道:"服务生过来点单了,你吃什么?"

"牛排。"我想也不想就道。

宋哲宇微微一笑,很有风度地点点头,看他那样子,不像腰缠几百万也像腰缠几十万的。

"好久没见你了。"他轻声说。

我:"……"扭过头,把我的手机收进怀里。

服务生小姐说:"牛排可以送罗宋汤,红茶,小姐要哪个?"

我心里想了一下罗宋汤的样子,我一直觉得它就是番茄汤,我想待会儿我要是忍不住把汤给泼出去,恐怕形象不会太好。

我最终还是只要了杯牛奶。

就算忍不住泼到某人脸上,应该也会好看很多。

宋哲宇还在不着边际地说着一些话,牛排上来后,我拿过刀叉就开吃。我发觉九分熟的牛排,味道很不错,要不是太贵了,我情愿天天吃他个几块。

吃的时候,我仔细听着宋哲宇的手机,一直没响,怪了,是宋哲宇手机关了机,还是何小双根本没打来?看来我真是低估了这一对了,这两人不管谁都有着强韧的神经。

我三下五除二吃完牛排,宋哲宇还是没说到重点,我耐心告罄,站起身道:"不好意思,我还有事。"

我只请了半小时假,马上时间快到了。

宋哲宇终于道:"怎么了?"

怎么了?怎么了?我不是来听废话的,没有重点我当然要走!

宋哲宇沉沉看着我,片刻说:"你怎么还和以前一样没耐心?"

一会儿说我变了,一会儿又说我和以前一样,这人还能更晕一点吗？

我看着他，皱眉："我一会儿真的还有事，你要没什么别的要说，我只能走了。"

叹，真是世事多变，我怎么也没想到我能有机会用这种语气对宋哲宇说话。感觉一个词，太感慨了。

宋哲宇看了我一眼，慢慢垂下眼眸："他们听说你跟我在一个城市，他们的心情听得出变得很好，让……我们常联系。"

忍下胸口涌动的酸涩情绪，扭过头。但我一点也不想跟你常联系。我忍着这句话没说。

宋哲宇嘴巴动了动，到底没再说。

今天我蹭了他宝贵的面子，他能忍到现在。他一贯喜欢小鸟依人类的，看何小双就知道。

我吃饱喝足，转身离开咖啡厅。我反思着宋哲宇的话，觉得这句话里可以有很多种含义，常联系，宋哲宇是爹娘眼中的好孩子，他说的应该是真的，如果能让他和我常联系，说明爹妈心里，已经原谅我了。我眼睛酸酸的。

我走出咖啡店的门，一辆骚包无比的火红色跑车停在我面前，里面的人看到我，嘴巴张成 O 型。

我盯着她，也惊讶，瞪着眼："优优？"

宁优优眉毛挑高，讶异说："沐白，原来你在这里？"

什么原来我在这里？

我走过去，敲敲她车门，宁优优立刻给我打开："快上来。"

我猫腰坐进去，宁优优狐疑地看了看车窗外："你一个人跑来这里喝咖啡？你和谁有约？"

提这个我就没好气，干脆不说话。

这时候我才发现后视镜晃动，车后头还杵着一个人，吓了一跳。转身看去，赫然发现江子渊同学面带微笑地坐在后座沙发上。

我囧："……"

江子渊点头微笑："柳同学好……"

我干巴巴地笑了笑："江同学好。"

宁优优分别鄙视地看了我俩一眼。

她先驱动飞车把江子渊送去了×大，然后调头过来。我才开口说话："你又换新车了？"

"谁换新车了？"白我一眼。

几天没见，优优大小姐还是这么的不温柔。

我道："你原来不是开的大奔吗？"

宁优优说："又不是只有那一辆车。"

我默默圆润地扭过头去。

宁优优见我不说话了，马上就兴奋地道："沐白，你刚才到底去哪了，苏师兄给我打电话了！"

把我震得盯紧了她。

"你说什么？"

宁优优摇头晃脑说："他问我知不知道你在哪，他去公司没接到你。"

我眼睛逐渐瞪大,满心的难以置信和震撼:"他去接我了?"

宁优优似乎有些陶醉地说:"苏师兄啊,声音真温柔,真想不到人长得帅,连嗓子都那么勾人。"

勾人?勾人?勾人?!

我已经言语不能,说不出话来。

宁优优道:"我手上已经有了师兄最新近照三张,个个都风雅俊秀,你这小白,算我做个人情,送你了!"

我身上的鸡皮疙瘩再次从头到脚一路崛起,我几乎惨痛道:"师兄是通过江子渊联系到你的?"

宁优优冲我抛了个眼色。

我想到江子渊刚才那张斯文的脸孔,内心捶胸顿足,多么文静秀气的一个男人,就这么被带累坏了!

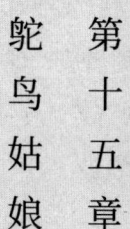

第十五章 鸵鸟姑娘

宁优优是个妖孽，这点我绝对不再怀疑。以前我觉得这姑娘有种将白的变成黑的的潜质，现在发现其实她更大的杀伤力在于能让一块纯良白布自愿为她变成黑的。

古人说有一种倾城妖孽，宁优优大抵就是这种妖孽的现代版。

这种实时体现的妖孽本质，也表现在，虽然从来没跟师兄做过正面接触，但优优大小姐对苏枕之的评价却已经上升了好几个档次。

今天，这种评价又升高了一级，像师兄即使不露面，声音也是迷人的。

宁优优硬塞给我师兄的"玉照"，我吓得还是没敢要。并且严正警告，这种亏心事儿以后决不能干了！

宁优优就笑我："算了吧你，怎么表现得这么护犊子？"

我憋红了脸，第一次学着她狠狠发射鄙视的目光，"你怎么能这么说？"用词简直不当，就算我要护,师兄也绝不是犊子！

宁优优从容地无视了我。

她掏出手机，喜滋滋说："我给师兄回个电话。"

看着她拨号的样子，我心里忽然有点紧张，说不出那种感觉。看她手指迅速地已经按好号，正要拨出去，我冲口而出："你还是直接把我送过去吧！"

说完我直想咬掉自己的舌头。怎么表现得好像急不可耐，失了方寸的样子。打了电话又怎么样，我有什么好慌的。

我心里非常的郁闷。

宁优优顿住了，看了看我，忽然意味深长地道："也对，给苏师兄一个惊喜。"

大小姐是见过大世面的人，活了二十多年，经历的大风大浪远比其他普通姑娘多。她到天心居门口之后神情就愈发莫测，我看她伸手拽我，好像又要说她的什么秘密。

我已经开门下车，断了她这个念想。哎，最近姑娘我也被八卦闹得头疼。

苏枕之的车就停在外面，看来他真如宁优优所说的那样，去接我了。我默默上前按门铃，刚按了一下，苏枕之就开门，目光幽深地站在了门口。

我的腿真的僵了一下，我想回头去看宁优优还在不在，其实我刚才应该热情一点，邀请她一起来见见嗓音也迷人的苏师兄。

苏枕之闲闲地倚着门边："去哪了？"

我内心颤巍巍地反驳，居然就堵在门口和我说话，太失风度了。我愤愤地抬头,而勇气在接触对方时很快泻尽,我很没底气道:"吃饭了。"

苏枕之眼底微微一动,他慢慢侧过了身。

我往门里边挤。

苏枕之盯着我下定论:"迟到三十五分钟,补习时间加倍,今天延长一小时。"

我惨烈道:"师兄!"

为什么是一小时,延长了那么久,等离开的时候,天上星星都不见我了!

苏美人很好很温柔,可怎么觉得他在给我的学习时间上,异常抠门。我忍不住道:"我抗议。"

苏枕之一眼飘来,秒杀了我:"不要无理取闹。"

我怎么就无理取闹了……我正想义正词严维护我的尊严,苏枕之啪地把门关上了。屋里居然没开灯,骤然间视线黑暗让我把话都咽了下去。

我下意识伸手,摸到了一条胳膊:"师兄?"

苏枕之静默了很久,我才感觉他的手搭在了我的手上,低问我:"你怕黑?"

我还没回答,清脆一声响,电源开关开启,偌大的客厅顿时灯火通明。

苏枕之的眼眸,有点像那天晚上我见到的,好似有水在他眼里晃荡。

望了望他,我尴尬地把手抽回来。

哎,我最招架不住这个了,我抢在脸红之前移开视线,连今天见宋哲宇的不愉快和一丝伤感都不见了。

"别忘了。"他忽然轻柔地说。

我还真抬头傻傻问:"什么?"所以说做人得聪明,那种嘴巴抹了蜜一路往上爬的小人,别瞧不起。当小人不是那么容易的,最起码在人家顶头上司张口的时候,人家就能顺着话头说了。

从小我娘亲气得狠了,最常骂我的一句话就是傻缺。要不是后来记者工作丢了,我还不承认,原来我真是个挺傻的缺。

苏枕之打开冰箱,正往里探头拿东西,闻言转身危险地眯眼:"明天有我的课,你不会忘了吧?"

我深吸一口气,立马就记起来了。亡羊补牢,犹未为晚。我一直跟苏枕之处得不深,但心里已经觉得这位美人是个表面和煦、骨子里其实很难讨好的主,我费尽心思能让他满意就行了。

我扯开嘴角:"记得,明天我休息,呵呵。"

我是不会忘记休息日的,嗯,没错。

苏枕之沉默着把东西端到桌子上,我眼睛发亮,好精美的冷盘。色香味,这颜色都能起到勾人食欲的作用。

他转头看我笑:"看,你就算不吃饭,这里也有东西吃。"

我眨了眨眼,心一下就被这句话戳中了。我默默地在沙发

第十五章
鸵鸟姑娘

上坐下，然后拿起一本书随意翻。

苏枕之也未再多说，把拼装冷盘放置好，就在我旁边的沙发上坐下。

我胡乱翻了几页，这竟然是一本《动物大全集》？在牛羊虎马转了一圈后，页面上画了一只大大的鸵鸟，肥壮的身躯格外显眼。

我第一次看到这么清晰的鸵鸟形状，而桌子上除了这本书竟然没有放置其他的，我脑子一热就道："师兄，这本书和我们的补课有什么关系？"

苏枕之瞄了我一眼，把一个鸭梨递给我。我本来吃牛排就渴了，接过来就吃。

他才慢慢说："怎么没关系，你了解鸵鸟的心理吗？"

心理学果然博大精深，竟然连动物心理都列入研究范围了。

我兴致勃勃看向他，苏枕之目光也淡淡看着我，漫不经心说道："鸵鸟认为把头埋到沙子里，就能躲避危险，有些人，不也是这么傻的吗？"

有人说，懂得人心的人，他的嗓音配着语调，能在一些时候催眠你，不经意就被打动。

他说得缓慢，我听着，手里捧着书上的大鸵鸟，忽然慢慢地，耳根奇异地热起来。

我至今后悔我为什么要死要面子活受罪，难道还没体会到，面子这东西根本是不管温饱的装饰品吗？

晚上补完课都快十点钟了，我义正词言地表示今天一定要回学校去。

苏枕之眉头微蹙，缓缓来了一句："你今天的时间还没结束。"

知道知道，硬加给我的那一小时还没到，可是，我再不回去，学校的门禁时间就到了。

我严肃道："师兄你不要说了，我今天一定要回学校睡。"

我自己说着都虚了，当然是色厉内荏。

于是苏枕之就把我送回来了。回到宿舍我还庆幸来着，可我没想到半夜三更就乐极生悲了。

我在美人家里吃拼装水果吃得胃里撑得难受，直到睡着的时候手都还按摩着肚子，半夜我枕着我的硬枕头怎么睡怎么膈应。

梦里，居然还梦见了谁家的抽水马桶坏了，一直漏水一直漏水。

我做梦一向特别真实，而且睡得越香越真实，我就梦见那水声哗哗的，啧啧，我就觉得过了一个小时，都没停顿。这得浪费多少水费啊！

然后我还听到一个人在狂吼："柳沐白！你快给我出来！"

这声音，比宁优优还要彪悍，还要御姐，而且，似乎比宁优优的中气足得多，她能够连续不停地喊了十多声，还同时伴随着捶门的动静。

"柳沐白你睡死啦！赶快起来啊！"

第十五章
鸵鸟姑娘

这一声几乎咆哮了。

为了表示我根本睡得不死,我勇猛地睁开了眼睛。那么梦醒了,水声和咆哮声都该停止了。我一只腿垂在床下,此刻就觉得腿肚子凉丝丝的,好像泡在水里一样。

经历了最初的几秒钟呆若木鸡后,我尖叫着踢了一下腿。不出所料,几颗冰凉的水滴,在黑暗中甩在了我的额头上。

水声还在继续,我可怜宿舍的木板门被捶得咚咚直响:"哦天哪,柳沐白,你终于醒了?快,快出来!我喊人了!"

我慌乱地爬起来,抱着被子,把床头的灯按起来。

我难以想象置身在一片"汪洋"里,根本不是人家的马桶坏了,是我家的水管漏水了。

门外叫唤的是我楼上的李红曳。

夜半三更水漫宿舍楼,我被李红曳叫出去,蹚着地上半米深的凉水走过去开门。

"我楼上的自来水水管坏了,地面都在渗水,我来看看你的有没有……"

她的话在看到我一身湿漉漉后自动消音了。

我阴森森地看着她,刚才不小心绊了一跤,跌得我头发也壮烈被淹,滴答答往下滴水。我那个悔啊……

李红曳最先发现的漏水,卷着裤腿袖子就往楼下冲,身上倒是干干净净出淤泥而不染。

"我看你睡得这么香,以为……"李红曳目瞪口呆。

我也不想睡得这么香！我何其悲乎哀哉，盯着她迟迟说道："我想，我这里的水管一定漏得比你还惨。"

李红曳怔怔点头："看出来了。"

她又好似安慰我："别担心，我已经告诉门口大爷，去通知教师楼那边的导师了，应该很快就会有人出来处理这事。"

能来处理这事儿的还能是谁，门口大爷说教师楼住的学校导师本来就不多，剩下三五个，大多年事已高，深夜不宜操劳。

只有苏枕之，带着学校两个工作人员，雷利风行地来到了这里。这人把我送来后，根本也没再回去。

我跟李红曳站在冷风嗖嗖的过道里，当我看见楼梯口出现苏枕之的身影，心中不知是喜是悲。

他看着我穿着睡衣，裤腿还卷得高高的，皱眉道："怎么不多穿一件衣服。"

"都淹了。"我哭丧着脸。

苏枕之眉头皱得更紧。李红曳首先站出来说："学长，我看这宿舍楼是年久失修了，水管等都已经老化，我们的东西都还在里面，不知道学长……"

苏枕之轻轻点头："放心,学校一定会负责做出相应的处理。"

他当机立断，先打电话联系维修工人连夜赶过来，然后是组织带来的两个人封锁宿舍楼，并上去看看还有没有其他同学。

我牙齿打战地开口："这栋楼，应该只有我和李红曳住。"

他看向我，顿了顿，将身上的西装脱下，缓缓放到我肩上：

第十五章
鸵鸟姑娘

"嗯,学校本来为你们安排了新的宿舍,但是要配合新生入学一起开放,所以让你们暂住这边,没想到今晚会发生这些。"

苏枕之眼睛柔柔看着我,身上披着衣服,我实在感觉暖和了不少。

李红曳眼睛看过来,嘴角抿了抿。

折腾了半个多小时,苏枕之先让两个老师带李红曳去新宿舍暂住,维修工人在十几分钟后也光速赶到了,苏枕之握住我的手,让我跟他走。

不得不说,在这样的黑夜里,我看见他,真好像看见真神一样。

但我又跟着这尊真神回到了他家,当我看见几小时前刚离开的天心居大门又出现在眼前时,只有想哭的冲动。

我这是造的什么孽……

我期期艾艾道:"我想去宁优优家。"

苏枕之回头干脆地问我:"这么晚了,你忍心麻烦人家?"

我想宁优优现在一定舒服地在家睡觉,最后还是忍痛放弃了。

我看着旁边的苏枕之:"你不怕我麻烦?"

我觉得对任何人来说,我都是个大麻烦,我就没见过有人孜孜不倦把麻烦往身上揽。

苏枕之带着隐约的笑意:"你已经麻烦我了,就只好麻烦了。"

"阿、嚏!"刚进门,被屋子里面的温暖一激,我干干脆脆地打了个喷嚏。

苏枕之把灯打开来:"你去洗个澡吧,别着凉了。"

我别扭地穿鞋走进去,红着脸道:"还是你去洗吧。"

苏枕之无可无不可地点点头,就转身走进浴室。

我窝在沙发里,身上渐渐回暖。这次看见遥控器摆着,苏枕之进门就把暖气打开了。我抽抽鼻子,盯着茶几上的鸵鸟发呆。

不知盯了多久,苏枕之从浴室走出来,裹着浴衣,手里拿着毛巾擦头发。

"正好,我们继续学吧。"他边走出来边说。

我慌乱地把目光从书上收回来,却瞥见他一身热气弥漫的样子。

我是不是……看见了什么不该看的东西?

苏枕之的浴衣只是随意地罩在身上,宽宽松松,并没有系紧,露出胸前大片娇嫩的、姣好的、白皙的……

我的眼像驼铃一样瞪圆。

苏枕之的眼睛危险地眯了起来:"你在看什么?"

啊?我惊慌地一跳,仓皇道:"我,我看……鸵鸟!"

苏枕之脸黑了。

第十六章
得意爱将

我恨不得抽自己一嘴巴子,什么是口不择言?这就是!

他越来越危险地走过来,嘴里对我说道:"早知还得回来,几小时前就别坚持着走了。"

我恨不得钻沙发缝里面去。

我悟了,我做的最大的错事,不是几小时前坚持要回学校,而是我居然又回来了,连乌龟都没我这么没记性,而是我居然没有坚持去宁优优家!

我讪笑道:"师兄,我刚才瞎说的。"

苏枕之轻轻地一笑,走过来,缓缓伸手撑在沙发上。"你告诉我,你看鸵鸟都看出什么了?"

看着近在咫尺他的胸膛,我深呼吸,艰难笑道:"我笨,什么也没看出来。"

他头微抬,下巴几乎放在我头顶上,轻声说:"要不要我教教你。"

我也很委屈,半夜三更,谁愿意被泼的一身水,还要被人盯着看。我现在还在想我那放在柜子里那一箱压箱底的宝贝,不知道这次能不能免于大难。

遭遇如此精神打击的我,还要在苏美人的鄙视下和半裸诱惑下顽强抵抗,我真是太悲壮了。

"师兄……"我艰难地咽了口水,说道,"这个,男女、授受不亲的。"

苏枕之终于略微抬起身子,低头看着我,眸光愈深,问:"我做了什么让你觉得授受不亲的事?"

我:"……"

太狡猾了,太……怎么能这样?!

我赶紧死死把两片嘴巴黏在一起,怎么也不说话了。

祸从口出啊!

"沐白,有时候我真的想……"

我看他暗自咬牙的样子,心想,不会是想、打我吧?

我等着他说下去,他却不再继续了,苏枕之又笑了一声,终于松开撑着沙发的手,在旁边沙发坐下。

他拿起书翻看,漫不经心道:"你还不去洗澡。"

美人的定力就是高,明明刚才还气得脸黑了,现在就能云淡风一片轻了。

我抱着胸口,闭着眼睛挣扎了一下道:"师兄,我看我还是不洗了。"

"里面有浴衣。"

苏枕之不咸不淡说了一句。

太……善解人意了。

我灰溜溜进了浴室。第一眼，豪华啊！我头一次见到比我们家客厅还大的浴室。看了真是让人第一眼惊叹，第二眼羡慕，第三眼嫉妒。

对面墙上就挂着用塑料袋罩起来的浴衣。

打开水龙头，水温兑得正好，我身上衣服虽说没湿多少，但大晚上也冷得要命。我赶紧换下来，舒舒服服洗了个澡，真是畅快。

可是洗完，对着我那堆衣服我又犯难了。

在这里洗又不合适……

我红着脸，最终还是找了个袋子，把衣服叠好放进去，装好。

我穿上浴衣，在镜子前把腰上的带子系得紧紧的，拎着衣服，光着脚踩着地出门了。

苏枕之抬眼扫过来，我低头。

"衣服可以放在洗衣机里洗。"

我干巴巴地露出一笑："我，还是明天带回去洗吧。"

苏枕之抿抿嘴："随你。"

我四下看了看，终于鼓足勇气，朝我之前住的那间屋子走去。我没找到拖鞋，只能光脚走过去，可是走到茶几跟前，我该死地脚下一滑，稳不住重心地朝一旁栽去。

人的背运可以表现为喝水塞牙缝，走路脚底滑。不是我的错，不是我的错……

第十六章
得意爱将

我默念着倒下去,苏枕之在沙发上研究国宝动物,冷不丁我这么个活人就压下去了。

他反应极快,书往旁边一推,张手托住我腰,把我抱住了。

整得我活脱脱投怀送抱去了。

苏枕之盯着我看了良久,慢慢笑出来,居然还问了一句:"怎么了?"

我傻傻地答:"脚滑了。"

纵然我大脑转得不给力,我也嗅到了一丝丝暧昧的味道,苏枕之嘴角勾着:"知道现在几点了吗?"

我瞥了眼顶上挂钟,陡然想到夜深人静孤男寡女共处一室等等名词,苏美人不会以为……我蓄意已久勾引他吧?冤枉啊……

苏枕之缓缓低下头来,我只感到头顶有两片湿湿热热的东西擦过,然后他脸上带着轻柔的笑:"晚安。"

呆愣盯着他,看着他眼底深浓的笑意,我蓦地脸一烧。

反应过来,这这这!怎么能这样?!太、太乘人之危了!

我火烧般从他身上起来,看看他,飞也似的逃进了房。进了门关门上锁的时候,我还处于晕眩状态,简单说,更像一种不真实感。

他、他他他,居然亲了我?

我又一次干了天蒙蒙亮偷溜的事。

这次地点不是学校,是公司。我成了史上最早到公司上班的员工，开门后第一个进入公司。门口拿钥匙的大爷都对我刮目相看，说要是年轻人都像我这样，公司前景一定大好。

这些我就不管了。

坐在办公桌上，盯着艾咪咪买回来的最新美容杂志和瘦身秘方，我强迫自己想通，正视了思想。苏枕之是受西式熏陶教育的，所以昨晚那个，真的是晚安吻而已。是的，晚安，我告诫自己，绝对没有第二个意思了！

就是有，我也决不能让它存在于我的脑子里。我气昂昂地从桌前站起来，拿了扫帚打扫办公室。

上班的时候，我居然几天内首次见到了我们大好青年的关经理，我太感动了。关翰青一回来就给我们开会，畅谈公司以后的发展。还带来了宁总的最新决策，我们公司要开始尝试和寰宇合作。

寰宇集团，这个我肯定不会忘记，艾咪咪当初抑扬顿挫灌输的东西还没从我脑子里除去。寰宇这么厉害的公司，听说咱们公司要和它合作，哪怕只是尝试，也足够让我们兴奋的了。

开完会，部门一堆人明显走路都不一样了。

脚底带风，干什么都有劲。这真是大公司一点福泽，就能照耀整个的人。只要能和寰宇搭上关系，我们的身份也就立马不同了。

简而言之，这次的会，完全就是动员大会啊。

具体是公司提出了一个议案，想要和寰宇有关人员商谈合

第十六章
得意爱将

作。这次关翰青就是宁总指定人选。作为销售部经理,关翰青被选去做这件事当然无可厚非。

但是,当下午关翰青来通知他所带的副手人选时,却让人吃了一惊。

居然是、我?

我瞠目结舌,最奇怪的不是关经理要带的副手居然不是和他一直投契的秘书艾咪咪,公司里几十号人,就算论辈排,也不应该是我呀。

因为关翰青这个消息是在办公室里宣布的,所以只有艾咪咪一个人眼睛瞪得老大。

关翰青为难道:"这是宁总亲口定下的,我也不清楚。"

言外之意就是他也不想选我,奈何老总下了令不得不为之。

我也尴尬地说:"关经理,是不是弄错了?"

关翰青看着我,犹豫再三道:"宁总就在办公室里,刚才还叫你过去,要不你就去问问吧。"

我揣着一颗稀里糊涂的心坐电梯上楼,到了办公室,没想到宁总一句话就把我打发了。

宁总意味深长说:"好好干吧,我看得出你是个很有潜力的年轻人。"

不知宁总是从哪里看出我有潜力了,据我所知这位老总唯一见过我的一次,就是公司大门口我跟苏枕之那档子事。

难道说就因为这样,他反而对我记忆尤深了?

我将信将疑，惊疑不定，打死我也不相信那会是什么好印象。不会我们这位宁总连看人的眼光都是与众不同的吧？

我只好很忐忑地说："谢谢宁总栽培。"

宁总笑着让我出去了。

踏出门我才恍然意识到宁总那张脸有点眼熟，好像隐约是我面试考官之一。

消息一经宣布，我从一介公司的新人陡然变成了宁总钦点的得意爱将，周围的目光都变成羡慕嫉妒恨。

话说，这次和寰宇谈合作，成与不成都是大功一件，回来的犒劳是少不了的。

我接连捡了几次馅饼，到现在还没能适应其中的滋味。

听说寰宇里面就算是个看门扫地的，也都是精英。去那里，就有各种各样接触精英的机会。

艾咪咪搭着我肩膀说："沐白，想没想过攀龙附凤？"

我脸厚不怕开水烫："没那资本。"

艾咪咪说："诶，其实坦白讲，沐白你挺漂亮。"

我凝视着艾咪咪的紧腰翘臀，一本正经说："咪咪姐，你不用对自己那么没信心。"

艾咪咪说了一声"靠"，转身不再睬我了。

漂亮这东西，说白了，对于不喜欢你的人来说，一点用没有。除了能引得一些你不太在意的人的赞赏，就是个鸡肋。

想不到艾咪咪对寰宇这事倒是不在意，我心里有点高兴。

第十六章
得意爱将

我倒觉得她性格中有点像宁优优,不拘小节,这样的女子就算长得美艳,也不会惹人不喜。

下班之时关翰青准备了一摞计划书,要我连夜背出来,无论如何明天不能出丑。在人家问到本公司状况的时候,绝对要说出个一二三四五。

由于我是赶鸭子上架,也只好抱着一摞资料,开始死磕硬背。

我看着公司的沙发椅,心里萌生了一个想法,对关翰青道:"经理,这么多计划书,我防止看不完,不如我今晚就歇在公司吧?"

关翰青想了想,说道:"也行,你辛苦一下,务必把这些资料看熟悉。"

我频频点头,心里道,今晚请假又有指望了。

话说,我那进了水的宿舍,恐怕还没处理好。

咱单位的真皮沙发也是很不错的,重点是一个人躺在上面很是舒服。既然我是宁总的得意爱将,我的去留当然不会有人来管。我放心地拿着大门钥匙,开始我的背资料之旅。

手机响了的时候,我下意识斜眼过去瞄了一下,苏枕之没打电话,发了短信来。

他在上面说,学校给我的新宿舍找好了,已经封了那栋漏水的宿舍楼,叫我什么时候有空,早点把东西从里面搬出来。

我盯着手机屏幕,半天没响应。因为我忽然之间,决定了一件事。

我要租一所房子来住。宿舍漏水之前我一个人住还好，这要是搬去，骤然和一堆人挤一个宿舍，上铺下铺大家都不认识，我早晨工作要是起床早了，惊了那些姑娘们，到时候还不成了扰民？

何况我这个身份，本来就不算学校正牌的应届学生，学校没有义务给我安排宿舍。这次会破例，很大原因可能是因为苏枕之的缘故。

把我硬按在那些女学生中，我万一融不进那群青春少女中间，岂不是各种囧各种纠结不方便。

以前没有收入来源没办法，只能赖在学校，现在好像就可以不必了。

我小心翼翼回了个消息：明天有空就去搬。

至于搬到哪里，就另说了。

发完短信，我就发现自己有点心不在焉，一直有意无意地瞥着手机，不知想再看到什么。

隔了大约漫长的五分钟，我看着屏幕上苏枕之又发过来一条，我迅速打开，只有两个字："晚安。"

晚安……

我相当不知所谓地想到昨晚他亲的那一下，下意识摸了一下额头，立时觉得手心阵阵火烫。

呸呸呸！我在想什么乱七八糟的？简直没羞没臊，鄙视我自己！太奇怪了！

我现在应该背资料……我拿起资料一边捂在脸上,一边咬牙很想死。

我发现我又犯了以往会犯的毛病,一旦陷进某个想法和事里,就会一头扎进去,纠结到出不来。

而本来这些,可以不用我纠结的。在我心里苏枕之除了名义上是我师兄算我半个导师外,根本和我八竿子打不着关系,从平日个人的生活习惯和环境来看就知道我跟他没半点相似了。

我当我的平头百姓当得很坦然,不想和他的贵公子圈提心吊胆地接触。

所以我从来都极力克制我各种逾矩的想法。可是为什么好像只有我一个人克制啊?为什么?我不想贸然去猜苏枕之的想法,只能此刻一个人默默啃牙。

难过之时要发奋,我最终还是将资料给背出来了,歪在沙发上睡了甜甜一觉。

等到清晨上班后,关翰青西装革履,打扮得一丝不苟。头发光华可照镜子,胡子稀少可比睫毛。总之打那一站就是闪耀发光体。

他一手拽着领带,问试衣间里的我:"你准备好了吗?"

为了这次洽谈,公司终于给我配备了一套新衣服,我换好了从试衣间出来,觉得屁股后面紧紧的,我囧,还不如先前那套肥大的衣服穿着舒服呢。

关翰青盯着我愣了一下,片刻回转过来嘴角轻笑:"平时看你都不打扮，看不出来，你长得真的不错。"

我实在很窘迫，关经理您老的眼睛都盯着火爆身材的咪咪姐了，哪还能看出别的……

我把资料在怀里藏好，昂首阔步跟在关翰青后面走出办公室。

公司里一群闲得实在没事干了的八卦人士又开始说："关经理实在是有福气，看他一个助理一个秘书，个个都漂亮。这整天待在办公室里，得有多幸福啊。"

"诶，不过人关经理那也是青年才俊啊，一直以为他跟咪咪姐是天生一对，想不到多了个助理，这以后不会是三人行吧？"

这群天杀的乌鸦嘴……

我们坐上了公司下拨的最好的一辆车，一辆崭新奥迪。关翰青说："不用理他们，他们就这样。"

我晕，关经理、您真是习惯成自然。

关翰青道："坐稳了。"

我绑好安全带贴着椅背战战兢兢地坐好，关翰青一踩油门飞驰而去，他逐渐驶向最繁华的闹市区。

一般除了超大型的公司，很少有人会把名址选在市中心。所谓地皮比金贵，一心谋求发展的公司不会那样烧钱。

关翰青驾车在一座高耸入云的大楼前停下，我一看那金字招牌上"寰宇"的名字，就叹息了。当真是人比人气死人，怪不得公司要给我们配最好的车，最好的车和这里的一比，也变

第十六章
得意爱将

普通寻常了。

关翰青拿着老总亲批的帖子,才千难万险地过了大门那关。

然后进入公司,坐电梯直达36层,负责和我们谈判的也是对方业务部的总监。

我听关翰青唤他白先生。

这白先生要模样有模样,要气场有气场,一头神似某综艺节目主持人的头发万分飘逸,整个人就是一电视剧里心思缜密城府极深的代表。

关翰青位列销售部经理,和人嘴皮子磨惯了,见个人都能和人攀八代交情。但明显,兵来将挡水来土掩,关经理就算在外面所向披靡,到了寰宇,和白先生相比,他也要力不从心。

我非常敬业地当着一个陪衬,关翰青要拿资料的时候,我负责第一时间传递到他手里。

白先生的笑容从始至终没变过,据我观察,这位兄台嘴角的弧度都没变一下。太强大了,听说大公司都要专门训练微笑,不过我一直以为都是前台的底层人员才训练,想不到高层的素质更加高水准高标准。

谈判过程中,我非常窘迫地……内急了。

我并不知道两个男人谈合作所需的普通时间是多少,那些左一句合作案又一句合约更不在我的理解范围。

我只好抬头向天上望,人就是这样,越是在紧张的时候越是比平时加倍急,我脸都要红了。

我正在考虑是不是打断他们一下,那位观察细致入微的白先生就问:"这位小姐怎么了?"

我猛然惊了下,然后关翰青也转过脸望我。

我竭力平复呼吸,装作很职业很礼貌地微笑开口:"请问,我能去一下……洗手间吗?"厕所两个字到嘴边被我硬生生扭转过来。

我继续微笑。

白先生很有风度地接话:"当然可以,小姐自便。"

自便就好说了。我从椅子前挪出来,然后转身朝门,一路猫步过去,开门关门。到了外面,再一路飞跑冲入厕所。

大公司的厕所标志还是很显眼的,我快速找到之后,确认里面没人,就扭门进去。

几分钟后我轻松地出来,刚好口袋里手机响了。我发现最近一段时间我的手机一改往日的寂寞,变得有些忙碌。

而不用想,一定是苏枕之……或者宁优优。以我在洛城的交际圈来讲,能够频繁找我的只有这两个人。

我摸出来,是苏枕之。

苏枕之略有些疲倦的声音从里面传出来:"你在哪里?"

我四下扫了一眼,小声说:"我在外面谈工作。"

"哪里?"他坚持问。

我犹豫着说:"我今天一定会去上课的。"

苏枕之道:"你能不能不说不重点的话?"一句话堵死我。

我郁闷道："我在寰宇。"

我完全是随意说的一句，苏枕之顿了好一会儿，说："寰宇、集团吗？"

我飞快道："是。"我瞅着刚才那间会议室的门，一边抬脚走过去。

苏枕之过了会儿道："我去接你。"

"不要了吧。"我下意识道，电话却罕见地快速挂了。

我纳闷地看着手机，想了想，还是放回口袋里继续回到会议室。

进去后，我慢慢挪回椅子上坐下。

正好看到白先生笑不露齿说："关先生的合作案写得很好，不过这种案子已经有多家公司找我们谈判，比较一下，关先生的这个就没有什么出彩之处。"

说得非常直白，但由于配着微笑，我们也无法觉得他失礼。

关翰青还想做努力："希望白先生再考虑一下，如果合作案有问题，我们完全可以修改。"

白先生说："需要修改的东西，进步空间通常都不太多。不过，关先生很有诚意，这个案子后期，我们会做考虑的。"

说话不说死，又留余地。说话的艺术，怪不得艾咪咪说来见世面，果然是十分见世面的。

像白先生这种人，我不光是在电视上看过了，生活中也算见识了。

我听他们又磨了老半天的牙,很像打太极,你推我去,你来我往一阵子。

最后关翰青知气数已尽,只好站起来,伸出手道:"不管怎么样,很高兴能和贵公司洽谈。"

这算是基本没戏了吗?我眨了眨眼,唉,真是暗流汹涌,成败就在一谈判桌上啊。

白先生还算有礼貌,借着有事,顺便把我们送下了楼。

我眼睛一瞥就看到苏枕之修长的身影已经站在门外,他也来得太快了吧……

我有点心虚。

门口保安似乎在阻拦:"对不起先生,我们有规定,没有预约不能进来,请您离开。"

我旁边的白先生目光飘向门口,脸色忽然一变,大步就走过去。

我跟关翰青连忙跟过去。走出旋转门,就看见苏枕之抱胸站在一旁。

他看见我,嘴角露出一丝笑。

我脸微热。

白先生目光闪烁:"苏……先生?"

苏枕之冲他淡淡一笑:"你好。"

就听白先生指责保安,还算小声道:"瞎了你的眼,连苏先生也拦。"

第十六章
得意爱将

苏枕之微笑道："公司的保安很尽责。"

白先生立刻风度翩翩地回答："承蒙您的夸奖。"

白先生道："保安拦了您，实在很抱歉。"

苏枕之含糊不明道："应该的。"

我跟关翰青完全沦为旁听。关翰青两边都搭不上话，只好干站。

而能搭上话的我好像……也不明白状况？

白先生问了句："不知道苏先生来公司是？……找高董？"

苏枕之开口："不，我接人。"

他看我一眼，我热泪盈眶，终于变得不那么透明了。

白先生看看我，微妙道："哦，这位小姐是？"

苏枕之又道："我师妹。"

人说精英人士喜怒不形于色，但白先生的眼里划过一丝恍然大悟。

我觉得此刻有必要代关翰青热络一下，毕竟刚谈了合作案，有话题当然要引申。

我含蓄地搭话道："原来白先生和师兄认识。"

白先生听到我说的话，眼神更微妙地说："噢，我很敬仰苏先生的学识。"

敬仰？我心中讶异，看向苏枕之，真想不到师兄这么年轻，居然都远近闻名到让一位公司高管敬仰的地步了？

虽说不大好意思，但我心里对苏枕之的钦慕还是又添了一层。

苏枕之道:"我现在得带她走了,失陪。"

白先生马上说道:"好的,您……慢走。"

实在有些太客气了。我看了他一眼。

苏枕之拉着我要走,这才想起来,回头对关翰青一笑:"她下班了吗?"

被晾了许久的关翰青迅速点头,很实诚地道:"下班了,你把人带走吧。"

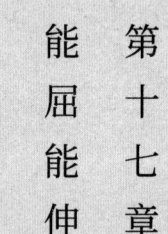

第十七章

能屈能伸

我一直以为关翰青是个止直、勇敢、不轻易折腰的响当当真汉子。

可是我深深地失望了。

我悲愤地盯着前方，迎风说："我真痛心。"

苏枕之很慢吞吞地砸了一句狠话："大丈夫，才会能屈能伸。"

我迎风默默在心中流泪，不要说了，任何人，任何事，休想动摇我对这世上铁血真汉子的敬仰！

明明是中午，不到上课时间，苏枕之硬把我拖去吃麻辣烫。

那么多饭馆他不选，他偏偏选麻辣烫。好吧，我承认麻辣烫的口味确实好些。

我十分无可奈何地被他拉上了桌子，然后自作主张点了一堆东西。

那辣椒水兑得鲜红欲滴，辣椒的味道还没吃到嘴里，光闻着就怯了。其实我对麻辣烫这东西还是比较爱吃的，但看眼前这一锅辣椒水沸腾，怎么也想不到原来苏枕之也这么重口？！

等菜端上来，苏枕之一股脑儿倒进了锅里。

第十七章
能屈能伸

双层锅底,他往我这边也添了不少菜。我吃了一口,立刻辣得眼泪鼻涕差点一起流:"怎么这么辣?"

苏枕之慢吞吞夹菜:"不奇怪,这家麻辣烫的辣全城有名。"

吃了这个我才知道,我以前吃的那些全部不叫麻"辣"烫,因为它们完全都不够辣!

吃了一口我就快被呛死了,再也不敢伸第二筷子。

苏枕之添完菜,才抬头看我一眼,淡淡问:"怎么不吃?"

我一手卡着脖子,盯着他认真的表情,忍了忍,又忍了忍,说道:"师兄,是不是我最近表现不好,得罪你了?"

要不干么在饮食方面变相谋杀啊!

苏枕之脸黑:"沐白,你再不学着说话,迟早会惹得人夜半三更把你灭了。"

我缩了缩脖子,默默无语低下头。

其实我在外人面前形象还挺好的,挺会说话的。就是不知怎么在苏枕之面前,总是管不住嘴。

莫非这真是苏美人气场太强,不知不觉我就受影响了?

我发觉这事很邪门。似乎我每次囧事,都跟苏枕之脱不了关系,只要我一撞上他,铁定就要出洋相,规律得比我每天早上喝豆浆还要准。

我觉得至少要挽回点面子,迅速挡住胸口道:"平时不做亏心事,夜半不怕狼敲门。"

苏枕之唇角一翘:"你可以试试看。"

我要不要找高人测测生辰八字，该不会这就是传说中的天生犯冲吧？

我心里贼兮兮地想，眼角就看见苏枕之用筷子从火锅里夹起一块滚烫的大白菜，放到了盘子里。

正当我以为苏美人要效仿某些深藏不露的高人，面不改色地吃掉这些辣时，只见他有条不紊地拿过一旁的小碗，注满了水之后，把白菜放到里面涮了涮。

呃……我惋惜地想，果然美人其实只是个凡人，不过是装得比较像高人而已。

"吃。"凡人言简意赅。

我不怕死地问一句："干吗非要吃这么辣的？"

这种折磨自己又折磨别人的吃法，实在想不出苏枕之这种聪明人怎么会干。

苏枕之不动声色又夹了一串金针菇："因为这种辣，能辣到人心里。"

啧啧啧，怎么这么文艺了？这么辣，实在让人望而却步。难道就因为吃一次辣，非得辣到所谓的心里？

我又被辣椒油熏下了两滴眼泪。

我马上右手抄起桌上摆的白开水，伸向前："来，师兄，干杯，我敬你，感谢师兄这些日子的殷殷栽培！"

我觉得我特有豪气，苏枕之看我一眼，慢吞吞地把他的杯子端起来："不要客气，我会继续栽培你的。"

我一口气喝干,端端正正地再次坐直,"实在太谢谢师兄了,今天这顿,我请吧。"

苏枕之还是说:"不要客气。"

现在这种氛围,实在太适合放开肚皮吃了,如果面前不是一锅辣椒水。即使它是一锅辣椒水,我也果断地伸出筷子夹了几次。

我说:"师兄,你这个时候出来,学校的课没关系吗?"

苏枕之慢慢说:"没关系,我的课一直不多。"

我表示了一下识大体:"师兄,其实除了晚上,其他时间你不用太管我的,真的,没有您的督促,我也会好好奋发图强,我向您保证。"

"沐白,你向我保证过很多次了。"苏枕之慢慢地用餐巾纸擦着嘴角,"所以,接下来要考试,沐白你应该要怎么做?"

我一瞬间:"……"

我竭力地支撑住不倒,一脸恳切地说道:"我一定不会让您失望的。"

苏枕之接着放出了冷箭:"马上学校要放短假了,你们的课也全要暂停,假期过后第二天,就会考试。"

我忍住不傻眼,只好奇地问:"放什么短假?"

"马上十一要放几天假,你不知道?"苏枕之看了我一眼,"对了,你要不要回家?"

心几乎在谈话过程里骤然一冷,我低下头,盯着碗里的章鱼丸子发呆。

苏枕之半晌道:"我是八月后回来的,其他假期……你也没回去?"

配着火锅烟雾蒙胧,我看着他模糊的脸,眼睛和鼻子俱有些酸涩。真是一同提起了两把未开的壶,说什么不好。

我狠狠地夹了两筷子火腿塞进嘴巴里,辣得人什么滋味都忘了。我用筷子捞起锅底早就烧熟了的菜色,一口接一口地吃。

吃得脸红脖子粗,辣得眼泪不停地往下掉。

"沐白……慢点吃。"苏枕之忙不迭去拽面巾纸。

我夹起最大的一块土豆片,在嘴里用力咀嚼着。辣味冲着舌根直冲胃里,我眼泪流得越来越凶,视线越来越不清楚。

我终于发飙,半支起身说:"你知不知道,这麻辣烫叫得太辣了!简直辣得人受不了,辣得……根本没法吃!"

我瞪着他,苏枕之手里拽着面巾纸,看向我:"那就不吃了,你擦擦脸吧,我带你去吃甜点缓冲一下。"

我抽了几下鼻子,嘶哈了几口气,狠狠把筷子扔到一边,拿过面巾纸在脸上擦了擦。

苏枕之目光闪烁暗光,马上叫来服务员,低声要结账。

看我走出去那情景,服务小姐心里估计又一次为配汤的配料师父感到光荣,并且为自家店里的绝"辣"纪录再创辉煌而欢欣鼓舞。

我好不容易收拾好,耳朵根辣得都好像在冒烟。苏枕之把

第十七章
能屈能伸

我带进车子里，立刻递给我一块冷毛巾。

车继续在二环外行驶，我靠在椅背上用冷毛巾降温，半道，苏枕之偶尔通过后视镜扫我几眼，开口问我，有一点迟疑，又带着几分试探："沐白，好像很少见你跟家人通电话？"

我发誓再也不吃麻辣烫了，真应了苏枕之那句话，辣到人心里。内伤了。

"师兄，你十一放假要不要离开？"为避免被动，我还是引开话题的好。

苏枕之沉默了一下，慢慢把车开往路边，简短道："嗯，要走几天。"

我也沉默了。我开始无比思念起我那两位爹娘来，心里有一瞬间起了冲动干脆我不管不顾回去算了，总抵过没人理睬的悲催日子。

路过一个便利店，苏枕之开车门下去买东西，几分钟之后回来，丢给我一包东西。

我低头一看，居然是大白兔奶糖！

不是说要请我吃甜点吗？如此打了折扣的甜点，真是让我无语凝噎。

苏枕之说："我怕你辣得受不了。"

抬眼看了看后视镜，惊异地发现我的眼睛红得跟核桃一样，这辣椒，果然太猛烈了。

我剥了一颗糖塞进去，所有奶糖中，好像大白兔是最甜的，当然在如此情境下，它富含甜蜜的奶香味非常给力地拯救了我。

苏枕之道："好吃吗？"

我一连塞了三颗在嘴里，甜得无比满足："好吃。"

"下次多给你买几包。"他眼角略带了稍许温柔情思，"当你想吃甜的时候，没有什么比糖更直接了。"

我嚼着奶糖，总觉得这画面太温情了！温情得过了火，就要危险了。

苏枕之突然加了油门，快速说："我想带你去一个地方。"

我忙不迭把奶糖咽下去，转头看看周围环境，马上开口道："不行，我要上班。"我记得刚才吃麻辣烫就够久的了，现在不知过了多长时间。

苏枕之皱眉，坦然道："你可以请假。"

"请假会扣工钱的。"我低头道，"况且又没什么重要的事……"

苏枕之咬了咬牙："我可以帮你请假，保证你不被扣工钱。"

不知为何，我突然为这句话打了个寒战，更加道："不要，我不能给领导留下不好的印象。"

苏枕之冷飕飕地看了我一眼："你就不怕给我留下不好的印象？"

我抿了抿嘴，心里不得不痛苦地做出衡量，好像还是导师和学分更重要，半晌道："可是你到底要带我去什么地方？"

他的神情又柔和起来，"那个地方你一定会喜欢的。"

第十七章
能屈能伸

不是吧,这么一个方圆百米都会迷路的地方,能有什么让我一定会喜欢的?

胳膊拧不过大腿,我再一次地妥协了。

可是这么安静地过了几分钟,车里猛然响起一阵"娃娃脸"音乐声:你发的娃娃脸,降落在身边,可惜我还没有发现,你画的娃娃脸拿铁上圈点,倒一杯爱情的香甜……

我惊疑地差点把自己的奶糖吐出来,看着苏枕之陡然变得一本正经的脸,这音乐委实太震撼了!

这首歌我曾经一度设置为起床闹铃,原因就是特别提神,可是直到苏枕之把手机从旁边座位上拿起来,我才敢相信,原来这真是苏美人的铃声!

苏枕之的车速没刚才那么快了,发现我在看着他,他脸上闪过一抹不自然的红晕,随后接起了电话。

我……想不到苏枕之如此的,童心未泯啊。

"喂,什么事。"

……

"这么快?"

"不是说定好日子了吗?"

"……好,我知道了。"

电话收线,可是我发现他也把车停在路边了。

我问:"怎么了?"

他顿了好久,才慢慢回过头迟疑说:"今天……不能带你去了。"

我默默无语,本来我也没想去。

我展开笑容:"师兄你是临时有事吧,没关系,不去就不去好了。"

他看着我,淡淡笑了一下,然后转身坐回去,慢慢在路边把车调头。

回去他开得更快,简直都要飞了。虽然我不会怀疑美人的车技,不过这样的速度还是让我头皮一阵阵发紧。

交警啊,要是碰到交警,一定会吃罚单的。

他一路沉默,男人的心思就像那海底针,嗖一下就变了。

这次苏枕之很厚道地在公司门口把我放了下去,我打开车门,我抬头看到车上时间,谢天谢地,这次终于不用迟到了。

我一脚踩在地上,忽然就觉得手背上被人覆盖住。

我身上一麻,胆战心惊回头,就看到苏枕之定定瞧着我。

他抓住我的手,眼睛里有微光晃动:"下次,下次我一定带你去。"

其实我真的不在乎,何必这么执着……

我点头:"好。"

他才肯慢慢放手,手心暖暖地就在我手背擦过,那种感觉,瞬间让我心痒痒的。

苏枕之最后说:"事情有点变化,我今晚就要走,恐怕等不到十一了。"

我眨眼,本来要下车的另一只脚又收回来,半天才有些回过神,咦咦,这样说来,今天开始我的课都不用上了?

我不由地扭头去看他。

他微笑:"你一个人,记得别把课程落下了。"

就跟会读心术似的,我自然是点头如捣蒜,突如其来的自由简直让我有些不真实感。

他抿了抿嘴,眼底深深的,忽然道:"如果你需要,我这几天可以在网上给你进行授课。"

我立马心虚地笑了笑:"不用了,我不打扰师兄过节。"

苏枕之终于放开我,"那么,再见。"他淡淡说。

再见……

盯着他浅意带笑的脸,我猛地感到心中一阵不是滋味。手上失去他的温度,竟也有不适应的空落。

我有些惊恐现在的心境,勉强笑着说了句"师兄再见",开门就下车了。

人家说长得好看的人天生有一种煽情的本事,目光流转,顾盼生辉,这长在丑人脸上绝对办不到。

那一刻我觉得被覆盖过的手背火烫火烫的,我用另一只手紧紧握着,很多事很多人,要是注定不能得到,还不如不要接近得好。

工作了的好处就是过年过节发红利,当我下班拎着大包小包,顿感那一纸合同还是有效的。部分同事均是归心似箭,第一次下班走得那么快,短短十分钟内都奔回家去了。

就我,是孤家寡人。

唯一让我感到安慰的是,优优大小姐一如以往关键时刻雪中送炭,在这个连师兄都走了的时刻,在这个我倍感孤单倍感落寞的时刻。

电话打来,说她在家煮了满汉全席,约我去品尝。

我一瞬间心思雀跃到底。

闹了半天还是红颜姐妹最好,同甘共苦,患难与共。宁优优做菜一绝,吃得我直打饱嗝。

我看着宁优优那张脸,倍儿亲切。

宁优优用牙签剔牙:"现在天黑得特别早,沐白你今天别回去了吧?你那房间,我还给你留着呢。"

我猛然想起来,我那出租房还没找呢。什么是患难见真情,什么是真姐妹,宁优优当仁不让地把这一光荣传统发扬光大了。

我喜滋滋说道:"好。"

心里已经存了和她玩闹一晚上的心思,我主动提议:"来点什么活动吧。"

宁优优马上站起来:"我去楼下买粮食!"

她拖了一大包的薯片薯条饼干,此外一瓶饮料都没有,只附带一瓶红酒。

我咋舌:"你想干什么,我们就两个人,酒后乱性这种事,可不适合。"

第十七章
能屈能伸

宁优优满不在乎把袋子放下:"庆祝一下嘛,放心。我俩怎么整也不会整出事的,沐白你一白兔样,好歹也趁机会练练酒胆。"

我:"我觉得我一点也不需要练酒胆。"

宁优优越说越来劲,率先把红酒开了,她阴笑道:"说好了,我们玩真心话大冒险,一人先干三杯酒,喝完开始游戏。"

还没喝呢,我就先被她的笑容给寒了。她用高脚杯倒了三杯,先豪迈地自己喝光了。

我捏着鼻子,比喝药还艰难地灌了进去。

喝完我就损她:"平心而论,这游戏太老土了。"

宁优优轻蔑道:"我说的大冒险,只是名字像而已。姑娘我玩的,自然不是和别人一样的。"

我盯着她:"你想玩的怎么'不一样'?"

宁优优嘿嘿乐,直乐得我寒毛全竖起来,她才说:"等会,你拿我的手机随意拨通一个人的号码,我就对他说'我爱你我恨你我讨厌你'三句话。只要对方有回应,就算我赢。我赢了,你也要照着做一遍。"

太损了!谁接到电话听到这些,怎么也会骂一句神经病吧?难道优优大小姐如此自信,别人一定不敢骂她?

宁优优笑得阴仄:"怎么,不是怕了吧?"

怕?我不屑地夺过她的手机,扫了一眼,忽然福至心灵,计上心来。

我也阴笑了一下,迅速拨了一个号码,然后塞到她手里。

宁优优看也不看,贴着耳朵就道:"我爱你。"

……那头无人应。

优优大小姐不信邪,继续道:"我恨你。"

……等了一分钟,宁优优眼睛瞪圆了。她看了我一眼,我朝她扬扬眉。

宁优优一咬唇边,发狠道:"我讨厌你!"

……

她恨恨地挂掉电话,我憋笑憋到内伤,慢慢从怀里拿出我的手机,忍不住爆发出了一阵大笑。

刚才那电话是打给我的,我当然不可能回应她。

宁优优反应过来,气急败坏,她指着我:"不算!沐白你就这些鬼点子行!"

我吐了吐舌头,笑道:"大小姐也有失算的时候噢!"

宁优优上来夺过我的手机,我紧张地站起来。

她再次阴笑:"改变规则,刚才那一局不算,现在必须闭上眼睛,随便按一个号码。这样,谁也不知道打的是谁,不能耍诈,才算公平。"

我无所谓地扬了扬嘴角,我不像宁优优交游广阔,我的手机电话簿上,不是我爸就是我妈,大不了我再对优优大小姐告白一次,有甚大不了的。

宁优优道:"这次不说我恨你我讨厌你,台词改成'我爱

第十七章
能屈能伸

你我想你我喜欢你'。"

越改越老土了，我大手一挥，胜券在握："成，随便改。"

我还巴不得对我爸妈说一句我爱你我想你呢……借着这个机会，我甚至不会觉得不好意思。

我配合地坐在沙发上不动，宁优优也果然闭上眼睛，随手按了一个号，然后手机递给我。

为免紧张，我也没有看屏幕，直接放到耳朵上。

等了十几秒，接通的第一时间，我压低嗓子低低说："我爱你。"

……

我也遭遇了沉默对待。那边只有呼吸声响起。

箭在弦上不得不发，我接着放出第二句："我想你。"

呼吸声渐渐迟缓，好像有人要开口。

我揉着有点发晕的脑袋，慢慢说出了第三句："我喜欢你。"

我开始有点怨恨宁优优弄出的这变态游戏，不管接电话的是我爸还是我妈，这都太肉麻了吧。

就在我各种紧张组织接下来措辞的时候，电话里终于有低沉的声音回应我，带着一丝叹息："沐白……"

那边好像也带着一丝窘迫，他声音轻如浮云："我也……很想你……"

「下」

SHIYIN WORKS

时 音 著

台海出版社

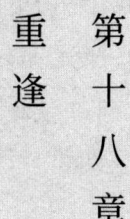

第十八章

重逢

宁优优一直紧贴着我,偷听电话里的声音。此刻,她猛然爆出石破天惊的一句话:"啊!是苏师兄!"

我被震得肝胆俱裂,手机就像烙铁一样,让我忍不住想甩出手。我很想堵住宁优优的嘴,可是我的手已经紧张得啥也干不了了。

宁优优一边死死按住我的手机,边比手画脚,紧张地朝我对口型:"师兄说想你啊……你快说,快点说!"

我说她个头啊!我不管三七二十一把电话按断,丢到茶几上,心情紧张至极。

反应过来我跳起来冲她吼:"宁优优!我要灭了你!"

宁优优抱着双肩缩到一边,狡辩道:"又不关我的事,你冲我喊什么。"

我抓起一边的靠枕,气势汹汹道:"都怪你!要不是你玩这个破游戏……"

宁优优从心虚变得理直气壮,她掐腰道:"那又怎么样,我又不知道是苏师兄,你也看到了,我是闭着眼睛按的!"

她不说还好,她一说我简直要羞愤得死过去。千算万算,没想到苏枕之的号码还在我手机上啊!搬起石头砸自己的脚,挖坑自己跳!

"啊啊……"我把抱枕丢在地上,扑在沙发上痛哭。

片刻,宁优优用脚踢了踢我,猥琐笑道:"小白,别想不通了。这就是缘分啊,虽说电话是我打的,可如果不是你刚才说话的时候,口气那么含情脉脉,估计苏师兄也不会误会的……"

我抬起泪眼,看她一脸幸灾乐祸的表情,咬着牙切着齿说:"宁优优,我画个圈圈诅咒你!"

我叫你还把责任推到我身上,我叫你推卸责任!

宁优优明显脸厚不怕刀枪剑,接着在我耳根说道:"反正你现在也表白过了,听师兄同样满怀情意的回答,他对你也有意思。我今天歪打正着替你们两个牵了线,你这小白,不好好谢谢我,还来怪我!"

我冲她恨道:"我谢!我谢你个大头鬼!"

"啊呀,"宁优优拖长声音,絮叨起来,"你这个女人实在是太虚伪了!你敢说,你从头到尾对美人师兄都没有意思?"

我歪在沙发里已经说不出话来了,刚才电话的羞愤感不仅没有去除,此刻更是像网一样让我无所遁形。我跑到房间门口,回身对宁优优发誓说:"我要是再跟你玩游戏,我,我就不姓柳!"

宁优优促狭地笑道:"姓苏吧,嫁给师兄。"

我:"……"

第十八章
重逢

苏枕之说到底只是个对宁优优无关的外人,我实在不该跟她比承受力的!跟宁优优磨嘴皮子,是这世上最傻缺的一件事。

我不仅一夜没睡,而且是连续几夜都没睡着,连找出租屋的事也忘到脑后。

我只要一合眼,就会不由战战兢兢地想到苏枕之站在我面前,他的表情,他的表情,一边还有宁优优拉着扯着叫我感谢她这个红娘。

晚上我暴躁地把头发挠成鸡窝,第二天又费力地整理回来,这般的自虐好像能让我心里感觉稍微舒服那么一点。

重要的是,我明明已经够魂不守舍,够神游了,到了班上,艾咪咪居然还能在第一时间拉住我,偏要和我说话。

张口就是:"沐白,你真是太厉害了。"

虽说一上来就是夸我夸得没谱的话,但我这人一向比较谦虚,被没头没脑夸一顿,当然得弄清楚。

我一头雾水看着她,囧道:"我怎么厉害了?"

艾咪咪一副"你就别装了,再装就没意思了"的表情:"不是说你男朋友是寰宇集团的神秘高层吗?关经理亲口承认的。我说你,哎,干吗这么低调?我们都知道了。"

神秘高层?!我男朋友?!

我觉得我的头顶又要开始冒烟了,最近生活真是照顾我,给我的"惊喜"一次比一次更大。我一双眼直接瞪圆了艾咪咪,此等不靠谱之恶俗到极点的谣言,居然……还是关翰青传的?!

我脑子里不由自主绕出苏枕之在寰宇门口的表现，虽说他是和那啥啥白先生互动得热情了些，但关经理您老也不至于就认定苏枕之是那劳什子"神秘高层"吧？

高层这是伤不起啊，无缘无故被传谣言的我更无辜。

艾咪咪轻轻拍着我的肩，突作恍然大悟状道："听说我们这次和寰宇合作有望，怪不得，宁总原来早就洞悉一切，坚持让关经理带你去谈判，果然没带错……"

我肩膀被她拍那几下，像被火烧一样赶紧跳开，脸憋红摆手道："误会，这都是误会。"

我跳进黄河洗不清，曾几何时，我浑身上下每分每秒都有苏枕之的笼罩了？

"误会？"艾咪咪尖着嗓子惊呼起来，"白雅文先生是寰宇的创意总监，相当于是公司第三把交椅，他都恭敬对待的人，你男朋友身份是高层这也能是误会？"

我后背贴着墙，满脸都臊红了，面对艾咪咪的激动，我还是只能说："真的……是误会。"

本来也不是我男朋友，至于高层不高层以及神秘不神秘这问题，那得问苏枕之他自己。

艾咪咪叹了口气，她深切地盯着我看，半晌幽幽说道："算了，既然你非要低调到底，我也不勉强你。放心，这事儿也就我们办公室几个人知道，绝没有外传。"

我极度无语地看着艾咪咪正气浩然地离开厕所，心中很有撞

第十八章
重逢

镜子的冲动。只有几个人知道？！居然已经有几个人知道了？！

我清楚那群人传声筒的能力，这才是莫须有啊，这才是欲加之罪何患无辞……

我极度无语的状态维持到下班，公司准备放假。我或许该庆幸是在假期前夕，让所有八卦都能得到缓冲，当然，我同样需要缓冲缓冲。

我游荡到宁优优家里，把我的东西一股脑儿扔她家地上。最近我对她颇有怨气，连带对她家锅碗瓢盆地板天花板都有怨气。

宁优优扑上来，说道："你可回来了，今天有人送东西给你。"

我没好气看她一眼，问道："送什么东西？"

宁优优用手一指门后，"我也不知道，箱子我帮你搬进来了，你自己看。"

一个白色大纸箱子，胶带缠得一圈又一圈，我狐疑地观察着宁优优的表情，尽管她说不知道，可是她忍不住咧开的嘴角已经让我觉得事情肯定有鬼。

我凑上前看，箱子上还贴着快递单子，不过单子上都是用英文写的，看来，是从国外寄的。

我的心已经有点凉了。

Mr.Su.

宁优优跷着腿坐在沙发上："要不要借你剪刀用一用？"

我盯着箱子咬着嘴唇，自欺欺人也没有用了，我抓过茶几上摆着的美工刀,三下五除二划开了箱子上的胶带,打开盖子。

映入眼帘的,是满满一包的奶糖!彩带塞满整个箱子就不说了,就像万圣节童话里圣诞老人的贺礼,色彩绚丽,极为夺目。

我把奶糖扒拉开来,手摸到了里面软软的一个东西。

我摸了两下,双手把里面的东西抱出来。一只毛茸茸的足有半米高的公仔出现在我面前,我的手掐着它的两个膀子,公仔的头上戴着五彩斑斓的帽子。

我一下傻眼了。

旁边传来怪响,宁优优把喝到嘴里的可乐喷出来,正在那忙不迭咳嗽。

我的视线继续转回公仔上。身边是半箱的奶糖,从公仔肚子上飘出一张纸条。

上面绝对是我看得懂的中文,字体还很漂亮:

沐白,我会尽快回去看你的。

那时刻,我窘得好像刚出锅的煮熟虾子,想钻地缝。一行普通的字,却总好像藏了些说不清道不明的暧昧心思。

盯着纸条上的字,盯,我再盯,我觉得,事情真的大条了。

苏枕之说,如果想吃甜的,没有什么比吃糖更直接了。

他今天的做法明显是在呼应他那天说的话。我捧着布娃娃心里别提是什么滋味,想不到我千小心万小心,偶一失足就铸成了千古恨。

说实话,我不知道苏枕之他女人缘怎么样,但以往我是觉得应该不会差。看见了这张纸条,我萌生一个想法,苏枕之,不会是第一次被人告白吧?!

我用力捂住嘴,差点挤出眼泪,不要啊,不带这么害我的!

宁优优眼睛在纸箱和我之间溜动,说道:"说真的,这种公仔在女生十八岁前,最受欢迎。想不到你这个小白在苏师兄心里还很纯情嘛。又是糖又是娃娃,他是把你当小孩哄呢?"

我慢慢把公仔抱起来,我从来没有玩过布娃娃,手感还真不是一般的软。而且像这么大的娃娃,正好抱了我一个怀。

纯情……

见娃娃背后还有一行字:节日快乐。

我觉得眼睛有点湿。

宁优优那个老妖婆还不放过我,偏偏一个劲儿地说;"苏师兄在国外还想着千里迢迢给你寄东西,呐,千里送鹅毛礼轻人意重,这份诚意和真心够分量了。"

我把娃娃放回箱子里,连同箱子一起抱起来,冲她道:"你这妖精再不住嘴,还要胡说八道,你刚说谁是小孩?我不是小孩!"

宁优优不甘示弱道:"看你偶尔那任性的态度,还说不是小孩!"

我视而不见地从她身边走过,兀自把东西抱回我的客房。

宁优优拍门:"喂,你这女人太过分了!"

这房间我住了好几个月,就跟我的一样一样了。宁优优包租婆的嘴脸尽显："好歹你这段时间也吃我的住我的，就这么忘恩负义，会遭报应的！"

我把箱子抬到桌上，回道："报应就是我继续吃你的住你的，然后继续用你的。"

宁优优满含愤懑地踹了一下门。

大小姐对我充满着不满和怨气，我也没办法。因她心血来潮一个游戏，我整得现在骑虎难下这个局面，对付苏枕之比对付宁优优难多了，关键是我和苏枕之也没法在同一个水平线上和他对峙。

我想力挽狂澜，我捧着手机，翻来覆去地看。

我发觉我患上了手机综合征，看着屏幕手指就有股冲动。我真想憋不住告诉他，内容就写一句话：师兄，这真的是个误会！

之所以迟迟没动手，因为我完全无法估量短信发出去的后果。其实直接点说，这件事的后果根本就是不可预测的。

这件事最直接的后果是，有一天晚上我捧着手机盯着屏幕看，猛不丁手机就真的响了起来，吓我一跳。

我看见屏幕上显示的名字，身上骤然一热。

我接起来，里面就传来我最熟悉的亲切声音，喊我："沐沐？"

我难以置信地瞪大眼，心潮在瞬间忽起忽落，我结巴道："老、妈？"

里面老妈的声音很快就哽咽了，我也顿时紧张得说不出话

第十八章
重逢

来，半天，听她低低道:"你还知道我是你妈。"

我也一下子眼泪涌上来，胸口一下子抽紧。"妈……"

老妈慢吞吞地用沙哑声音说:"你这个丫头，一声不响……真是要活活害死我和你爸。"

我眼前一片模糊，嗓音也干了:"妈对不起……"

妈的语气似乎有点激动:"你要真知道对不起，怎么这段时间一个电话也没有？我说你，你，你还真跟我们较上劲了是不是？！"

我慌忙地解释:"不是的！我，我只是、只是……"

只是了半天发现，我根本没法解释得清。

只好又垂头丧气。

老妈在电话里几乎要哭出声音:"真是恨死你这个孩子了！做事从来不让我们省心也就罢了，还死倔，你，你是要我跟你爸怎么办？"

老妈怒急攻心的话语比针还锐利地刺进我心里，我一下哭出来。本来我只是受不住责难，想哭两声算了。可是这么长久的情绪好像突然间找到了一个宣泄口，我越哭越止不住，最后只好努力压抑声音，免得让房外宁优优察觉。

我跟老妈在电话里相互都哭，我意识到这段时间我做了什么样的傻事，让这世上跟我最亲的两个老人受了多大苦难。我语气哽咽:"我错了，妈，是我错了……"

老妈气恨地恼我:"真没想到还能听到你说这样的话，你脑子一根筋，还有知道自己错的时候？"

擦着眼泪，我越发赔着小心，"是我错了，妈，我知错。"

电话里默了那么半晌，我握着手机手心出汗，难得跟老妈有了沟通的桥梁，我的态度一定要诚恳再诚恳，绝对不能让他们再有任何不高兴。

良久，电话里老妈终于叹了口气，"算了，算是我和你爸上辈子造孽，生了你这个祸害……"

我眼泪又有流开的趋势，幸好老妈这时接着说："你那边放假了吗？"

我愣了几秒，马上反应过来她指的是我学校的事……我心底就一松，聊到了这个话题，算是比较安全了。

我卖了一点乖，说道："放假了，不过假期一过就是考试，我比较紧张。"

顿了顿，果然老妈没有追究其他事，而是劝道："那你还是好好抓紧，你以前那么不爱读书，谁知道你……"话音又哽咽住了。

我心口略松，看来我跟老妈说我进校读研的事，她还是放进心里了。我继续道："嗯……以前是我错过了。这次我一定好好抓紧。"

许久没跟老妈联络现在说话都有点不适应了，我暗恨自己。

过后，老妈终于小心翼翼地问道："你读研，那学费都交了吗？"

第十八章
重逢

这句话，差点又让我心酸泪滴。怪道春晖寸草父母情深，被我气半天还想着我的学费，这又让我愧疚更深。

我把心底翻涌的歉疚难过压回去，换上轻松口吻道："妈，我面试到了工作，还是个文职，不用担心学费。果然研究生好找工作，以前就该听你们的。"

老妈又沉默了半晌，缓慢道："你能不让人操心，当然好。"

我想是母女初次通话，彼此都尽量往轻松的方向引导，我跟老妈两人扯了很久很久，气氛渐渐和谐，直让我感到好像回到了以前，这段时间的所有事都好似没有发生过。

最后依依不舍挂了电话，我看表，居然已经过去了大半个小时。打完电话，我心头说不上是松快还是泛着喜悦，总觉得这么多天被我患得患失压抑着的心头大石头，就在今日这一通电话里卸去了。

我这才听到宁优优迟疑的拍门声，我不知道她又有什么事，过去开了门。

宁优优心虚地望着我，说道："不是吧，就算你生气了，也不用哭得这么惨吧？"

惨？我摸了摸眼，刚才房间里又没有毛巾，忘记擦了。

我飞快道："我不知道多高兴。"一边捂着眼往卫生间冲，心都要跳出来。

宁优优在背后说："高兴？刚才我听你哭得不是很大声吗？刚才那电话是师兄跟你表白了？你喜极而泣？"

师兄……我捧着毛巾又傻眼了。宁优优这小脑袋里，除了风花雪月就想不到别的了。我跟老妈的一番互诉衷肠，好容易前所未有一身轻松了，她又突然抬出苏枕之来吓我干吗？

这也让我想到其实我的危机不止爹妈，而近在眼前的一个大麻烦，我还没有解决。

等我洗完脸从里面出来，靠着门边深吸一口气，对宁优优说："你知道哪有租房子的，帮我留意下。"

虽说我想租房子，可是洛城我人生地不熟，只认识宁优优能帮忙。

宁优优看着我："你住这好了。"

我掏掏耳朵，瞪她："我没听错吧？"

宁优优没好气看我一眼："你之前不还说吃我的住我的，接着吃住算了，不过每个月要付我房租。"

我一下子又被提醒了，租房？我还从来没想过要租宁优优的房。我心底又跃跃欲试起来，重新和优优大小姐同住一个屋檐下吗？我略微迟疑道："如果这样，那我的东西正好不用搬了？"

宁优优看我一眼："反正这么大房子……我也正好赚点外快。"

我咧嘴笑了笑；"房租多少，太贵我租不起。"

宁优优阴险地抽了抽嘴角："你工资多少？"

我犹疑了一下，挣扎道："一千八。"

第十八章
重逢

"可怜。"宁优优毫不留情面地说道,她看了看我,"你每月给我一千好了。"

一千……一月大半工资都贴上了。不过,我很乐意。我咬牙道:"成交。"

我不了解租房行情,不过在洛城这个地方,我也知道要花一千元租房子其实也有难度,何况还是宁优优的房子。

于是,在短暂地分开了几个月后,我跟优优大小姐,又甜蜜地住在一起了。

当然,以后的日子是不是真甜蜜,那还得另说。

东西我一早搬了过来,现在花了点时间整理好,把真正开始属于我的出租房做了稍微的装扮。

虽说租房问题再次得到解决,可是,傍晚我看着手机,一时间,还是各种愁云不由自主升上来了。

我伸手去拿,手机很巧地震动了一下,我眼皮一跳。

我犹豫再犹豫,还是一咬牙,很迟疑地把它拿到手里,看到显示一条未读短消息。

我手指震颤着打开来,果真是苏枕之。

后天我回去,沐白,你能来接我吗?

……

虽说不想承认,可是刹那间我心头真抖了一下,似一阵酥酥麻麻的感觉涌遍周身。

后天就回来?有没有搞错,我还一点准备都没有……

现在心里就弱了，等后天见了面，我还不知道要怎样！

我握紧手机低头猛盯，也许，也许我可以拒绝的……可是要用什么理由？我又想到不是太欲盖弥彰了吗？

我心乱如麻。五分钟后，大洋彼岸那端的那位爷不能等了，再次发来一个字：嗯？

我胆战心惊地看着手机，最后决定，还是不怕死地回了一个：好啊。

至少我还有两天时间，好好准备，好好准备……

谁知道，不到三分钟，手机竟然不要命地响了起来，显示来电。

我的手抖得差点把手机摔出去，半响，在经历了逃跑的心理历程后，还是硬着头皮颤巍巍接听了。

听筒那端，传来苏枕之低沉的笑声："真的？"

再次听到他声音，我心里只有无尽的紧张和慌乱，我竭力压抑，露出弱弱的笑声："真的。"

苏枕之低低道："好，到时候我告诉你航班和时间。记得，后天的行程，你要全都推掉。"

这等于是断了我后路啊！

逼着我去接他。我再次弱弱地笑出声："……放心吧。"

"好。"苏枕之顿了顿，忽然低笑道，"那再见？"

我赶忙道："再见吧再见吧，长途电话贵！"

我的心都要提起来了。

第十八章
重逢

苏枕之沉默了一会儿,道:"再见,我想你。"

挂断那会儿,他似乎还笑了一声。

他是笑了,可我该哭了。我仰视天花板,内心泪奔叫嚣,天呐,不要啊,不要一波未平一波又起好不好?!

第十九章 弄巧成拙

宁优优说我要是想解释，最好快刀斩乱麻，早点说清楚最好。否则像是这种事情，就会像那乱麻一样越来越乱，想说清了都办不到。

她危言耸听，叫我好自为之。

我也很忧愁，我当然知道这种事情越早解释清了越好，可是要怎么解释啊？

要我对着师兄那张脸说出一些澄清的话，光是想想我就败阵了。何况我一想到他手里还攥着我学分就肉痛，让我好不容易拔高的气焰就矮了。

我觉得宁优优给我出谋划策，少于她的幸灾乐祸。她那一颗浓浓的八卦心，早就不安分很久了。

"干脆那天你谎称住院，突发急事总不能怪你吧？"

我恶狠狠看着她："那你想让我用什么理由住院？！"

宁优优不假思索："被车撞了。"

我老实不客气地回道："我诅咒你出门被摔。"

宁优优迟疑地说："总不至于拉……肚子吧？"

我把枕头摔下。

宁优优慢吞吞坐下,接着说:"再不然食物中毒,更真实一点。"

是真实,我只怕我从医院绕一圈,不但什么事没解决还更惨了。拉肚子能在医院待多长时间?加上我没去接他,到时候要收拾的烂摊子怕是更多。

这样通通治标不治本,一点用也没有。

苏枕之那智商,在他眼里我解释就是掩饰,最怕的就是我掩饰过了火,他没上当,我先套进去了。

提心吊胆过了两天,宁优优的馊主意还是层出不穷。我怀疑她就是故意折磨我的,明知道我躲不过,还一个劲儿煽风点火。

我这种段数,自然是想不出能和苏枕之抗衡的办法了。

苏枕之要回来那天,我特意看了下日子,十月六号,倒是个好日子,才发现他已经离开一个多星期了。

一大早掐准六点钟,苏枕之就发来了信息。

航班,地点,降落时间,标注得清清楚楚。

还是一如苏先生以往的做事风格,仔细得要命,不给人留空子。

这一个星期我过得不可谓是不精彩,和我的初衷完全背离。本来我想苏大美人走了,我终于能轻松过个几天,结果这轻松,就坑在宁优优手里。

因此,当我不得已坐上出租车,去机场接人的时候,我内

第十九章
弄巧成拙

心的感受都是十分精彩的。

我提前了二十分钟到达机场,眼前一拨儿一拨儿都是人,姑娘我生平第一次接飞机,接得这么心不甘情不愿。

我找了张椅子坐下来,在心里一遍一遍演练:师兄,其实那通电话是个玩笑。

师兄,不是,那通电话其实是我打错了。

师兄,其实那通电话不是我打的。

师兄,那通电话实在是个误会,我根本不知道对面是谁……

我完全沉浸在想象的震惊当中,越想越觉得每句话都比上一句更加的危险,如果万一说出来的后果,绝对更加的严重。

不知道电话那面是谁?不等于告诉苏枕之我其实胡乱告白呢吗?

这是多么毁灭形象的事,虽然不解释清楚,我不见得还有多少形象,但这么一解释,我彻底地没形象了。

说不定以苏枕之的修养,他不见得提起这么尴尬的事。那样就最好,一了百了,大家都很好。

我白日做梦做得很开心,不知不觉眼前一片阴影笼罩了我。

等我反应过来,嘴角僵硬地抬起头,就见苏枕之臂弯里挂着西装外套,另一手拖着行李箱,似笑非笑地看着我。

那风采,那气度,一瞬间,我什么解释都跑九霄云外去了。

"特意挑这么个角落,你是巴不得我找不到你吗?"独特低沉的嗓音,时隔几日后,再次清晰地响在我耳边。

带着笑意，一瞬间把我从无边梦境中震醒了。

虽说我是存了这么个阴暗的心思，他要是找不到我也不能怪我，反正我来过了。

我讪笑，立马站起来，在见到他的一刻浑身满血状态回归。

我总是在最后关头才会徒劳地做点事情粉饰，眨着眼睛以示真诚：“怎么会呢，师兄我等你好久了。”

苏枕之眼神动了一下："你来得很早？"

鉴于他问话的语气过于温柔了些，我虚伪的语气就装不下去了。我特佩服苏枕之，每一句话，他总能说得那么真诚，轻而易举得令人窝心。

照理说，只是几天没见，人的变化不应该那么大吧？苏枕之为什么就好像是帅了呢？莫非就是穿了西装的缘故……

看着特别正式，那种平日掩藏的锋利也就全都显露出来了。

闲散之美，陡然变得逼人不可正视。

我一直都是随大流的小角色，当然也可耻地转移目光不去正视。

他忽然轻轻笑出声，伸手力道很轻地弹了一下我："算了，看在你始终来接我的份上，原谅你。"

我耳根发热。有种被戳穿的感觉，苏美人，莫非其实你心里知道我其实很不愿意来接你？

但做戏做到底，做人首先得敬业。我低头，看着他的行李，马上心念一转，顺势转移话题热心地伸出手："师兄你长途跋

第十九章
弄巧成拙 / 255

涉一定累了吧,我来帮你拿行李!"

"沐白……"他忽然极轻极轻地叫了声。

我顿住,不由自主看向他的眼睛,好像有种磁性,上帝特别偏爱某一类人,苏枕之的目光比他的话语更让人窝心,他的目光配合着话语就是秒杀无敌。

几天未见的人应该说什么,我发觉我实在没什么经验,小言书籍此刻是不能作为参考的,因为会点火。

笑嘛太假,不笑嘛太尴尬,我面瘫。

我跟苏枕之就在那人潮汹涌中对望,望得我好像都身不由己要投进去。这一幕是多么小言,可是没人知道我浑身都要僵硬住了。

不过是怕他累想帮他提行李么,要不要这么用眼神杀死我。

他嘴角勾出好看的弧形:"不累,看见你我就不累了。"

我内心惶惶,要不要这么暧昧哟。我更加不知道说什么,只好面瘫挺到底。我在心里想,眼前这情景,看来我是快刀斩不了乱麻了……

苏枕之轻描淡写却含着寓意地来一句:"东西这么重,怎么能让你拿。"

我觉得只要是女孩子一定很愿意跟苏枕之在一起,他会陡然让你觉得自己特别矜贵。就跟那玉器镶成的千金小姐,浑身都泛着神秘夺目的光。

我眼神黯淡,可我不是千金小姐,这也是我跟苏枕之在一起感触最深的一种感觉,那种璞玉华光,本身就不是我拥有的。

我强自笑了笑。

正准备往机场门边走,苏枕之突然缓缓朝我抬起手,掌心向上,张开在我面前。

我看着那只手,半天才反应过来,犹犹豫豫地看了他一眼,太为难了。这只手,我是握呢,还是不握呢?

到底还是没抵御住诱惑,我心一横,慢慢把手伸过去。

碰到他掌心的一刻,苏枕之很快握住。

他拖着我走出去。苏美人有很多面,唯一可见的是,他的每一面都有迷人的魅力。尤其当你接触到陌生的一面时,这种魅力就更明显。

把手伸出去的时候,我就非常鄙视我自己。

在车上我才终于松口气,差点忍不住用手去擦汗,好像才终于大功告成。

宁优优发短信问我情况如何,我哪还有心思去理会她。

出租车里,苏枕之跟我同时坐后排,气息实在太近:"沐白。"

我立刻挺直身,冲旁边露出笑容:"什么事,师兄?"

我决定了,只要苏枕之提起电话那茬,我就装傻装到底,不知者不罪,真的不怪我。

我平复着呼吸,平复。

他低笑,嗓音很要命:"这几天,你过得怎么样?"

这台词我熟,通常分开几天见面,都是这么问候。我也很

第十九章
弄巧成拙

熟悉台词地回答:"挺好的。"

没想到苏枕之的反应却不照着剧本演,他眼神意味深长,反问:"挺好?"

我囧囧地看着他,难道我不该"挺好"吗?

他又缓慢眯眼说了一句:"我不太好。"

这……我再次觉得很冤枉。

读博的人,思维都脱离常人了。我等俗人委实跟不上。

苏枕之慢慢开口:"我寄给你的东西,收到了没有?"

我半是尴尬半是难为情地说;"收到了,实在谢谢师兄。"

我搁在膝盖上的手忽然一暖,刹那间手背上便多了一只手,苏枕之越加低声问:"就这一句?"

我的呼吸又一次快跟不上了,我发现我好不容易练就的抵抗力在苏枕之离开的这几天再次土崩瓦解。喂,这可是在出租车上,你想干吗?

我从牙缝间挤出一句:"非常感谢。"

苏枕之嘴角不易察觉地抽了抽,他低低道:"你……"

"到了。"出租车威武地停下了。

我松口气。

苏枕之看了看我,目光微晃,他拉着我下车:"走。"

我立刻把全身赖在座位上,讪笑道:"师兄,我不去学校。"

苏枕之的眼神终于渐渐沉下来:"你有事?"

我僵了僵,因为我突然想起他要我把今天的行程全部推掉。

我颤着舌头说:"我跟……宁优优约好,去吃饭。"

苏枕之盯了我良久,出人意料地来了一句:"难道我们不是约好?"

太犀利了,八个字扭转乾坤。

作死了,在这一刻我想到的竟然不是应该怎么理直气壮地反驳,而是一心想怎么不让他怀疑。

我觉得我的思考回路都跟平时不一样了,于是我接下来就爆出了更惊人之语:"今天她生日。"

优优大小姐你想了那么多借口,都不如这一个来得冠冕堂皇!

苏枕之果然愣了一下,趁他面容僵硬期,我快速地调整好了状态。就算他再聪明也不可能未卜先知算出宁优优的生日吧?

苏枕之脸色缓了缓:"只约了中午?"

神经一旦松懈就容易中招,我还处于怔愣状态,就反问了句:"中午?"

可能我语气中表达的疑问句式不太充足,苏枕之自动默认成了肯定句式。他嘴角一扬:"那晚上我去接你。"

什么?

我还没反应过来之时,司机大叔已经不耐烦地开动了车子:"年轻人真是的,连累人都不在乎,这门口多停一分钟要扣钱的!"

您怎么早不扣晚不扣,偏偏我要说话的时候意识到扣了?

第十九章
弄巧成拙

苏枕之的身影笔直地站在校门口看着我，还没走。不知怎么，那一刻我就想到一个很少女很言情的一个词语，叫玉树临风。在今天以前，我一直以为它就是个成语，今天比照苏枕之的身姿，我才知道，什么叫真正的玉树临风。

原来这世界上真有如斯男子，叫人心动，叫人心许，叫人觉得……配不上。

明明汽车才走了几步，我却觉得有种经年的感受，类似一种思念。

直到司机大叔连问了三遍我去哪，我才沉重悲痛地说出宁优优的地址。

宁优优看见我回来很是惊奇，敷了一半的面膜也撕下来，问询："你这么快就逃生了？"

我情绪莫名的一直低落，闻言完全没好气地盯她一眼："会不会用词？"

"不是我不会用，"宁优优挤着脸上的面霜，看了看我，"而是你每次说到苏师兄的表情，都好像迫切逃出生天的那种样子。"

我有吗？我重重地换下鞋子，踏进房里，怎么我都不知道？

宁优优不理我，她一贯都会这样，用另一种不动声色的方式鄙视我。

胸口堵得慌，我还是不放心地转身，皱眉问："宁优优，你的生日没人知道吧？"

我叹息，这难道就是传说中的说谎心虚？

宁优优似是呛了一下,看着我:"你应该反过来问,谁不知道?"

我:"……"

我马上在心里狠狠鄙视自己竟然问这样的蠢问题,优优大小姐的生日,根本想都不必想,肯定是呼朋唤友,大肆操办,传说中的收礼物收到手软。

宁优优显然不打算放过,她狐疑地看着我:"你不会,不知道吧?"

我也呛了一下,朝她露出笑。

宁优优拍案而起:"真的?!"

吼声震天,哎哟喂,姑娘我最近特别的娇弱加脆弱,就别再来这么一出了。

我先发制人:"我不相信你记得我的生日。"

"二月初八。"宁优优不带一丝停顿地甩出一个。

我缩了一下,然后,过了一会儿,真心朝她赔罪地笑。怎么说呢,太出乎我意料了……

我以为优优大小姐这样一个朋友多得都快能记不住的人,更不会记得谁生日呢。

宁优优非常光火地看着我,气焰压人。我是软豆腐,一压就碎。

我弱弱地举起双手:"别对我来硬的……"

宁优优首先冷哼了声,青葱一指指向了我:"知道不,沐白你就像一只软皮球,看着是软的,其实别人根本拿捏不起来。稍一用力你还是能顶回原状来,动辄还把人气得半死。"

大小姐许久不冒惊人之语了,哲学之气往外冒,唬得人一蹦一蹦的。

她背过身:"五月九是我生日,你给我准备好礼物。"

那还要明年啊……我看着她的背影想。

礼物不礼物的可以暂抛耳后,关键是晚上我怎么赴苏枕之的约。发现我每次和苏枕之对阵都讨不了好,专家就是专家,我这个门外汉根本就不能和他比。

一下午我把《心理剖析密码》等书看完了,我想如果这次的考试真的离不开这些书本的话,那我可以不费力过关了。

可是理论上的巨人,替代不了行动上的矮子。

下午五点钟,宁优优照例叫外卖,问我晚餐吃什么。

我纸包不住火地终于说了要出去吃,她眼睛瞪得恁圆,对我竟然隐瞒了苏枕之要来这里这么重要的一个消息而震惊。

震惊过后,她丢掉订餐宣传页,大步朝我靠拢:"晚上要跟苏师兄吃饭,你一点也不准备,你就穿这个?"

还要准备个什么……何况我对她的逻辑非常不感冒。我道:"谁说要出去吃饭了?"

宁优优刹那间好像禁不住刺激,而翻白眼,她活似老太婆手指颤巍巍地指着:"沐白,你幸亏不是我家孩子,不然我活生生能被你气死。"

我总是觉得我很冤枉,我觉得我没听错。

宁优优狠狠戳着我脑门,当然没敢真碰到:"你说说,苏师兄说晚上来接你啊,你说人家晚上来接你,不带你去吃饭还去哪儿?!你有没有逻辑性啊,沐白!"

被她痛心疾首的语气一说,我也觉得有点窘了,但过后,我想着当时的感觉,还是垂眸道:"可能他是想带我,补课?"

话说我真是这么想来着。

印象中,苏枕之对我的课程一向很上心。

宁优优要绝倒状:"沐白,你脑子不好使就算了,可别诬蔑苏师兄啊,人家那智商级别,会跟你想的一样,在刚回来的晚上,就拉你补课做这种人神共愤的事?"

优优大小姐激动起来不是儿戏,为了避免过度刺激她,我很为难地低了头。可是心跳,却在不知不觉中,加快了。

我最后挣扎着想,其实补课挺好的,没什么人神共愤的。

宁优优见我不给她回应,一个人发挥很有难度。就在这时,她突然惊叫一声:"有汽车喇叭声。"

我心跳了一下,凝神细听,的确下一秒就听到宁优优的楼下响起喇叭声。

宁优优马上跳到窗边:"是师兄来了吗?"

我也紧张地从沙发上起来了。

我听宁优优吸了口气,连忙紧张地踱过去,也慢慢挪到窗边,伸头去看。

第十九章
弄巧成拙

苏枕之背靠在车门上，正仰头往楼上看。

还是一样的西装革履，看着要多正式有多正式。

他的轿车是宝蓝色，和他的西装辉映一线，流畅的线条感。宁优优住这别墅区，海棠梅花各种娇艳花什么的还特别多，随便哪一处拍张照拿出去就是一景。

平时这些景色看习惯了就算了，今天，这样的景这样的人一合。

难怪，宁优优要惊呼了……

"沐白，能下来了吗？"

苏枕之声音不低，恰到好处清晰地响在我和优优耳边。

宁优优一只手立刻拉紧了我。我紧张得舌头打结，看着他，早忘了怎么说话了。

优优大小姐再次表现出了大小姐的风范，她冲楼下奋力挥了挥胳膊："稍等一下，沐白要准备。"

苏枕之嘴角的笑在傍晚夕阳下特别的漂亮，他微微颔首。

宁优优当机立断把我拉了回去。

"闺女，你人生中重要时刻到了。"她郑重其事对我说。

如果不是苏枕之在此，我肯定此刻要吐她一脸槽。

宁优优几句话就打断我的犹豫："你是迫不及待想下去，还是跟我进屋换衣服？"

实在是阴险的选择，要我下去面对苏枕之我当然紧张，可是跟她去换衣服我也不愿啊！

为什么最近我总是这么的,我还没自怨自艾完,这么的身不由己。

宁优优不由分说把我拉进去,从她三米宽两米高的衣柜里拉出一件衣服,丢给我。

我看着这白花花蕾丝边的什么东西,眼都晕了。

宁优优说:"快换上,我十八岁的衣服,放心,绝对清丽,符合你的形象。"

我想吐血。

被强制换衣服的时候,我更觉得心里有些不对劲,更不知道怎么演变成这样。这到底是要干哪样呀……

浑浑噩噩磨蹭了十几分钟,我觉得这十几分钟浪费得毫无意义,我简直悔死了。就算刚才直接下去,也比现在这样一副莫名其妙的样子出去好。我说了,这世上要是有后悔药,早被我买来吃光了。

宁优优把我推出去。她暗示要跟我下去,近距离观赏一下苏枕之。

我恶狠狠地用眼神警告她:"别忘了今天是你生日。"

宁优优嘴巴不停地说:"知道知道,你让我一年三百六十五天都过生日也没问题。"

太坏了,实在是!

第十九章
弄巧成拙

第二十章 傻眼

到了楼下，宁优优直直走到苏枕之面前。在她几番惊叹目光打量下，苏枕之淡定自若地朝她露出笑。

她把我拎了出去。"苏师兄好。"

苏枕之对她一笑："你好。"

宁优优利落地掏出手机："苏师兄电话多少，上次是学校电话打的，我没储存。"

我想，想要帅哥电话号码的女生很多，但绝没有一个像宁优优要得这样落落大方。

苏枕之把手机拿出来："我存了你的号，我打给你。"

宁优优频频点头。我看这两人模样，怎么就兴起一种两人好像同流合污的感觉。

隔了会儿，宁优优手机响了，她立刻抬起来，当宝似的看了看。然后又若无其事放下。

苏枕之说："今天你生日，没带礼物，真是失礼。"

宁优优抬起头，一拍我后背："诶，那有什么，我交代小白给我带了。师兄等会儿记得提醒她。"

第二十章
傻眼

"好。"苏枕之笑,"我一定不让她忘了。"

我该佩服宁优优扯谎面不改色呢,还是该痛恨她的趁火打劫呢?

苏枕之转身把一侧车门打开,"沐白,你先进去。"

我骑虎难下,硬着头皮钻进去了。

苏枕之关门,自己从车前绕过,到另一面,弯腰钻进来。

密闭的空间里,顿时又只有我和他两个人。他看着我,忽然笑出来:"这一身,是你自己打扮的?"

我一僵,囧得无以复加:"……"

苏枕之眸光微闪,继而轻笑:"还挺可爱的。"

我想起宁优优的十八岁,十八岁啊十八岁,对比得我这张老脸都要红了。

管他说的是真的还是假的,我一律认为是假的!

苏枕之驱动车子平稳行驶,我没说话,他也没说话。

我有点不习惯这样的苏枕之,就算是面对面给我讲课的时候,也没有这样让我感觉到浑身不自由啊。现在的我,好像一举一动都受着约束,他在旁边,就浑似无形中给我罩了一个罩子。

苏枕之去的地方,门面占地很气派,他在车位上停了,带着我从门口打扮得很得体的两个礼仪小姐中间离开。

里面装修却是素雅风格,苏枕之跟侍者招呼了一声,径直被带到二楼靠边的一张桌上。

这二楼总共也就一张桌子,还有斜对面一张沙发,沙发中间摆的一个茶几。整个楼层地方不大，布置得却很小资。

我对于没有补课这项表示了深深的惋惜，苏枕之在对面出声叫我："沐白。"

我马上抬头看他，结舌道："师兄？"

他拎起水壶倒水，拇指大点的杯子，里面的水连润喉咙都不够。他嘴角含笑："我点了菜，希望你吃得惯。"

我觉察出那么一点不对味来，点菜？这样说苏枕之之前就预定了？什么时候，上午还是中午？

耳闻音乐声声，我看着苏枕之苏大美人就坐在我对面咫尺的地方，小心肝就不受我主控了。有名言说，当你发现，觉得看一个男人越看他越美越好看的时候，就危险了。

我略慌地把眼垂下。

苏枕之端起茶杯喝水，盯着我语意深深："上星期那天，我说了要带你来一个地方，就是这里。"

我一时间更惊了，顿时有一点咋舌。我偷眼打量了下这里五星级的装修，不解，他为什么要带我来这里？

我咬了咬下唇，举目看向他："为什么？"

苏枕之看了看我，低低地问一声："你为什么不看看窗外景色？"

我于是转过头，这扇极大的落地玻璃窗隔阻外，外面的景色也经过了精雕细琢。大片葱郁环绕，甚至雕琢了流水假山，配上合适的光线，可谓是意境幽然，美不胜收。

我后知后觉地觉得眼熟。

这还是我在苏枕之目光的逼视下，才渐渐地意识到的。这里窗户外的园林工艺，很像我们那里的风来水榭。

风来水榭作为我们那儿唯一有人气的景点，我少说去过十来次，对它的布局胸中还是有印象。据说那也是人造景点，设计和这家餐厅异曲同工。

我心里非常惊讶，遂转头问苏枕之："师兄，你……"

我记忆中猛然冒出苏枕之曾隐约说过风来水榭，暗指他在我们那小城市待过。这件事被我记住了，但这并不能掩盖我所有的惊奇。

我于是挤出话道："师兄，你也喜欢风来水榭？"

苏枕之看着我，微微一笑，只觉得他的目光中有难言的意味："前段日子无意中发现这个地方，就想带你来了。可惜，上次错过了。"

我顿了顿，终究还是没能再忍下心中的想法，问了出来："师兄，你是什么时候去我们那儿住的？"

我承认我的好奇心早就膨胀，今天才得到机会说出。

侍者端着餐盘缓缓上来了，苏枕之就势就不说话了，伸手帮侍者把东西端下来，放到桌面上。

对于再一次我的话题没能得到继续，我感到沮丧。最后看侍者拿下来两瓶红酒，才傻了眼，别是眼花了吧。

看苏枕之把酒摆好，还递给我一只酒杯。

这，不能是误会了。我苦着脸笑道："师兄，我不会喝酒的。"

苏枕之看了我一眼，淡笑："是葡萄酒，喝点没事。"

有没有搞错，我一个，加上一喝就醉的苏枕之，喝两瓶酒？我可还没忘记上次扶他回去的惨痛经历！

别介，我嘴里已经开始发苦，我还没见过哪里有这么自虐的人呢？

不要说我对红酒有阴影。上次就是因为宁优优强硬灌了我一杯所谓的红酒，然后打给苏枕之的那个无厘头的告白电话。

那时是多么惊悚，我后来无数次安慰自己，用的都是那杯红酒作祟的借口。

我一点也不想虐我自己。

我抱着仅存的努力竭力劝阻："师兄，还是算了。"

这是一点风险也不能冒啊，都是有前车之鉴的，再来一次可怎么得了。

苏枕之拿起杯子又放下，似乎无奈道："我酒量没那么差。"

一般酒量差的，都不会说自己差。这就跟喝醉了，却说没醉一个道理。

像我这么坦率承认缺点的，毕竟不多。

我猛盯着桌上菜肴，真的，其实比起口味不佳的酒，我更爱美味佳肴多些。

我觉得我传达的意思已经够明显，苏枕之嘴角的笑纹细细地漾开，他说道："你这么不情愿，就喝一杯，如何？"

第二十章
傻眼

呜呜,这种怀柔的手段我早就领教过了,次次都是杀必死!

明明是变相的逼迫人妥协的方式,在苏枕之运用得就是炉火纯青。我盯着眼前的酒杯,这杯子倒是不大,算了,喝了!

苏枕之伸出手来,慢慢替我把酒倒上,我就看见杯子里金黄泛着光泽的液体。

顿时有点奇怪,囧道:"师兄……葡萄酒,怎么是这个颜色的?"

苏枕之倒完了,拿开酒瓶,轻笑道:"这是新品葡萄酒,放心吧。"

汗,果然我是乡巴佬没见过世面吗?

我一直以为葡萄酒是红的,但既然眼前这个很像啤酒的颜色,我也不能不喝。苏枕之先端起来,缓缓向前伸:"和我干杯?"

我看着他的眼睛,我觉得苏枕之此刻的心情应该是好的,虽然我不明白他为何这么高兴,但我还是被他细致的目光盯得脸略红。

我端起酒杯,低头:"……师兄,你好像很开心?"

苏枕之主动将杯子碰向了我,嘴角的笑若隐若现:"喝吧,别问那么多了。"

这怎么感觉像是下套给我钻,口气十分像灰色的狼。我把酒杯凑到嘴巴上,钻就钻认了,反正也就一杯!

我捏着鼻子把酒一口气灌下去,我想的是长痛不如短痛,一口气喝了最好。

可是当我把酒杯放下时,发现苏枕之脸绿了。

我大着舌头:"怎,怎么了?"

苏枕之捏着高脚杯,咬牙道:"沐白,这酒不能一口气喝,你会醉的。"

醉?我挤了挤眼睛,怎么会醉?一杯而已,慢慢喝和快速喝还能有什么区别?

苏枕之默不吭声,慢慢地把一杯酒喝下去。

他的姿势一直很优雅,我眨着眼,却觉得眼神有点看不清楚。我使劲闭眼摇了摇头,再睁开,还是越来越头晕。

苏枕之终于低低道:"这是白兰地,度数最高的葡萄酒。你这傻子。"

我是傻了,就算先前没傻,现在也傻了,白兰地,这么洋气的名字我以前只在电视上看过。据说死贵,酒性还特烈。

我尚能保持清醒,可是却也感觉到头晕和脸上一阵阵的热浪。我脸红耳赤地张口:"师兄,我,我,我,你,你怎么不早点说?!"

苏枕之以前喝了一瓶白酒醉成那样,今天喝了白兰地却一点事儿没有。怪不得说是葡萄酒呢,这种说话留一半是什么居心呐,坑死个人!我以前喝的葡萄酒最高12度而已……

我醉得加上一半紧张,实在是不知道说什么了。

苏枕之招手,那个长相非常漂亮的女服务生就过来了,俯身甜甜地问:"三公子,您要什么?"

第二十章
傻眼

苏枕之冷着脸说:"马上去熬一碗醒酒汤来,要快。"

女服务生瞥了眼我,没再多话,转身离开了。

我看出某人本来是想喝点情调出来,结果却被我搞砸了。我觉得脖子有点痒,想伸手去挠,我道:"师兄,这酒到底多少度?"

太夸张了,也不至于我喝了一小杯就醉吧。

苏枕之一副被我虐到了的表情:"这是勾兑过的标准度数,四十度。"

四十度还是标准度数啊……还勾兑过的,好吧,这些术语我不懂,问题是我现在连累得耳朵根都要烧起来了。

苏枕之不知从哪变出一块手帕,还是湿的,卷好了擦在我额头上:"沐白……"

我滚烫滚烫的脸颊接触到他的湿巾,顿时舒服得毛孔都张开了。

我张开的眼睛就看到他袖口并排的两粒袖扣,他的手指就不时地拂到我额头上,奇怪的是我脸上的温度明明已经那么的高,却还是能轻易分辨他手指的温度。

那一瞬间明明想躲开,却又躲不开的那种感受。

我听到刚才女服务生喊他三公子,于是果然苏枕之其实是VIP贵宾级客户吧?

一桌美食我还没来得及沾上嘴,真的是悔死了。苏枕之的嗓音柔和,响在耳边:"沐白,要不要我送你走?"

我一把抓住了他的手,脑子已经开始晕乎了,不情愿道:"不要,我还没吃饭。"

一般酒不都是有后劲的吗?我应该没发作那么快吧。

我又眨了两下眼。

苏枕之轻轻把我手握住,我发现其实我握住苏美人手的时候还是蛮多的,每次握,都有别样的心跳感觉。

现在可能只是酒精的作用,我觉得我现在的脸一定配得上一个很美的形容词面若桃花。

苏枕之定定地看着我,半天道:"我有礼物送给你。"

又有礼物了。我抬起朦胧的双眼,笑起来:"苏枕之……师兄。"

女服务生小跑着过来了,弯腰道:"三公子,旁边有包房,您要不要用?"

苏枕之松开手,改为抱住我双肩。随后他自己也从座位上站起来,对服务生说:"那就把这些东西都搬过去吧。"

趁着女服务生跑去推餐车的时间,苏枕之走过来,拦腰将我从位置上横抱了起来,不容分说就走。

脑子嗡了下,我倒抽一口凉气,摇晃着想下去。我头晕归晕,但连接着窘迫和尴尬的两条神经还在,这个,这是有多囧?

片刻,我紧张万分道:"你,你还是把我送回去吧。"

苏枕之表情不明,淡淡道:"我想起我也喝了酒,不能开车了。"

第二十章
傻眼

我:"……"

心里呐喊着,你是故意的吧!

进了房间里,苏枕之抱着我往沙发走,后背接触到软沙发的时候,我指着苏枕之:"你,你不要过来。"

现在是多么危险的时刻,我和他都喝了酒,都是交警大哥会判定头脑不清醒的一类!

苏枕之慢慢在沙发边上直起身,他挽了挽袖子,露出一抹笑:"你是担心我刚才没吃饭,所以拿你开胃吗?"

我羞得几乎要将脸埋进沙发底。我是一直觉得苏枕之是君子的,可是有时候他面不改色说出的话,实在让人想蹲墙角。

苏枕之在沙发边上坐下,道:"你怕什么,说起来你比我更饿,我的危险系数更高。"

我再度指着他,暗咬牙:"你不要以为你这样说,我就听不出来。"

苏枕之果然没有放过这个机会,问道:"你都听出了什么了?"

听出你在讲某些不良笑话,非常不良。我拿靠垫挡住脸:"不要以为你长得好看就可以胡来,我告诉你,长得好看不是万能的。"

苏枕之突然没声了。我继续拿着靠垫,等了老半天,他还是没有说话。

我疑惑地把手放下,看见他就坐在我旁边,看着我嘴角微翘。

他的眼中有丝缕光芒，淡笑道："我没胡来，一切都是你脑袋瓜子里自己想的。"

我眸光暗了下，我明白，是说我自作多情么……

就见他微微转身，从身侧、似乎是口袋里拿出了一个蓝色小盒子。

我知道今晚苏枕之各种古怪，决定抑制住我鼓动不安的舌头，任由他来讲。

他把盒子打开，推到我眼前，"这是对戒，也是我送你的礼物。"

我激灵了一下，眼睛完全看着小盒子里面的两个环，式样是扣在一起的，但是明显一大一小两个指环。

苏枕之伸出手，拿出了其中一个指环，然后把另一个放到桌上。

我眼睁睁看他把那个戒指放进口袋里，然后转脸，目光盯着我。

我被盯得浑身火辣辣的，这次我可以很确信不是因为酒精作用，反而我觉得，我比刚才还清醒了。

他伸手去拿桌上那个："我帮你戴上？"

我周身一冷，讪讪道："师兄……说笑了，戒指哪能是随便戴的。"

苏枕之的手顿住。半响，他收了回来，道："我知道。"

他缓缓凝住我，不知我是不是眼花了，他喝醉酒我送他回

第二十章
傻眼

去的那天,下楼买药回去,我见过他一模一样的眼神。充满了柔情,当时我以为是眼花。

今天,我又看见了,而且距离比那天更近。我觉得我不会眼花两次。

"我不会逼你的。"他说。

看着他,我觉得我身上被酒精刺激得忽冷忽热更加明显了。我不可避免想到那通电话,苏枕之态度变化如此之大,是因为我说了那样的话?所以他认真了?

我一直觉得难以启齿,但发生这种事更像是给我淋了桶水,我觉得不能再拖了。

我艰难地说:"师兄,其实、那天……那天那、个,电话是……"

"沐白,"苏枕之脸色微变,他几乎迅速打断我,目光深凝地看着我,半晌声音却有点疏离地说,"沐白,知不知道有些话,是不用说得那么明白的。"

他目光倏然变得淡冷,起身坐到了远处。

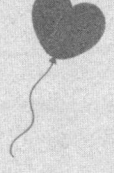

第二十一章 靠谱

突然很难受。那种感觉心都揪在一起了。又是一次的酒入肠,牵肠挂肚。

那晚醒酒汤我没喝进肚子去,苏枕之倒是派上用场了。他喝了之后就要送我回去,还是没有开车,在路上招了一辆的士,送回了宁优优家门。

出租车里没灯,夜色把一切都很好地掩藏起来了。

我想起以前报社的老大炒我鱿鱼的时候,拍着桌子骂了我一句印象极为深刻的话:"你再这么颓废下去,凡事只用你的热情不用你的脑子,你迟早玩完!"

玩完,这个当时对我来说极严重的话,我这辈子第一次听到,原来一向斯文的老板骂起人来是那么让人伤心,一点颜面都不存了。

我没有得到半点安慰,回去宁优优狠狠地批了我:"你是不是真的傻啊?!他明明就是喜欢你!懂不懂!都这么明显了你还装糊涂,有没有脑子啊?!"

我装糊涂,我没脑子。

我早就没力气反驳她了，宁优优懒得说我，气得坐到电脑跟前，嘟囔一句："白白浪费我的范思哲套装……"

做事不止需要考验热情，更要靠脑子，等热情消退那一天，还能继续坚持。

我愣了问出一句："他喜欢我什么？"

这是我一直不敢相信的，他的所作所为，在我看来完全没有理由。

宁优优一口茶险险喷出，她盯着我眼神越来越凶，没有说话。

"你确实是没什么值得人喜欢的。"她嘟囔。

我发现最近宁优优出门的时间也少了，反而时常赖在电脑上面。

不知道她又找到了什么新的娱乐，轰轰烈烈投入了进去。我想起我刚认识宁优优的时候，她的 ID 是侠女。签名也是快意恩仇，潇洒自若。

她的确没有羁绊，活得快活，堪称是个侠女。

但我，这些日子，那阵难受的感觉一直存在着。

苏枕之的时间也有了些变化，他好像不像原来那么有空了。就觉得眼前他的身影，骤然减少了起来。

唯一的就是我坐在下面，看着讲台上他在讲课，他偶尔还是会点我名，表面好像一切如常，但感觉，就是不同了。

苏枕之没有说错，十一过后第三天，学校的考试就轰轰烈烈开始了。而那个时候，我因为别的情绪覆盖，竟然早就忘记

第二十一章
靠谱

了紧张。

　　我们这一批读研的又是单独测试,由各自导师批改,因此几乎当场改卷的都有。速度是前所未有的快。

　　就算还有一点紧张的学生也在这种雷厉风行的迅疾中消弭无形了。没人有时间去紧张,从开考到成绩一锤定音,最慢的也只隔了一个晚上。

　　我竟然破天荒考了个第三名。这是总成绩,而我本职的课业,居然达到了九十分之高。课业顺利通过不用想了,好事来得太快。

　　李红曳和另一群女生走过来,我说了事件来得还是太突然,有点招架不能。

　　李红曳轻轻说:"说真的,一开始我还对你挺不服气的,想不到你真有实力。柳沐白,我恭喜你。"

　　旁边人道:"好老师教出来的到底不一样,名师出高徒。"

　　我知道我这个著名教授弟子的身份早就传扬出去了,现在人这样说,我也只会笑。还好,导师,没给你丢脸就行了。

　　我不由自主向讲台瞥去,苏枕之在台上冲我露出微笑,我有丝心慌,却没有移开视线。

　　等人都走开了,苏枕之坐在我桌子对面,轻轻看着我:"你很棒。"

　　简而言之,这句夸奖在我心里还是掀起了涟漪,我惊觉我此刻的心态竟和拿了高分渴望得到夸奖的心态相似。

　　苏枕之说:"沐白,你的努力得到回报,你已经证明了你的能力。"

我心里冒出一种古怪的预感。

抬头看着他,只见苏枕之略微低着头,若有似无地拨动着他的手指,轻然道:"补课今天为止,可以不用了。"

我微微怔愣。

看着苏枕之,他却站了起来,朝我微微含笑点头,慢慢走出了教室。

我有些呆地看着他的背影。我能感觉到,从那次,苏枕之的态度就变了。他原先是沐若春风的男子,处处带出温柔,现在他就好似一缕清风,谦谦有礼,却真的渐渐让我找不到那种亲切感。

而更害怕的是,这段日子,我竟然会动不动就想他。

在他在意你的时候你拼命躲,当他不再给你特殊照料了,你反而怅然若失。这叫犯贱。

他说,他不逼我。

我马上就要怀疑,这句话只是我做的一个梦了。我实在控制不住自己发呆的频率。

宁优优那天晚上到底憋不住问我:"我一直不明白,沐白你到底在别扭什么?"

别扭什么,我想了很久想到一句话形容:苏枕之站在那儿的时候,我就从来不觉得我能走近他。

宁优优拧着眉思考:"你觉得你们有距离感。"

第二十一章
靠谱

彼时我情绪特别伤感,冷不丁就文艺了一句:"我觉得他不像这个尘世中的人。我们都是俗人,他是谪仙。"

宁优优咽了口唾沫,被呛到的样子:"所以这个谪仙贸贸然看上了你,你就觉得特不靠谱。"

我明白在优优大小姐眼里,其实没有什么男子是遥不可及的。就算面前来的真是一个王子,她也有匹配的光环。

我认为,即便真有这样举世无双的男人,既是举世无双,又怎会被我遇见。

宁优优的嘴巴能吞下一个鸭蛋,她慢吞吞拍着我肩膀来了句:"沐白,人太清醒不是好事,你为什么就不能像灰姑娘一样配合,热情地跟王子跳一场舞。要说,这个尘世多么寂寞如雪……"然后缓慢扭头走了。

直到我被她惊悚,无意中回头看见她的电脑,才发现,这是一句网络上很流行的台词。

人家都说,情场失意职场得意。我不知道我一直的顺风顺水算不算得意。

公司和寰宇搭上线,都在围着这个大东家转悠。我和艾咪咪在办公室里,负责新一期的策划案。

和咪咪姐搭档,干活不累,她嘴里能迸出各种新鲜的话题,不管是八卦还是新闻,有价值或没价值。

"沐白,把台子上的文件夹拿给我。"

我手中握着笔在神游,一点儿没听到她的话。她上来敲了敲我桌子,我才惊觉连忙把东西递给她。

艾咪咪说:"沐白,你最近精神老是恍恍惚惚的,不会发生什么事了吧。"

我红着脸,慢慢摇了摇头。

艾咪咪顿了顿,说道:"我出去送材料,有什么事你就说,打找电话。"

我朝她笑笑:"好。"

艾咪咪转身步履轻快走了。办公室关翰青和艾咪咪是金牌搭档,所以时常,剩的都是我一个人。

平时都觉得没什么,怎么现在陡然就觉得这么凄凉。

最近我也没敢主动告诉宁优优,因为她一定会嘲笑我自作自受。宁优优现在也没空理我,她简直变成了电脑的亲密爱人。经过我偶尔观察几次,她刷出来的都是某微博界面。

我从未如此受过冷落,起因是我居然比不过电脑。看,连宁优优都心里清清楚楚明明白白我是个灰姑娘,苏枕之更该知道我和他的差距。

我垂头整理着材料,桌上还散落着艾咪咪的几本杂志,都是商业方面的。但商业杂志上也会有八卦,我把这些书整理起来的时候,伸出手,赫然发现一本书的封面上,映着非常大的标题:

宁氏千金神秘男友曝光!

第二十一章
靠谱

配着非常大的插图，耀眼得紧，但就是因为图片太大，反而上面的人影不太清楚。但我跟宁优优朝夕相处那么久，不至于认不出她来。

宁氏千金？

我心里咯噔了一下，连忙翻开杂志，看到那篇报道，对准了仔细看。

照片是拍到宁优优坐在车子里，她的侧影被拍得很大，在她旁边很小一块，露出一个男子的瘦小身影。

我看了几眼后，终于不可置信地想，江子渊？！

鉴于这个神秘男友的标题太过于惊悚，我反反复复把报道看了好几遍，发现写这篇报道的记者也很词穷，只说在车里拍到宁家的千金和一陌生男子约会，其余的基本都是各种猜测和论断，标题起得很爆料，内容则很干瘪。

不过这些记者的专长就是捕风捉影，经过他们的渲染，什么事都能成大事。

想了良久，我摸起一边的手机，给宁优优拨了过去，等了会儿，居然传来已关机的提示。

我猜这姑娘指不定又沉浸在什么事儿里了，索性放下电话，继续盯着杂志看。这是一家专门爆料商界人士娱乐传闻的杂志，我没想到宁优优的作用力居然能在这样一家杂志上登上头版头条。

一直以来我对优优大小姐的家底了解只是表层，现在看来她们家真是叱咤风云的那一类。

从前我不看商业杂志,不知道这种信息是不是常见。我一上午都有些心神不安,想着还是通知宁优优一声比较好。

但是直到上午十点钟我才打通她的电话,赶忙道:"喂优优,你在干吗呢?"

宁优优的声音听起来也有些疲:"我在家呢,你怎么了?"

我看了一眼桌上摆放的杂志,有些囧,只好斟酌着道:"你,看见那些商业杂志了吗?"

想不到我此言一出,优优大小姐立刻没好气起来,语声纠结道:"你也是来看我笑话的吗?"

我略微有些讶异:"你知道?"

宁优优顿了顿,郁闷道:"知道……我老爸正在家里给我善后呢。"

听出她其实也非常的情绪不佳,我心里唏嘘了一下,再稍微寒暄几句,就主动把电话挂了。

既然已经在善后,我也不用多操心了。

没想到有一天能看见自己好朋友的八卦,这种心情非常微妙。

我的手伸进上衣的口袋,触碰到坚硬的对戒表面。登时心慌意乱,对戒。为什么要是对戒呢?

我一进家门,就看见迎面一个中年男子也走到了门边。

我愣了一下,随即反应过来:"宁叔叔好。"

第二十一章
靠谱

这是我第一次见到宁优优传说中强悍又厉害的老爸,就算来见女儿也是一身的笔挺西装,打扮一丝不苟。加之笑容慈善,看着倒和蔼可亲。

很有商界中的大佬、社会上的精英的气势。

大小姐她爸用镜片后的一双眼观察了我一会儿,眼神并不犀利,也没让我兴起反感,只片刻后他就笑道:"你就是小柳吧。"

我点头,拿出在长辈面前的规矩姿势,点头说:"是的,宁叔叔。"

他轻轻地笑了一下,慢慢道:"小柳不错。"

宁优优嗤了一声,说了句:"沐白,你还不进来。"

我于是这才赶忙换鞋子,一边冲宁先生笑着,一边慢慢走进了客厅。宁先生在门边转头:"那我先走了。"

宁优优挥挥手:"爸再见。"

眼见女儿如斯,宁先生也只笑了笑,转身开门便出去了。

我看到宁优优吐了一口气。

我很想知道她老爸是怎么善后的,于是问道:"叔叔来干什么?"

宁优优瞥了瞥杂志,撇嘴道:"他来问我,那人是不是真是我男朋友?"

我汗了一下,才发觉宁优优的眉眼和她老爸真的很相似,一贯透出一股强盛逼人。即使笑的时候,这种气场也不会改变。

我问:"那你怎么说的?"

宁优优道:"他听风就是雨,我当然说不是。"

我心里为江子渊同学默哀三分钟,还以为经过这些日子,江同学在宁优优心中有所改变,想不到还是徒劳无功。

我看到宁优优旁边还摆着一本相册,她看了看我,忽然犹犹豫豫道:"沐白,我有个事跟你说。"

我收回视线,看向她:"啊?"

宁优优把相册拿过来,抱在怀里,说道:"沐白,刚才老爷子不是问我有没有男朋友么,还要看我相册怀念。我就拿出来了,翻给他看。结果……"

她把相册给打开。

我伸头看,她就指着一页说:"他就看到了苏师兄的照片。"

我头皮麻了麻,不敢相信道:"你居然把师兄的照片放在你的相册里面?"

这人真的太生猛了,这事也能做?

宁优优表情莫名,也没被我打击到,就说:"帅哥嘛,反正也是放进去养眼。问题是老爷子看见了,就蹦了一句,问这个是不是就是我男友。"

我看了看她,我猜宁优优现在也没那么自在,也到了宁先生对她身边男友热衷知晓的地步了。

宁优优不知我想什么,继续说下去:"我当然说不是。老爷子不知怎么就盯着这张照片看了很久,然后说眼熟,问我还有没有别的照片。"

第二十一章
靠谱

说到这她目光为难地看了看我。

我面无表情。

她说道:"呐,你知道,我是珍藏了几张苏师兄的照片,就翻给老爷子看了。结果老爷子看了之后,就说他认识苏师兄。"宁优优一拍大腿。

我忍不住道:"然后呢?"

宁优优又看了看我,样子略迟疑道:"我也问他,他说以前出国参加一次研讨会的时候遇见过苏师兄,当时苏师兄就在他参加会议的那家公司里面,呐,也就是寰宇集团的总部。老爷子说,他当时正在和集团 CEO 苏青河谈生意。"

我木然了,半晌才艰难道:"总部?寰宇集团的老总,好像是姓廖?"

宁优优拍了下手,朝我看道:"寰宇是国际公司啊,他的总部设在国外。企业的一把手老总叫苏青河,沐白,苏师兄也姓苏,这么碰巧,你说里面,是不是有联系?"

我心里轰隆隆的,更加木然看着她,是不是有联系?这个问题问我,我也不知道吧。

宁优优为难道:"本来我也想问老爷子的,但老爷子说他也不太清楚了。只是感觉,苏师兄和苏家,应该有很深的关系才对。"

我默然了。

事实是我也只能默然。宁优优说的都不在我接受范畴内,只觉得格外刺心罢了。

宁优优眉心微蹙,好像也有些闹心的样子:"江子渊曾说过苏师兄是书香门第,他家多数都是知识分子,我倒没往商界那方面想过。不过,现在觉得,就算是书香门第,也还是有可能出一两个商业上的精英的……"

我继续怔然,苏枕之出身书香世家,这种传闻在学校其实不是秘密,没有人怀疑苏枕之的成就,听说他的母亲就是国外很著名的女学者。据学校的传闻是,受家庭熏陶,苏枕之也是很早,就拜入了导师的门下。

但就是这样的一个书香门第,也正如宁优优说的那样,其实也不见得会人人都是学者。总有那么一两个,或许不是。

我慢慢摇头:"这些我不清楚。"

宁优优拍了拍我的肩,叹道:"改天我再帮你打听打听吧。"

我从口袋里摸出那枚对戒,宁优优伸头看了看,"挺好看的戒指,"接着她又吐吐舌头,"苏师兄送你的啊?"

我没言语,沉默地点头。

宁优优没像过去那么有精神,揪着开始八卦,只叹息了一声:"苏师兄那么阔绰,也确实不像是世代书香啊。"

我想起句话,这世上最有钱的,永远是握有大把钞票当纸烧的生意人。

第二天公司那边又打来电话说和寰宇的合作出了点问题,所有与此事有关的公司员工几乎都赶到了现场。

第二十一章
靠谱

我也急匆匆去了,到了那儿,一向用亲切标榜自己的老总也一张脸上不见笑容。

我小心挤在一堆与会人中间,听老总说,寰宇的这项企划案找到了新的合伙人,且对方家大业大,给出的条件比我们公司的好上几倍。

所以寰宇策划部的主任站出来,要求提前解约。

公司人人面如寒霜,连我都诧异,第一次知道签了合同还不是稳固的,想不到寰宇这种大型企业,也会出毁约这种事情。

艾咪咪说:"毁约这种事情,在业内很忌讳,寰宇就一点不顾名声吗?"

老总摔文件,火气正炙:"还是一句话,人家家大业大,况且我们也不是什么著名企业,毁一次约,也不会对他们有什么损失。"

关翰青这时缓缓道:"关键还是我们的合作案比不过人家的完善,但是,这也是我们现阶段,能做出的最好策划了。"

艾咪咪道:"按规定毁约是要赔偿的,但寰宇底子厚,估计那点违约费他们也不放在眼里。"

老总的脸已经越来越黑。

"何妹妹你的男友不是在寰宇工作么,怎么事前没有听到风声吗?"艾咪咪话锋一转,不知怎么就移到对面何小双身上。

何小双也不吃素,斯斯文文反驳:"这都是公事,他不方便和我说的。咪咪姐,我想你也知道要公私分明。"

老总拍桌子:"你们还有心思在这吵,整那些私人关系,关键时候都管用吗?"

一语双关,艾咪咪和何小双都不开口了。

只是偶尔竟有一两道视线望向我,我缓慢地低头。

讨论无疾而终。虽然几位董事最后没有说出来,但人人心知肚明,胳膊拧不过大腿,寰宇要解约,我们也只能顺遂人心意。

谈合约的时候是关翰青去的,解约还是得我们这个部门扛,真是功劳数落全领教了。散会后,一众同事都感慨,销售部不好做。

艾咪咪在会上败阵,情绪不大高。中午她留下加班,问我回不回去,说是可以给我带盒饭。

我要是回也只是回宁优优那里,想起这两日,明明是她的八卦缠身,她自己此时却像没事人似的,还说了大堆不相干的话。

我不想再跟她纠结于那些话题,那样我会更加内伤的。

我对艾咪咪说:"今天不回去了。"

她眯眼笑了一下,出门给大伙买饭。然后我就发现,今天没有一个人中午离开的。可能都被寰宇打击,工作异常压抑。

我一个人在办公室本来也不打算出去,却让我在窗户跟前无意中看到了不可思议的一幕。

就是我看到了宋哲宇宋官人,他开着一辆貌似很拉风的车子跑来接何小双下班。

虽说宋哲宇爱炫惯了,但是公司面临困境,何小双这姑娘刚刚还在会上表示公私分明,这会子高调秀恩爱,顿时惹到了公司一大帮人。

若即若离加上神奇失踪素来是宋大官人的拿手好戏,从他那会子说要帮我的忙,然后之后一个电话联系都没有,我就知道其实这人还是本性难移。

我只是奇怪,何小双平时虽然不受艾咪咪待见,但总体来说,她在公司还是比较注重形象的。最近怎么这么不顾忌别人看她的眼光了?

艾咪咪拎着盒饭上来了,情报通畅的咪咪姐早在门口就把刚才的事件听到耳朵里了。

她边把盒饭放下边不屑一顾地说:"男朋友就是寰宇销售部门的主管,我说姓何的怎么不早早跳槽算了,让她男朋友给她走走路子,也省得浪费我们的地方。"

我不知道怎么接她的话,索性就拿过盒饭,直接打开了。

艾咪咪又说了一会儿,我吃着饭菜,含糊说了一句:"其实我也觉得他俩……挺不靠谱的。"

邪恶的第一印象,一点一滴被艾咪咪引诱出来,我也愤愤地爆粗了。

艾咪咪抓起筷子:"你还别说,何小双还就在公司里传过一些话,说你跟她男朋友认识。特讨厌。自己把男朋友当个宝,还就以为谁都稀罕。"

最后那句话听得我实在舒坦了,我看着她,忍不住附和了一句:"就是啊。"

反正宋哲宇在我心里,早就跟宝不搭边儿了,说他几句我也没有负罪感。

艾咪咪又道:"何小双这女人眼尖着呢,你可千万别和她男朋友扯上边,不然,我看她以后到处去败坏你都是有可能的!"

最近被我压抑的小火苗都窜了出来,莫名地一股邪火,从我心里烧出来。我有点冷笑:"有那功夫捕风捉影,我看以后别被甩了,就难看了。"

艾咪咪本来没什么,突然就噎了一下,她抬起头看了看我,凝滞片刻,表情有些意外道:"说的,还真到位。"

这没什么不可能的,我在心里又补了一句。

虽然我没说出来,但艾咪咪那双毒眼好像偏偏能看出什么,说道:"我看你这姑娘平时就是个好姑娘的模样,想不到也会有这种表情,还能讲出这样的话,啧。"

我更加慢吞吞吃着饭说:"我没有得罪她。"言外意是她先长舌妇传我闲话。

有句话叫你不仁我不义,你捅我一刀我还你三刀,就怪不得我了。

"明白。"艾咪咪说,"是她先不要脸。"

女人窝一起,背后道人长短几乎是必不可少的,但是今天,我才体会到邪恶的乐趣。

我回家说给宁优优听,宁优优说:"你要是对别人也能这

第二十一章
靠谱

么快意恩仇，就好了。"

我白她："你说的这个别人，是指谁？"

宁优优翻我白眼："你觉得呢？"

那本商界杂志可能是宁先生落下的，我把整本杂志都抓了过来，闷头不吭声回房里去了。

我还想翻翻我们的公司是不是能在其列，虽然是娱乐八卦，但好歹体现了价值。结果一篇篇翻下去，却看到寰宇的不少信息，其中出现最多的是那个白先生。

我心里不是滋味。

我把杂志丢一边，心情实在难以调整。应了那句话当你越想忽略是时候，就越忽视不了。

电话响起来，我才猛然激灵。紧张地看过去，看到了老妈的名字。

说不清心里是什么感觉，我只好接了。

老妈在电话里的语气逐渐恢复了以往的熟悉，先是询问了几句，然后，居然拐到了她心目中的金牌好男儿宋哲宇身上。

"你最近有没有跟宋家小子联络？"

对于刚和好不久的老妈，我再没好气也只能压着，道："没有。"

老妈不满："诶，你也多跟人家联系联系，宋小子这几年特别不错，说不准人家还能帮帮你。"

我慢慢道："这么多年没见了，我跟他也不熟，当然不好联系。"

老妈顿了顿,道:"看你说的什么话,不熟才要联系。我听说,宋小子好像交女朋友了,上次放假还带了回家,据说姑娘长得特别漂亮,人也乖巧。现在街坊谁人不夸,都说宋小子一贯有本事的。"

我不厚道地又觉得反胃了,宋哲宇这样的本事,撒网满大街谁没有。只要狠下心,可着劲儿骗呗。没看现在那些什么情歌,唱的都是种种爱情骗术。

我道:"妈你不知道,这外面漂亮姑娘,一抓一大把,不稀奇。"

母上神奇地顿了一下,冒了句:"你倒是漂亮,找着了没?"

我被噎得难受。

她又说:"你还是跟以前一样,只要一夸宋小子好,你就不舒服。"

我不假思索:"因为他确实没有那么好。"

老妈气道:"在你眼里,谁是好的?"

我意识到不知不觉中跟母上大人顶了几句嘴,连忙赔笑卖乖:"老妈你就好。"

老妈道:"你就拖吧,拖得你年纪一年比一年大,你就不拖了!"

我逃婚的事,她没那么容易忘,每回说这个,我只能默然。

她啪把电话挂了。我连唏嘘都来不及。

宁优优鬼魅似的走进来,脸上贴着白色面膜更加鬼气森森,她说:"你妈逼你找对象啊?"

我一回头被吓住:"你干什么?"

宁优优手拍着脸蛋,"电脑前待久了,来做做补水面膜。"

我皱眉扫她一眼:"谁让你待那么久了。"

宁优优斜倚门边道:"我说你真是,明明空窗期很烦躁,还偏偏拒绝师兄,弄得现在两难地步,何必呢。"

我心里堵得慌,有种说也说不出的难耐感。

宁优优撕开面膜一角,重新贴上:"看你这副样子,要是有人问起,我就说你害的相思病。"

她站起身离开,莫名地让我喉间的阻塞更严重了。

要说我跟苏枕之之间,硬要说真有什么,其实也说不上来。但为什么包括我在内所有人都感觉,我错了呢?

公司去送合约书,关翰青还是让我跟着去了,他说善始善终。我只能叹气跟着,这次没有好车开,挤的高峰时段的车。

结果风大的天他让我在门口等,弄得我一阵郁闷。

早说我也穿一件风衣,不至于现在被吹得透心凉。我在门口来回搓手踱步,关翰青说十分钟送完合同回来,等着等着都十五分钟了,连他的人影我都没见到。

这是我第二次站在寰宇公司正门前,气派还是气派,但是心里却带了丝异样。看着大厅里人来人往,我犹豫了一会儿,向门口两个保安走去。

结果一个人低着头急匆匆从里面出来,货真价实地没长眼,在我身上撞了一下,还非常凑巧地把文件夹撞散了。

我弯腰帮忙捡,"对不起"卡在喉咙里。

宋哲宇看着我,眼里动了动:"沐白。"

我把文件夹递给他,淡淡说:"下次记得抬头走路。"

他脸上僵了一下,说:"知道了。"

我转身要往里去,看见第二次见面的白先生向前走来。然后,我就看到了白先生身后,缓缓转出来一个人——苏枕之。

我的脚又生生收住。

苏枕之抬头,看见了我。他的目光隔段距离显得更不清楚,随后,他慢慢叫道:"沐白?"

我跟他对视,露出一个尽量如常的笑:"师兄。"

苏枕之快步朝我走过来。

本来一直稳步向前的白先生,此刻不得不加快了脚步,保持跟上。

苏枕之到我身边,声音更低:"你怎么在这里?"

我牵动嘴角:"我是来谈……工作的。"

我发现苏枕之身后的白先生嘴巴动了动,想说什么又没说出。总不能说我是来送毁约合同的,对方高层还在这呢,我也不能这么口无遮拦。

我头低下去。

我旁边的宋哲宇慢慢挺直身体,对白先生道:"总监。"

白先生没言语。

第二十一章
靠谱

我迟钝期间就发现手被苏枕之握住了,他在我耳边道:"你跟我走吧。"

我被他牵着,就很自然地点了下头。

又突然想起一件事,停了停,看着他道:"我还要等我们经理。"关翰青还没出来……

白先生客客气气说:"没关系,我去说。"

苏枕之目中似有微笑荡了荡,低头看我一眼,微微拉了一下我的手,慢步带着我从门口离开了。

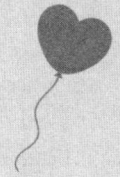

第二十二章 大智若愚

所以我说这上班上得还是挺没意思的，架子大的压死架子小的，我们的关经理到了外面就扛不住场子。

上次谈合约被放鸽子，这次解约还是被拂面子。如果拉我手的不是苏枕之，我也会很有骨气地甩开，说我不去。

可是事实上我比关经理还要没骨气得多。

苏枕之开着他那辆据说是保时捷的啥啥名车，一手把着方向盘问我："沐白你到寰宇，谈什么公事？"

我默默地倚靠着椅背，想着这时候了也没什么瞒的，能说点话题解决尴尬亦是求之不得的事，我于是语气特地讪讪道："我们被寰宇解约了，所以来洽谈违约事项。"

苏枕之的车速慢了一慢，拐过弯，他道："解约，怎么会解约？"

我怎么知道……这时我想起的却是宁优优跟我说的那些话，看他云淡风轻的侧脸，若他真是什么寰宇的公子，我心里别提多别扭了。

我沉默着还没言语，他先接了下去，"因为利益不足？"

我看了看他，顿道："师兄，很了解这些？"

苏枕之也顿了一下，说道："以后你就明白了。不管谈什么，都是利字当头。利益是维系关系的纽带。"

我慢慢扭过头，不用等以后，我当然知道什么都得利益当先。只是苏枕之平时表现得那么温文，却原来也深谙这些乾坤。并且看他不甚在意的样子，倒是早就习以为常。

只是我更伤了，转头正视前方说道："所以我们自认倒霉。"

在我说出这话后苏枕之忽然刹车，我本来就忘记系安全带，这一下身体震了震，微微朝前扑了一下。我忍着一股无名火，就算我们自认倒霉也不带这样吧。

太过了啊。

苏枕之把我胳膊拉过去，用的力气偏偏还很大，我脱口喊痛。

"沐白，你把眼睛闭起来。"他看向我，伸手去拉我边上的安全带。

为什么要闭眼，系安全带哪里需要闭眼了。

我不知哪来的勇气，皱着眉就把他拦下了："不用，我自己来。"

说着速度飞快地就把旁边的安全带给系好了。

但是没有多久我就无比后悔了我这个决定，因为这样怎么看像是作茧自缚？

原因是苏枕之这时候就开始盯着我，好像我脸上有花，我觉得他看我比看花还要专注。

第二十二章
大智若愚

他忽然抬起手,温热的掌心就摸上了我的脸。

我的个……娘啊,一瞬间,一刹那,我的心就提了一下,结结实实被吓到了。

然后我就看他好像眼底掠过一抹沉重地道:"沐白,我们不需要这样。"

不需要哪样?

我跟他怎么样了?我怎么就不懂?

以前我知道自个儿不聪明,可我这智商怎么也是正常人的水平,怎么自从跟苏枕之在一起,理解能力为什么直线下降,我就怎么觉得自己越来越不正常了呢?

苏枕之忽然笑了一下,"这样下去真没意思,是不是,小白?"

我也觉得挺没意思……

老是这样让我不懂也很烦躁,我刚想这么说,就来不及发出声音了。我的后颈伸出一双手,把我用力往前托。

死翘了,苏枕之身上的气息在我鼻端肆意,我的上半身被他按在怀里,紧贴他的胸膛。颈后一只手,腰后一只手,我的嘴巴被不明生物入侵,喘不过气了。

半点思考余地也没有,我蒙了。

大概找不到我这么配合的人了,我木头一样僵硬着任由折腾。可是我想一直当木头,苏枕之却没有给我机会。

当舌根都被死命抵住的时候,那种整个嘴里都被掠夺,完全没有我自由的空间。我想淡定也难,最后我涨红着脸,手也只能徒劳地扶住他的脸侧。

我推，又推不动，亲吻也并不如想象中那么美好，当出现他追我躲的境地，还根本躲不开的时候，渐渐催生出一种穷途末路的感受。

慢慢地我力气用尽，苏枕之才放缓了，渐渐我感觉他全身也放松。我的小舌头才得到片刻安息，可仍是没有彻底安宁。

他唇畔流连了一会儿，这段时间我大脑恢复半刻清醒。

苏枕之轻轻呼吸着，清澈的眼睛昭示他是十分清晰的状态下干的刚才的事儿。这回没什么醉酒没什么掩护，完全是赤裸裸的动作。

他清明一片的眼眸注视着我，低声开口："原本我想慢慢来的，是我错了。"

错了，我才错了，我的头几乎埋到胸口，刚才我就应该有骨气一点不跟他走的。

我扯动嘴角，半天才确定嘴巴现在终于是属于我了，可是确定这个，我却更加说不出话来。

苏枕之抚了抚我，我才发怵了一下，慌乱惊呼道："师兄？！"

说了话才发觉我嘴唇湿漉漉的，那种猛然袭来的羞涩，反应过来简直让我无地自容，我下意识想伸手掩住。

苏枕之一下抓住，我心里复杂地看他一眼，发现自己脑袋里居然不靠谱地在琢磨一个问题，是该甩他一耳光潇洒下车，还是羞答答地说你真讨厌？

第二十二章
大智若愚

两样都需要前提，我都做不来。

苏枕之道："沐白……跟我在一起怎么样？"

在听到这句话之后，我盯着他的眼睛，想确定他是认真的。

苏枕之的双眸一贯清澈，泛着点柔情，可以说这眼神我看过很多次，熟悉，非常熟悉。却从没想，会像今天这样，让我思绪翻涌。

他如此的开诚布公，让我……让我、实在措手不及。

我也不由自主盯着他看，头依然发晕："师兄，你为什么……"

他坦承道："因为我喜欢你。"

又是在我没考虑好的时候抛一个重磅炸弹给我，我默然不语，感觉胸腔狂震的心脏一点点缓下来。

我姑且确定他是真的，可这感觉却让我更加颓然。我咬了咬下唇，词穷用在此刻再合适不过。我不知组织了多长时间的语言，才能缓慢说出来："师兄，我们、我们……不合适……"

苏枕之的眼神变深："不合适不是理由，沐白，你可以拒绝。但要给我个解释。"

这种情形下，我能给什么解释？我诧异得几乎要钻沙发底下了，我看了看他，不管是之前宁优优开了什么玩笑还是说了别的话，至少，我从来没有想过苏枕之、他会喜欢我……

二十多年，我柳沐白，第一次被个男人这么问。我的心情，不是言语能形容的。

"两个人不能在一起，唯一的解释就是，你不喜欢我。"

苏枕之目光深然地说出来。

我哑了。不喜欢这话我发现是怎么也说不出口的,有种突然哽住的感觉。

良久之后我凝视他,忽然就兴起一阵酸涩,低低道:"师兄,我谈过恋爱的。"

苏枕之嘴角微微抿起一条线,半晌,他才轻然道:"那又如何?"

我觉得有点没有勇气正视他,深吸口气说出来:"我曾经有过男朋友。"不管我怎样逃避过,那就是事实。

苏枕之的声音里多了丝不易察觉的暗沉:"有什么关系,你现在不是没有吗?"

我耳朵就被刺了一下,我想问苏枕之,你喜欢的,不应该是纤尘不染的女子吗?我并不是,从私心上讲,我不想他误会了什么。

下巴忽然被托起,苏枕之握着我的脸,眯眼道:"难道你忘不了那个男人?"

我不知道他怎么会理解到那方面,脸上僵了一下,说道:"当然不是。"

苏枕之缓缓地开口,他道:"我只后悔没有早点遇见你,这样,你就不必遇见那个男人了。"

我怔怔地,应该是说不出话了。这样的话,太动情,太让人难以把持住。

第二十二章
大智若愚

苏枕之的手缓缓滑过我额头，唇印上去："沐白，我喜欢你好久了，你知道吗？"

我面红耳赤，想要躲过，他却不知怎么今天特别强横，双臂按住我胳膊，再次没给我机会。

他慢慢离开我额头，盯住我："不要想了，你就接受了，好不好？"

从刚开始到现在，他说这句话语气最温柔，温柔在他身上总是带着魔力，我差点在迷迷糊糊的情况下脱口就应了。

我红着脸，气息微弱："师兄……"

他忽然抬手在我嘴角擦了一下，淡笑："现在说不喜欢我也不行了，抵赖不掉了。"

在他身影笼罩下，我根本做不到什么，只能让自己僵硬地坐在椅子里，这种难为情，和以前那几次比，实在太小儿科了！

苏枕之又问："我有什么不好吗？"

我心里动了动，怎么会不好，好，好得我不敢相信。

苏枕之见我仍不出声，竟然又加了句："我会对你好的。"

我的耳根因为他这句话彻底地成了煮红虾子，我居然像被牵引似的说出来一句："你一直对我都挺好的。"

这句话取悦了苏大美人，他不再像之前那样紧抓着我，放松慢慢笑道："那，沐白，你就更没什么担忧的了。既然我以前就对你好，我会一如既往。"

也许是气氛太好，也许是苏枕之的眼眸真的很迷人。他抓着我的手,类似叹息出来一声:"原来你都明白。"嗓音孕育出一种沉醉的感觉,像是一种甜酒,即使不会喝酒的人,也会为之而醉。

我就鬼使神差答应了。只能说,这样的氛围,足以使我忘记心里任何事。

我看见苏枕之一瞬间变得和悦如风的眸光,笑容兼具着柔情,但此时我实在是不好意思去看了。

在此之前我也想不到,我有什么本事,能让这样一个男人为我如此高兴。

我不知道我是不是上辈子积累了很多善果,让我能走了这么大的运道。以前都说,好男人需要打着灯笼找的,如我这般青天白日瞎撞上了一个,实在是运道中的运道。我想到最后,觉得还是归功于导师这位引路人。

"我给你的戒指呢?"他突然问了这一句。

我摸摸口袋,有点尴尬,"在,在呢。"

苏枕之语气缓和:"原来你都带在了身上。"

这话又有些别样意味了,我垂下头,看着我手指勾出来的银环。看着他伸过来的手,就一躲,我还有些转换不过来身份,道:"师兄,这个,还是别戴了。"

不知怎么下意识就觉得他想要给我戴戒指,但现在的发展已经太出人意料了。剩下的一切可能性,还是都缓缓为好。

苏枕之慢慢缩回手,似笑非笑看我:"其实,你可以别那

第二十二章
大智若愚

么叫了。"

不那么叫,那叫什么?苏苏,恒,恒恒……我寒了一下,谁让他不取三个字的名字,叫起来多方便。

我讪讪地挤出一抹笑:"还是叫师兄……习惯。"

他舒缓地笑了一下,把我手里攥着的戒指拿过去,自口袋中慢慢拉出一根红线,扣在戒指环里,套进我的脖子,低声说:"随你怎样叫。只要你不忘了刚才答应的事。"

苏枕之重新把过方向盘,我看着再次行驶的车子,眼睛瞄过两旁景物,听见他的话语。才终于深刻意识到了,就在刚才,我把自己利落地卖了。

脖颈里像项链一样挂着的戒指,我想忽略都不可能。

车行一半,苏枕之看眼身边的我,轻轻道:"我带你去吃东西,你想吃什么?"

我摇头,脑子里太乱了,红着脸小声道:"我想,先回去。"

他目光中闪过微光,片刻说:"好。"

我还在想怎么和宁优优解释,事情的变化如此戏剧。不过几个小时的间隙而已,在我这个当事人看来都同样的不可思议。

哪知我推开家门,一眼瞥见优优大小姐戴着摇滚的耳机,不知和什么人正在兴奋地聊天。别说抓住我说话,就连我进门在她身边走了一圈,她都恍若未见。

看来,我是不必担心这个问题了。

我进入房间关上门,继续发烫着耳根打电话给被放鸽子的关翰青，说请假。

我觉得我现在的状态，实在不适宜上班。

可是关翰青手机不在服务区，我只好暂时坐在床边，

我捂着发烫的脸，觉得我至少需要一个下午的时间来平复我现在的起伏的心绪。

现实是我高估了自己平复的能力，第二天我几乎可以说是用白味陈杂的心情去上班的。

到了公司才知道寰宇赔了好大一笔违约费，足显财大气粗。

这笔钱为财务上增添了不少的贡献，老总的脸色也不再那么垮。我在第二日上班的时候，就明显看到老总脸上好很多。

艾咪咪还关切地问我怎么回事，怎么昨天下午没有上班。

我苦着脸："关经理手机一直不通，我给他发短信请假了。"

艾咪咪一脸恍然大悟，"可能经理忘记拔充电器了。"

我晕。

艾咪咪没再多问，哼着曲儿拿着文件全心投入工作了。那么凑巧，事情堆积如山，几天之内得到一个大靠山又瞬间失去，似乎刺激到了我们的老总，给我们下发了三倍的任务，首当其冲就是我们销售部，刹那成了被灭的炮灰。

艾咪咪说道："关经理昨天一个下午都在忙，可能没注意电话也是。"

怪不得那群热衷八卦的大叔大婶都嘴巴闭紧了，一个废话也没有。

第二十二章
大智若愚

我捋袖子去帮艾咪咪的忙,这是我入手这份工作以来干的觉得最繁忙的时候。忙的时候自然顾不了别的事了,所以我暂时把苏枕之带给我的困扰忘到了脑后一上午。

体会工作不好做,工资不好赚的生活。

我们这些小虾小米在埋头苦干,宁总则召集主管在二楼开了一上午的会议。关翰青也在会议上厮杀,所以我们销售部一上午尽管忙得焦头烂额,却没有一个人主持大局,显得又忙又乱。

关键时候还得艾咪咪出来吼两句,把场子罩住。

在这样热火朝天的氛围里,我几乎快要把什么都忘了。

艾咪咪问我中午留不留下,关经理可能快散会了。方便第一时间传达会议精神,今天的盒饭订的都是大饭量。

我毫不犹豫地点了头:"当然在,我也留下来。"

怎么能在大家都繁忙的时候掉队,太可耻了!

但我手机响了,看着号码我几乎想把牙根咬断,可是软绵绵没力气咬,只好接起。

苏枕之在那头问:"下班了没有,我去接你。"

我道:"……我们要加班。"

"中午也加班?"苏枕之的声音沉缓下来,"我之前发了几条信息,怎么都不回?"

我的信息一直都是振动蜂鸣,我忙得头都晕了,哪还知道信息。但他的声音再次把我昨晚还没散去的心悸勾起来了,那么轻易,好像我刚才的忙碌都徒劳了。

我叹道:"实在太忙了,没注意到。"

苏枕之低沉的笑音传出,说实话笑得我一颤一颤的。他说:"再忙总要吃饭吧,我接你出来,和我吃个饭,然后我再送你回去,这总行?"

不行……我心里咬着牙就想说,最后绕到嘴边的还是:"我们集体叫了盒饭,中午工作很多,没什么时间离开。"

苏枕之悠然道:"哦?就么忙?"

莫名的,他这种拖长的腔调让我心里一紧,我有点囧了,这段时间我也算摸清了,这人是属于表面好说话,指不定什么时候就爆发的典型。

这种小事上,我,我还是不要逆着他了。好女不吃眼前亏。

我刚要说点什么,委婉地表示,要出去时间不长也可以接受。

苏枕之就又接着道:"别吃盒饭了,盒饭不干净,我买东西带给你吃。"

咦咦,突然这么通情达理,这么气量宽宏,果然和以前不一样啊?我都惊怔住了,耳根渐渐红起来,都不好意思说拒绝了。

然后他说:"那,你等着我?到门口我打你电话。"

我小声说:"好。"

好不容易电话挂了,我长舒口气。艾咪咪一旁不耐烦地说:"和谁打电话呢那么磨叽,盒饭你要什么口味,老张开始打电话预定了。"

踌躇半天,我只好特窘地道:"盒饭别订我的了。"

第二十二章
大智若愚

艾咪咪扭头看我，莫名其妙道："又怎么了你？中午要出去？"

我摇头："不，不出去，刚才有人说要送吃的给我。"

艾咪咪顿了顿："可以啊，挺幸福的你。"

听说我不吃东西，艾咪咪立刻朝门外的另一个人打了个招呼，让等候多时的老张去给大家伙儿订餐。

我是没心情了，剩下时间就忐忑地坐在那儿等苏枕之。

诶，真是，太不习惯了。

艾咪咪再次回到办公室，狐疑地伸头盯我："你跟望夫石似的，到底还吃不吃东西啊？"

我这才注意到玻璃门外已经有人捧着盒饭大嚼特嚼，而我眼睛直勾勾好似在盯着人家看。

我火速站起身，把手中文件递到了艾咪咪的手里，说道："这里所有我都整理好了，咪咪姐，我出去一趟。"

跟有感应似的，到了门口我的手机就响了，我低头慢慢地走到大门外，苏枕之宝蓝色的车辆缓缓驶进眼帘，映入眼里好似姗姗来迟的影像。

那一瞬间我有种感觉，觉得我真像个望夫石似的。

这比喻即使心里想也实在太囧，我暗自吸了几口气。

苏枕之摇下车窗，俊颜微露，眉头有些微皱："你就在这等我的？"

我张口，有点小声道："我也，刚到。"

车门在我脸前滑开,苏枕之提了个袋子下来,我注意到他手上戴的戒指后,虽然只是戴在中指上,但我的视线仍像是被灼了一下,烫得赶紧转开。

苏枕之抓过我的手,把还有些温热的塑料袋交到我手里:"我给你买了比萨。"

他手上的戒指咯了一下我,我的心一紧:"谢谢师……兄。"

苏枕之低沉开口:"只有这个?"

我心跳渐快地抬起头看他,瞄到他嘴角那一抹的笑,腾地一下,脸上要冒烟了。

苏枕之抬起我另一只没抓袋子的手,我心里发虚,保安大叔保安大叔快闭眼吧,不要看。

他的手掌心温度温然,在我手背用唇轻碰了一下,我的天,惊得我方便袋子都差点扔地上了。

我怔愣地看着他,他却抬手掩住唇边一抹浅笑,说道:"还不进去,比萨趁热吃……刚才不是说忙得很?"

我被他说得就要无地自容,拎着比萨僵硬地转过身,朝公司大门里走去。

第二十二章
大智若愚

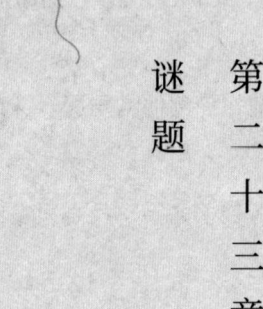

第二十三章
谜题

我为苏公子的事儿头疼不已。我发现一个很严峻的问题，我比以前更不知道以什么态度面对苏枕之，好像都来得太突然了，我一直没能得到机会调整好面对他时的状态。

现在赶鸭子上架，才发现各种艰巨。

我觉得我和他的相处模式和以前没太大变化，在我心里是如此。但区别是他偶尔开始做些挺麻人的事儿。

我真的不喜欢吃比萨，真的。

唯一一次和宁优优吃就落下了不好的印象，但也可能是第一次印象太差了，这次吃苏枕之买的，竟然觉得还不错。

我迫切希望被无视，可是咪咪姐永远发挥人道主义精神，及时出现了。

艾咪咪亲昵地按着我肩膀："看你眉头那川字，遇到难解的谜题了？"

可不正是谜题么？再找不到比这更谜的题了！

我发现艾咪咪偶尔讲出的话也很精辟，过了会儿，看我迟疑地点头之后，她又说了句："其实，有个真理。你要是遇到

第二十三章
谜题

不懂的事情的时候,就去看看书。"

说罢,她拍拍我的肩,把吃完的饭盒扔进垃圾桶,扭身继续工作去了。

我仍自惊讶,我到从没想到,去看看书?这种事也能……谈恋爱的书?

我的心情在忐忑和犹疑中摇摆,刚好一个同事拿着报纸走过来,跟后面的姑娘说:"现在什么书没有,连教人抓痒的书都有。你不会P图买本书回来看就是了。"

后面那实习姑娘点头状。

好吧,这是美工部新招人的插曲。

没想到我的事儿没有露馅儿,倒是宁优优自己那边,先爆出了让我下巴掉一地的大新闻。

我就发现最近宁大丫头变化不小,安静淑女了不少,真就从一个刁蛮的大小姐变成了宁大丫头。

一切源于她无意中说了一句话。周末她盯了一下午电脑之后,伸了个懒腰,说道:"唉,许久不谈恋爱,都忘记怎么谈了。"

言语慵懒似猫,把我整个惊着了,我顿时放弃了我手头抵死缠绵的公司企划案,一个箭步冲到了她身后。

这几日渐渐地我就对恋爱这个名词特别的敏感,宁优优突然说她恋爱了,这是多么震撼的事。

我盯着她的电脑,里面页面刚关,我看不出什么所以然。只得狐疑着看她,用眼神逼她招:"你刚刚说什么?"

我耳朵没出毛病吧。

宁优优竟然用一种类似嗔怪的眼神看了看我,把我雷得差点就地晕倒。她说:"你干吗呢,突然跑我后面,要吓死人啊。"

我才吓死了,瞧瞧她说话这柔柔的腔调、话中责怪我的内容,本来放到以前就是惊雷闪电,现在陡然变得细雨绵绵。

我冷了,彻底寒冷了。我指着她:"你,你,不会吧,什么时候开始的?!"

宁优优还翻眼,拖着声音故作矜持,特娇嗔地说:"什么开始,都不懂你什么意思。"

我搬过她肩膀,不会真是最近电脑上多了中毒了,身体软绵绵得任我动弹。我盯着她:"女王御姐在哪里?"

宁优优终于没好气地甩开我,"少来编排我,就允许你桃花朵朵开,不允许别人拥抱春天?"

我外焦里嫩,弱弱问她:"你的春天,几时来的?"

宁优优重新把目光投向电脑,慢慢道:"没有多久。"

说我凹凸也好,不关心优优大小姐也好,总之这段时间我除了发现她爱上了宅家里以外,啥蛛丝马迹也没发觉。更没看出她有异样和什么不妥的地方。

我忽然有些福至心灵的感觉,抱着一丝希望问道:"是谁,江子渊?"

我知道的纯良男人中,和宁优优走得近的只有这位了。

可是还是不出所料地被优优大小姐瞪了一眼,道:"我发

第二十三章
谜题

现你怎么总是喜欢提他,难道你对他有了感觉?师兄可比他好多了。"

我:"……"

果然是恋爱了,说出的话都是直指这种敏感点。她不提师兄还好,一提出来我不知道怎么接了。苏枕之的名字像个魔咒。

我马上回过头寻思,这姑娘别是网恋吧,看她抱着电脑亲密爱人似的,难道真这么不靠谱沾上了这种虚拟的事?那可要坏事的。

我立刻抓住她肩膀:"优优,你不是来真的吧?"

宁优优目光闪过几缕微光,片刻才道:"觉得他有趣而已。"

"他"都出来了!我觉得大小姐此刻的状况比较危险,还是那种她犹自不知情的危险。看她竭力保持平静的样子,我更觉得事情的严重性要高得多。

我语重心长,决定先循循善诱她把话说出来。恋爱中的女人都是藏不住话的,任谁都一样,会有种倾诉的欲望。被我套了几句后,优优大小姐终于不再掩饰,开始竹筒倒豆子都交代了。

从她的话中,我终于知道此君名叫明月公子。

听听,明月公子啊,我听到耳朵里,产生的第一反应就是愣了。这得有多文艺多小言,光从字眼里都透出浓浓的娘气啊。明、月、公、子,每一个字都婉约得渗出水来。

宁优优不满意:"你那什么表情?这不该是你最喜欢的种类吗?追求意境。"

是，我是喜欢追求意境。但那都是多久以前的事了？意境不能当饭，填不饱肚子，整日架在那怀才不遇，感叹风月，就是让曾经的我差点没露宿街头。

所以我一直觉得整这套的都是闲人。

但很显然宁优优不这么认为，在我表示了一定疑惑之后，她说："明月公子不一样，他有钱。"

有钱……两个字把我打败了，是啊有钱，有钱的闲人是不一样的，同样都是闲，穷人叫自找，富人叫情调。

可是，就算这位明月公子有情调，也有钞票，可优优大小姐难道没见过？宁优优不是没见过世面的姑娘，她也是总裁千金一枚，简单的有钞票的人，她身边就要多少有多少。

一切迹象都表明这位明月公子不如那般简单。

宁优优给我透的底是，明月公子是网络那端神秘逍遥的人，其人可能还在大洋彼岸，遥远的西方，有着超于常人的婉约和才华，谈吐有度，并且雍容温柔。

她用了这么多个形容词，我只总结出来四个字词语，明月公子在她心目中的地位，超凡脱俗。

宁优优拒绝给我看他们 MSN 上的聊天记录，却忍不住向我透露聊天的细节。我可以理解为她是欲求不满，既想保持两人之间所谓的秘密，又想要跟我分享心里的乐滋滋那种感觉。

我很想打击她，直白地说这不靠谱。本来网络上的东西就不能尽信，我更没想到宁优优也会如此沉迷这种事。

因为她说看过明月公子的照片，当我委婉地表示想看明月公子照片时，她却犹豫了。

最后还扭捏地说一句：泄露人家信息不好。

一个认识了几星期的男人，盖过我跟她几年的友情？！我不能相信这是优优大小姐做出来的事儿，可她确实做了，我想掀桌子。

余下时间我很明显地表达了我的不满，但优优大小姐不知是故意无视还是什么，特别不好意思地跟我道了歉，然后又干自己的事情去了。

我提醒自己，恋爱中的女人总是会性格一百八十度大转弯，宁优优也不例外，免得我自己郁闷得受不了。

我越郁闷，对这个横空出现的明月公子就越好奇，我在宁优优用电脑的时候故意几次从后面路过，看见的只言片语中，觉得此人极为酸腐。

一次我居然还看见他发来的一句诗，叫什么身无彩凤双飞翼，心有灵犀一点通。

宁优优嘴咧开，脸都不自主红了。

不知他们之前聊了什么话题，反正光看这句诗，我心里只想骂娘，这种酸诗哦，我最不喜欢看见男人用它了，男人用它和女人聊天，就一个字，假。

宁优优还回头冲我笑："怎么样？"

有意秀给我看也不用这样吧？我很想蹭她："优优大小姐

火眼金睛,你看什么就是什么。"

宁优优看我一眼,嘴角带笑片刻道:"明月人很好的,你别误会。"

我一扭头走了。她没救了。

我也很有倾诉欲望,我也很想找个人倒倒垃圾,但我翻遍手机,发现宁优优不正常之后,我居然只有一个人可找,苏枕之。

我又囧了。

这个,他要还是我师兄多好……

可是,谁说他不是我师兄呢,至少现在他还是。但他又要我记得我们的关系,想着想着我脸也红了,我们现在的关系,是男女朋友么……

我讨厌男朋友这个称谓,我抱着枕头,下巴靠在上面,郁闷了。

我觉得男朋友是最不靠谱,最不负责,也最不牢靠的一种关系。

男朋友,听着好像近了很多,可是我更喜欢他是我师兄的时候,那种感觉。至少……至少,让我感觉特别安全。

宁优优的事让我更抵触,看这世上屡创新高的分手率,什么情侣,夫妻档,说散就散,所有人际关系中,这种男女关系最伤人,动辄就是变陌路。

我脑子乱乱地想着其他事,手机却在无意识中拨通了号码,等我发现,想挂断的时候都来不及了。

第二十三章
谜题

苏枕之接起了电话:"沐白?"

现在是下午,苏枕之的声音有着淡淡的疲懒。

据我判断,他应该在睡觉中。我抓心挠肝地后悔着,怎么会拨通了他的电话。

等了片刻,苏枕之声音又带了点困惑,从那头传来:"沐白,是你吗?"

我咧开嘴,干巴巴道:"是我。"

苏枕之舒缓笑了一下,开口:"嗯?怎么了?"

我都不知道我怎么了,估计脑子不好使了吧……怔怔听着电话里他带着慵懒的话音,我发现,我真的没有立场去说宁优优。

有一种感觉或许真的像蜜糖,许多事,并不是你预先知道,就能够避免的。看到他,你照样想靠过去,怪不得,都说感情是盲目不讲理的。

意识到,其实我的处境并不比宁优优好多少,甚至,我可能比她陷得还深。

我的声音低下来:"对不起,吵到你睡觉了。"

苏枕之快速接道:"不,没有,我已经起来了。"

他又笑,嗓音低沉,像风拂过,"这是那天开始,你打来的第一通电话,很好,我很高兴。"

我条件反射想问他那天是哪天,还好话到嘴边,咽下去了。我耳根升温。

他的呼吸听筒里感觉格外清晰,我心怦怦跳,我一边竭力使自己淡定一点，不要这么容易感情外泄。

"又不说话了？"苏枕之低笑一声，"不会吧，跟我这么没话说？晚上有空吗，你拒绝我两顿饭了。"

吃饭这个事儿，两个人面对面，能省则省了。我还没做好心理准备。

我一手握着电话，另一手在枕头上画圈，我刚说了一个字："有……"

宁优优打开门，一下朝我扑过来："阿白！马上陪我去商场买衣服！"

我："……"我只好把嘴边的话又咽下去。

捂着听筒，我问道："你这时候买什么衣服？"

宁优优抱住我手臂道："总之急用，你陪我去！"

急用……

瞥见外间闪着光的电脑，我大概能猜到，可是现实不容我多想，我把手机捧起来："师兄。"

苏枕之沉默了一下："你们要去多久？"

我看看墙上的挂钟，心里计算着优优大小姐以往的逛街频率，只好气馁道："师兄，我们还是……改天吧。"

我可不想晚上接近十点钟再跟苏枕之去哪里来场晚宴，那太囧了。

宁优优在旁边不停眨眼，摇我胳膊。这姑娘，第一次这么不解风情。

第二十三章
谜题

苏枕之淡淡问:"你们去哪里逛?"

我迟疑了下:"应该是,中心商厦吧?"

宁优优平时只在那逛,别的地方很少去。

苏枕之低声道:"我知道了,现在周末人多,你路上小心。"

我"嗯"了声,万分无奈地收线了。

宁优优大大拥抱了我一下,露齿笑道:"等下,我去拿包,我们马上出门。"

我惆怅地看着手机,可难受了。

到了中心商厦的门口,望着那一排排壮观的停着的跑车,我赫然看见苏枕之站在车旁,冲着我笑了笑。

我傻了。

苏枕之马上朝我走过来,眸内藏笑:"沐白,等你有一会儿了。"

速度快得我都没空去想他是不是有预谋的,怎么就等我有会儿了?

宁优优抬眸看了看苏枕之,这次,她总算没有再继续不解风情,识趣道:"沐白,要不我去里面先逛逛,你和师兄聊聊。"

苏枕之冲她一笑:"谢谢。"

宁优优还真就先进去了。我眼睁睁地看着,敢情我做好事陪人来逛街,到末了还被落下,逛到门口就临时换了伴儿,不带这样的吧?

苏枕之却扯了我的臂弯,"进去吧。"

我满脑子犯晕地被他拉去，踉跄中抬眼道："师兄……你怎么来了？"

他看向我，我有种不好的预感。

苏枕之眸光略动，嘴角露出深笑，他说："想，见你了。"

虽然中间多了一个字，但我心里还是怦怦跳了两下，都有点不敢看他。

可是反驳也晚了，苏枕之把我带进去，我再半调子地要出来，更显然欲盖弥彰。

想不到进去后，苏枕之让我挎着他，就是把我的手伸在他胳膊弯里，挽着他，他也挽着我。这实在是，我想拒绝的，可是偏偏周围走过来几对男女，个个勾肩搭背得甚是不像样子，旁边苏枕之目光深深。

我是来陪宁优优买衣服的，她都撇下我走了，我还进门干啥呢？心里这么想，可我头一低，就把手伸过去了，轻轻放在他的手臂上。

真暖和。

苏枕之浅浅微笑，很绅士地弯着胳膊带着我，慢慢地向前行。

我不太习惯他走在我身边的感觉，那么近，还是带着温度的。那种感觉好像就是和周围其他情侣一样，可我的心里却不见得有其他情侣那么坦荡。

我和我现任男友兼师兄的苏大美人逛商厦，这种头衔怎么听怎么奇怪。

第二十三章
谜题

这种地方都是高级货，我以前都是陪宁优优来的，光看不买，非常尽职的看客一族，除了那次的镯子，后来宁优优还把钱还给我了。

我也了解我的消费水平，用一句非常古老的话，就是我工作一年才能买得起这里的一件衣服。还是属于便宜的那种衣服，顶贵的一件我粗略算了一下，大概要工作十年才能买起。

所以我以前陪宁优优来的时候压根看都不看，绝不让自己遭罪。

可是苏枕之一抬腿，那气质感觉就不一样了。用句话讲，叫融入，很轻易就能融入这种繁花似锦中。以前总感觉苏枕之的气质是文人，却原来，只是我肤浅的看法。

其实他更像是俯瞰繁花的贵公子，拈花拂柳，甚至比任何人都多了一层清贵。

我从没觉得在谁身边会配不上过，即使和宁优优出来，我顶多心里清楚我和她的财富上的差距，而和苏枕之一起，我是从整个身心觉得比不上他。

苏枕之转头看我笑："这种方式也不错。"

我看他一眼，嗫嚅道："哪里不错了。"在人声嘈杂的商场里走路，不仅腿酸还耳累。

苏枕之紧了紧他胳膊，把我往旁边一家店里带："进来看看衣服。"

我很不情愿地跟进去。大概苏枕之身上的贵气实在太明显，所以店员甚至忽略了我，热情地朝着苏枕之迎上去。

"先生，小姐，欢迎光临！"

一口标准的甜音就上来了，苏枕之带着我从几排衣架子中间走过，偏头问我："有没有想试穿的？"

我看了一圈或高雅或贵气的秋冬季衣服，摇头。进了这店才感受到，女人真是没白做啊……虽然我穿不起，但总有那么些女人能穿得起。

苏枕之低低道："不满意？"

也不知店员怎么耳尖如此，迅速跟进道："不知小姐喜欢什么款式，我们店可以量身定做。"

我扫她一眼，也不知这些商家怎么见人就习惯性推销。瞧我这一身平民行头，像是能买得起这些衣服的人吗？

苏枕之轻问："那你喜欢什么，我陪你去看？"

喜欢什么……我突然想到某电视剧台词，女主角拎着LV香奈儿，踩着细高跟，说了句：我都喜欢，整家店都包了吧！我心里泪流成河，价格摆在这，一分价一分货，能不喜欢么，光是标价牌，我都不能不喜欢啊。

苏枕之盯着角落里一个架子，忽然淡淡道："我看那件不错。"

我往角落里看了一眼，那里只摆了一个架子，最醒目的地方应该是所谓的镇店之宝。顿时明了这世上为什么还有所谓的羡慕嫉妒恨。并不是女人嫉妒心强，实在是差距啊。

我拉住他的手："我们还是走吧。"

第二十三章
谜题

苏枕之眸光轻缓地凝住了我，似水流轻荡："你不喜欢？还是试试吧。"

试什么啊，我自己又买不起，难不成还真让苏枕之付账？试问这种事目前我尚且还没那道行。让我狠着心去掏苏枕之腰包，实在办不到。

我又拉了拉他胳膊："我饿了。"

苏枕之果然又笑了："对了，你想吃什么，我们现在可有大把时间享用晚餐。"

我眼睛瞥见旁边一家拉面店，拉着苏枕之道："就这家吧。"

这家属于综合性商厦，不但各种店面齐全，连休闲娱乐都有。所以是有钱人爱来的地方。

就算是拉面店，这店也和其余地方是不一样的。

苏枕之道："我觉得刚才的衣服挺好的。"

我用刀子叉了一块附赠的羊排："衣服就是保暖，够穿就行了。"

苏枕之露出笑："沐白，你这是几十年代的思想？"

手中没钱，几十年代都一样。我埋头吃拉面。

苏枕之暂时也没说话，慢慢把整块羊排都推给我，然后他叫来侍者倒了杯水。

但是很快我就发现了一个悲剧，吃面这个选择实在是有点错误的。吃面条时那种吸的声音，委实有点不太适合出现在两个人之间。

不管我怎么小心,总有轻微的吸食声。有点难为情。怪不得电视上那些漂亮姑娘们,约会的时候总喜欢选西餐,刀叉放进嘴里,格外优雅。

赚了面子又填了肚子,我下次应该效仿。

我吃了一半抬起头来,才发现苏枕之正在挺认真地盯着我看。

我顿时吞咽得有些困难:"怎么了?"

苏枕之目光微敛,忽然淡淡一笑道:"沐白,你还想不想补课了?"

我好不容易把面条加羊排都吞下去,不会吧,又来?补课什么的,在我心里还尚存阴影,怎么苏枕之就念念不忘?

我冲口道:"你还想给我补课?"

大概我的"还"说得太直白,苏枕之低下了头,嘴角还留着笑:"我只是觉得……我们现在见面的时间,还比不上从前。"

我:"……"

我赶忙低头装听不见,脸却有点烧。所谓假公济私,是不能这么干的。

苏枕之咳了一声:"吃饭吧。"

我都快吃完了都,是某人面前的面还没怎么动吧。苏枕之低头吃面,这人果然受过训练,一点声音都没发出,还吃得很有姿态。

我郁闷地盯着筷子,垂头用刀子去叉羊排。

第二十三章
谜题

不知何时苏枕之伸过了手来,递着一张餐巾纸,我还没伸手去接,他已经主动给我擦拭嘴角。

我于是呆住没动。

擦得有点久,目光交碰间,不期然就觉得暧昧了。

好像薄薄的餐巾纸后面,他的手指停留在我唇上,时间有点长。

这可是大庭广众之下啊……

我还没来得及进一步感受,苏枕之低笑着收回了餐巾纸,道:"我去结账,你稍等我一下。"

他起身离座的当儿,我不由用手摸了摸唇角,感觉久久不去。

这破地方就是黑,两碗面条就吃了一百六十块大洋,果然都是消费情调的地方。

回来的时候苏枕之揽了我的腰,那一刻酥麻酥麻的感觉传了全身,我转头想去看他,却只碰到了他的脖颈,好像把脸主动送进了他颈窝一样。

虽然只有一瞬,我还是吓得不敢抬头了。边上都是人,我怎么能做事儿这么鲁莽。

苏枕之搂着我出了店门,他靠着我耳边讲话:"你觉得我身上的衣服怎么样,要不要再买一套?"

我努力仰起头去看他,他看着我微笑,我歪着头想了想,说道:"一般只要不是乞丐服,你穿着都好看。"

他陡然又笑开,如湖水起波折,他更低声,几乎贴着我耳朵里:"我可不可以理解为……眼里出西施?"

那两个字他说得很模糊,但模糊不代表没讲,我只好闷着头,一径朝前走。

苏枕之在我耳边说:"沐白……我不介意等你慢慢接受,但你,别让我等太久。"

我一下子泄了气,看他目光更柔和地盯着我的脸时,我真有种不知所措的感觉。

一直到了下午六点多钟,三个多小时的时间,不知道宁优优是怎么磨的,终于拎着大包小包出现在了商厦门口。此时天色已黑,到底已经不是夏天,太阳落山得早了许多。

苏枕之想送我们,可是宁优优也是开车来的。只能兵分两路,我跟宁优优回去睡大觉。

坐在沙发座位上,我的手也伸出来握住胸口戒指。还想着苏枕之的手,停留在那里的感觉。

其实今天也不是没有收获的,至少,我再也不会认为他是正人君子了。

我脸红地想。

宁优优大小姐这回终于没再装聋作哑,回来的路上她开始半疑惑地问我:"你跟师兄……没什么吧?"

我咬着下唇,隐藏着烧起来的耳根,回她一句:"关你什么事?"

宁优优翻了翻白眼:"谁想管你的事,我只是觉得你俩不

第二十三章
谜题

正常。"

我色厉内荏地瞪她说道:"在你眼里,谁都不正常。"

宁优优的好奇心毕竟有限,她的心思还是钻在她新买的衣服上面,被我一堵后,就不再说了。

回到家中,宁优优把她衣服翻出来,每件都非常靓丽。她在卫生间门口搂住我的脖子,贴着我耳朵小声说:"小白,今晚让你见明月公子。"

我就猜到她大张旗鼓不会为了别的,不过我还是有了些意外惊喜,我倒想见见是何等样的美男子,难得优优大小姐松口,看来今晚的机会可以好好利用。

宁优优说出了他们的计划:"小白,今晚我会跟公子视频通话,你记得躲在一扇门后,小心点看着视频里面的他。"

视频通话?我感到十分意外,这明月公子倒是不怕见光死,也一点不怕别人直接的鉴定,这么爽快地就肯露脸了。

我再次将危机指数增加,如果他不是真有两把刷子,敢这么玩吗?

前面听宁优优说,他发过照片,这样看来,他发的照片并不是从网上胡乱找的,也是真的了?

难怪宁优优也肯,面对一个这么高段的对手,宁优优就算想疑心,也不容易找到裂缝啊。

宁优优的相貌本来就不错,她也没过多修饰,换了套新衣服之后,就坐到了电脑前,一如既往开始和明月公子的对话。

开视频也要铺垫，我安心地半躺在床上看杂志，等宁优优的信号。

半天，我听宁优优突然开始说话了，噼啪的键盘声显而易见地消失，她先是低低地咳嗽了两声，很像俗称的润嗓子，然后我听见她，喊了声：明月。

我马上从床上坐起身，竖着耳朵，又听了几句，确定她在和人通话后，我丢掉书，蹑手蹑脚地靠近门边。

抬手把电灯关了，缓缓地将门打开一条缝。

由于事先打过招呼，宁优优坐在电脑正前面，很有技巧地挡住了我的门，我就从缝隙里把眼睛伸过去，盯准了电脑屏幕。

多亏了宁优优的电脑是高清液晶显示，尺寸甚大，我即便相隔有一定距离，还是能看清楚电脑上显示的人。

当然，这也要归功于我1.5的不近视的好眼力。

我的房间是黑的，所以明月公子也看不到我，这就是所谓的我暗敌明，特别好观察。

所以我终于得以见到了传说中的明月公子，在宁优优的放大屏幕上，那清影甚是耀眼。

他们是视频通话，宁优优戴着耳机，其间，她故意地把耳机拿下来了几秒钟。

我于是听到了明月公子华丽丽的嗓子。

确实是华丽丽，对得起他明月公子的雅名，那一把嗓子真是不错。

第二十三章
谜题

宁优优很快把耳机插上了,我盯了一会儿,重新回到房间,把房门关上了。然后,叹了深深的一口气。

我在门边站了会儿,宁优优可能也觉得,和明月公子这样聊天不太自在,我听她话语都比以往拘束了不少。所以过了最多十几分钟,声音和视频再次消失了,我偷看了一眼,他们又恢复了网页对话。

我也舒口气,正大光明地走出去,来到宁优优身边。

宁优优看见我,立刻把刚才的视频抓图放给我看,生怕我刚才没看清。

我这下是彻彻底底看清了,确定了,我刚才真的不是眼花。

这明月公子,完全有着不逊于苏枕之的美貌,再加上刚才那把很加分的嗓音,配合宁优优的描述,还真就是个打着灯笼难找的人。

我不能置信,说实在的,我原本真是抱着百分之九十九的想法,觉得宁优优八成是遇到了网络骗子、网络背后的蛤蟆王。

可我没料到,优优大小姐即使在网上交朋友,也交得如此生猛,这么的高水平。这明月公子无论从长相学识上,都堪称翘楚。

简而言之,起码我今晚看了之后,是没办法再指出毛病了。

我看得出宁优优有点得意,我也没办法了,我的醍醐灌顶已经起不了作用了。

优优大小姐见多识广,不是普通男人能降服的,可是这个明月公子也有点太不寻常了。

　　我再想问宁优优多了解一点信息,她再也不吝啬地一一摆出来了,有种小孩想炫宝贝的意思,大概跟明月公子的见面也让她心里的桎梏解了,顿时轻松不少,笑得要多灿烂就有多灿烂。

　　我扶着额头,最后还是放弃似的提醒她一句:"你没把自己的情况都抖给他吧?"

　　不管怎么样,明月公子其人如何,只要宁优优没把自己卖了就好说。

　　宁优优犹豫了下,道:"我没怎么说我的情况,我就说我在A大上大学,他也没多问什么。"

　　我略略松口气。

　　宁优优继续道:"可是,我觉得……他总是在说自己,我一点不透露好像显得不真诚。"

　　我再次无语,心里有种憋着想说又不知怎么劝是好的感受。

　　还是那句话,要是我没见过明月公子还好,如今见过了,叫我拿什么说辞说服宁优优?

　　她还征询起我的意见来了:"沐白,你也见过他了,你觉得怎么样?"

　　我只好面无表情,尽最后的义务道:"毕竟不了解他,总之,你还是慎重点好。"

　　宁优优算是答应了,只说有分寸。至于她的分寸是什么,我就再也无力干涉了。

第二十三章
谜题

我还是狐疑，我想我应该不是眼瞎了，这世上的精英应该还是比较少的。所以我过去二十年都没遇见，所谓别人眼中看着光鲜的精英，其实也总有缺点。

　　我觉得苏枕之就目前而言，是世所难见的好男儿了，能像他这样的应该属凤毛麟角。可是我又结结实实见到了明月公子。

　　难免感觉太不真实了。

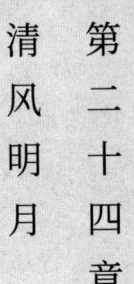

第二十四章

清风明月

苏枕之的课我还是照样上，不过当我坐在底下他却时不时别有深意地看向我时，我就低下头，不好意思了。

下了课，他还偏偏问我听懂了没，有没有没记住的地方，他会再给我说一遍。我的老天，明明他自己让我无法在课上专心，他还跑来这儿装好人。

我堵着气要气死了。

再这样下去我绝对要考虑选不选修他的课！

晚饭时分，宁优优照旧赖在电脑上。我担心她也没有用，只好独自埋头吃泡饭。

宁优优还跟我讨论，说："像苏师兄那样的，就叫闷骚型，别看平时不动作，动起来压根叫你招架不住。"

我承认是招架不住，光招架了这么几下我就快要精疲力竭了。

宁优优眼眸一眯，我就知道她又有话说，后面跟着的才是重点的。她道："你看像明月公子这样的，就不闷骚，可明显了。"

左一个明月又一个明月,她完全沉溺其间了。我看着她,优优大小姐一向游刃于笑丛间,从容不迫,我还没见过她这般的容光焕发。越是美好的东西,罩上了一层玻璃罩,就会更吸引人的眼球,因为距离,因为朦胧,全然能勾起人的渴望。

　　本来只要宁优优开心就好,想明白这个,我也不再去过多关注她与明月公子的事。

　　不过优优大小姐最近也太沉迷了,她自己也有极重要的考试在即,吃饭的时候都跟我说过要加紧复习,戒网戒网,可是一转眼,我上过班回来,发现她居然又趴在电脑前了,还聊得不亦乐乎。

　　我从没见过宁优优这样,她固执起来,我几次提醒无效。少女心事能让人变化那么大,整个人都不像她了。

　　大晚上的,我睡完觉都看见客厅的灯亮着,以前嫌闷没关门,现在被搅和的,我也只好关紧了门睡觉。好心好意提醒几次都被无视后,我也就没那个闲心管了。时好时坏,结果怎样,都你自己承担算了。

　　别人的情感喜好,本就是别人的,何况还是属于别人的风花雪月。

　　也许我在宁优优心里也就那么点分量,不值一提,让她可以左一次又一次拿我的话当耳旁风。

　　宁优优可能反而觉得对不住我了,和我说话都没了以前的强势,在别的事情上,特别温柔地谦让。这种感觉,反而让我

第二十四章
清风明月

觉得特陌生。

这还是我认识的宁优优吗?

在家待着没了以前的乐趣,少了个姐妹陪你叽咕,就是倍加无聊。余下时间,也只好赴苏枕之的约会了。

在接连几次去见苏枕之的路上,我终于不免产生了一些感想,难怪现在会有些流行的话说,为了寂寞而恋爱。寂寞,真的能催动人去寻找别的乐趣啊。

虽说我跟苏美人这个,不是因为寂寞而那啥啥,但毕竟,我的确因为内心的失落感,想得到他安慰安慰。

安慰人,苏枕之绝对是强项,个中行家里手。

坐在苏枕之对面,我低着头喝果汁,听见他说:"学了这么长时间,还是没见你学会控制,什么情绪都露在脸上。"

我看着他,很时髦地叹了口气。

事情已经发展到不可控制了,自从我上周知道,宁优优请了半个月的假期,然后毫无理由消失,我打电话问情况的时候,她说:明月公子回国,她坐飞机去另一个遥远的城市和他见面。

我彻底蒙了。

我想说话,又怕苏枕之误会,犹犹豫豫看他一眼,还是开口憋出了一句:"感情,真就那么让人无法控制吗?"

苏枕之用刀叉切着烤牛排,闻言笑了,他无比优美地朝我笑了一下,说道:"人有时候一时冲动,都是感情使然,要是当时都能冷静地克制住,那也不存在这么多后悔事了。"

我脑袋一浑,就问了个蠢问题:"你也是?"

苏枕之放下了刀叉,专心地看着我,目光微闪:"我真难过,我亲爱的沐白,难道你现在还没有体会到那种不能控制的感觉吗?"

我被他眼里的光看到低头,闹了个大红脸。不是因为他说亲爱的,而是我体会过,体会过的后果就是让我今生再也不想体会了。那样好像失去自我的感受,只有在事后,才会发觉以及后怕。

怕上次商场的事再次发生,我红着脸低头吃东西。对面苏枕之低低道:"你工作怎么样?"

这次他换了个安全性的话题,我咬着碗里的米粒,道:"一般吧……"

苏枕之道:"上次毁约的事情?……解决得怎样?"

我看了看他:"约已经毁了,还能怎么解决?"

后面我没再说更多,看得出他关心这个话题,想更深入地引导,但是我并不太想接着说。他好像是关心寰宇的事情,潜意识里,我还是不想挖出来他和寰宇的关系。

我知道苏枕之是何等聪明的男子,他就算不全懂,也懂大半了。他把切好的牛排端到我面前,又加了只蛋给我。

"牛排配鸡蛋,很营养的。沐白,你太瘦了。"他说这话声音里带着感情,看着我的时候眸光总是很深。

我不客气,抬起叉子就吃。苏枕之的体贴不消多言,所有的温柔和其他必备不必备的要素，他都有了。他好像一直都在状态里，很自然地信手拈来。

好像，好像我老早就跟他在一起了，他对我做的事情一点都不生疏。

"我快过生日了。"冷不丁，他就说。

这句话的力量，比今日他对我说的所有话都要震撼。我连放进嘴里嚼了一半的美味的肉都瞬间忘了继续品味。

这话让我产生了三个感觉，第一，诧异。然后，心慌。最后感到，不知所措。

生日了，透露的信息太明显了，因为太明显，所以我看了他半天没吭声。看得出，苏枕之几次想开口，嘴巴都动了好几回，可是他硬生生忍下去了。

在大眼瞪小眼，创下纪录，他眼中的深意越来越绵长的时候，我终于悲催地抓住了重点，我愣愣地说："哦，想要什么礼物？"

苏枕之总算有了笑容，他道："虽然说的跟我想象的有差距……我还以为你会问，我的生日是什么时候？"

我灰溜溜摸了摸鼻子，颇觉尴尬万分地说："这不都一样嘛。"

他笑得很愉悦，说道："没关系，只要是你送的，我都喜欢。"

唉，我却在心中叹了口气。

揣着苏枕之的心事独自归家的感觉很不好，尤其是家里没人的时候。我一个人住这么大一栋别墅，听起来好像很不错，可惜，感受完全不是那么回事。

房子越大越遭殃，再这么住几天下去，我都怀疑我快心里有阴影了。

终于优优大小姐还算是个归家的孩子，晚上十点我都快睡了的时候，她的电话来了，报告消息，她要回来了！

我心里真是有种凄凉过后的复杂，她又让我去机场接她，我算过明天休假，就说："好。"

宁优优欢呼着挂了电话，从她的声音我就听出，这几天和明月公子不知相处得多欢快。

我去过机场，却没坐过飞机，都是为了接人。这就跟逛商场不买东西一般。我心里早失去了对此类事的感觉。

只是此时我没想到，明天那一次寻常的接机，竟然会接出那么多的是是非非来。

于是果断地去卫生间洗脸刷牙，进入卧室，我钻被窝想要睡觉。躺下的时候，隐约感觉手机震动了一下，我有当无从床头摸过来看了看，一条未读信息，打开是苏枕之。

这个时间点，苏枕之可能以为我睡了，以他的脾气打电话又怕吵醒也许睡了的我，才发了条短信息过来。

信息问我：早晨能一起吃早餐吗？

是想让我明天和他出去。我顿了顿，说是吃早饭，可要是和他走了，恐怕又是不知不觉要一整天。

我伸出手，按键盘给他回了一个：明天不行，我要去机场，接优优大小姐回来。

差不多只有一分钟，苏枕之发来：我明早接你去。

太殷勤了。我觉得苏枕之一定是最称职的男友，他的所作所为，完全不需要你先考虑。

我心里默默地起了发甜发酵的感觉，想了许久，慢慢道：别来了，宁优优可能还有别的活动，明天变化多，你去了，不方便。

发完我就盯着手机在等，苏枕之片刻回了一个：行，你早点睡。

我把手机塞到床头柜上，拉起被子，关灯转身睡了。

宁优优上午十点多才从那个城市飞，飞机是很快，二个小时足够到了。我于是也在快一点的时候，坐车抵达了机场，去等她。

机场当然是人山人海，我运气算好，好不容易挤到一个座位上。坐好后开始用目光，四面八方打量着优优大小姐的方向。

大小姐的倩影难寻，指不定就淹没在茫茫人海，虽然早说好了地方，但我没看到人的时候，还是不敢放十二分的心。

我就觉得我身边挤了特别多的人，宁优优居然穿了一身火红的大衣，亮得我几乎迅速就发现了她。

她就跟那明星归来似的，朝我拼命挥手。宁优优也快速朝我这里移动，大声喊："沐白……"

我松口大气地拎着包迎向她，走了两分钟，总是走到彼此面前。

宁优优大大拥抱了我,热情的劲头胜过以往:"沐白,我想死你了。"

我已经被挤得晕头转向,叹息道:"行了,别整那套,赶紧出去吧。"

这地方又吵又闹,实在不是个好地方。

宁优优大笑着拉着我胳膊,往前大步迈进。路上,一边跟我说着趣闻趣事。

我随着她走,万万想不到,却在接近机场出入口的时候,呼啦啦涌出来了一大片的记者,扛着摄像机,有的抓着相机,不容分说就开始拼命地闪拍。

场面一时震撼,我的大脑止不住有瞬间的空白。

只感觉到,宁优优抓着我的力气骤然大了起来,我倏地吸口气,反应过来,想要迈步的时候,一个不怕死的记者已经率先过来了。

记者举起她的大话筒就问:"宁小姐,有传闻说你最近与令尊不和,是不是真的?"

镁光灯狂闪,"听说是宁董事长干涉您的私生活,是想让您与某知名集团巨子联姻,促成宁氏的这次合作案,有没有这种事?"

蹦出来的都是一连串我很陌生的名词,宁优优有些无力招架。

第二十四章
清风明月

各种狂轰滥炸随即涌过来,那些捧摄像机的越来越过分,靠的也越来越近,"宁小姐,上次杂志周刊刊登了您和您男友的照片,是不是因为您男友身家太平凡,才会引起宁董事长的强烈反对?"

我拉着宁优优的手,用尽力气往出口处挤去。

旁边钻出来一个记者和他的话筒,出惊人之语:"听说您这次和令尊撕破脸,才特意跑到外地避风头,令尊因此而大发雷霆,连股东的会议也没有出席?"

"宁氏这次的股价动荡,是否就是令尊想用您与某集团联姻的起因?"

我也蒙了,眼前这种阵势根本超乎我想象,更震撼的是这些记者提出来的问题,什么宁优优和她父亲撕破脸?

宁优优的脸比我更白,那是她父亲,她的关心程度当然甚于任何人。

我惊魂不定地用眼扫了一圈,来的记者人数不多,阵仗其实……不大。

这个时候自乱阵脚是不能够的,我火速和宁优优冲锋陷阵,宁优优在这种惊讶之下更是闭紧了嘴巴。越靠近门口,拥堵得越厉害,机场安保人员已经走过来,他们不可能放任这群莫名其妙的记者堵住机场出口。

趁着安保人员上来拉扯记者的时刻,宁优优紧紧拽着我,从枪林弹雨中冲了出去。

天助我也，一辆等候在门口，着急揽生意的出租车刷的就开了过来。我跟宁优优一人打开一扇门，光速坐了进去。

司机先生没想到生意这么好赚，马不停蹄就开了起来。

记者被甩在了后面，宁优优拂了把额头，开始大口喘气。

我觉得今次的事情实在是太让人措手不及了，看宁优优还拎着一只大旅行包，明显是什么事都不知道。

我看她的脸色早就从刚才的欢笑变了样，眉头皱紧，我都不好意思此时开口打扰她。

她几乎上了车就立刻拿出了手机，给她爸爸宁先生拨了电话。

宁优优着急地问怎么回事，电话里，宁先生的声音听起来也挺气急败坏。

"一定都是那些记者胡扯！"良久，我听宁优优低低咒骂了一句。

然后，不知道宁先生在电话里说了些什么，逐渐有些安抚下宁优优焦躁的情绪。就连我这个外人，通过偶尔两次的接触，也觉得宁优优和她父亲的感情，是非常好的那种。

一般这种空穴来风的传闻，对感情好的双方都很伤害。

这种情绪持续到下车回家，看她几乎重重地把行李放在地上，懊恼得很。

我慢慢吞吞问："你父亲要拿你联姻的事情是怎么回事？"

宁优优脸色白了白，才抿嘴说道："老爷子之前……是跟我提起过这些。可是，可是我又不熟悉那个人，怎么可能嫁给他！"

我也沉默了，记者就是逮到风就成雨，除了大电视台的新闻记者，你还指望一些娱记能讲究多少事实吗？看来宁优优的反抗是真，但父女撕破脸什么的，就太假了点。

可是彼时，我还是低估这种伤害的重大。或者，都是因为公众人物，他们的言语举动，都会被以讹传讹出很多倍。

就好像我所不了解的商业生活中，那些商业巨子，专门刊登他们的娱乐刊物，就跟明星绯闻会影响事业一样，他们的私生活竟然也起着股市平稳波动的重要作用。

再过几天后，看一贯平稳的宁优优，也逐渐露出气急败坏的一面，我也能体会到她面临的压力了。

我才不信宁优优会轻易屈服她爸爸，何况现在还有个明月公子。

提到明月公子，宁优优这几天的情绪明显不好，耗在电脑上倒是时间很久。我在办公室啃面包的时候，关注了艾咪咪每月订阅的商业杂志，尽管我跟宁优优在机场极力回避，这些记者还是编出了许多的话。

最让人无奈的是，江子渊的照片再次登上了版面。在机场那些记者的话，虽然就让我联想到了江子渊，可真正看见他被搬出来和宁优优凑到一起，我硬生生就起了叹息的冲动。

我太了解女人心了，尤其宁优优对江子渊的无感，这次的报道，一定会让宁优优投鼠忌器，最后受到无妄之灾的恐怕是江子渊同学。

江同学明显不是这种习惯出名的人。

我猜得真是没错，宁优优这几日虽然没表现出她的愤怒，可我还是不放心，下班都是早早就回。中午回去的时候，我看见她正好接了个电话。

几句话过后，我看她神情冷淡，连续说了几句："你不用道歉，没事，我不要紧。"

虽然说着不要紧，可是看她的表情，哪个不知道她大小姐现在是很不高兴。

听了会儿，她又道："说了没事，你不用放心上。"

我小心地把手里的包放在沙发上，扭头看着她讲电话。然而约只有五分钟，她就把电话挂了。

我略带唏嘘问道："谁啊？"

宁优优把手机放下，片刻淡淡道："是江子渊，他打电话过来跟我说抱歉。"

我心里顿了一下，无论怎么样江子渊对宁优优都是很为她着想的，从我认识他的每次都是如此。我寻思着道："其实，这次的事江同学恐怕也很震惊。"

我还尽量用很淡定的语气评论着，可宁优优看了我一眼，道："震惊又如何，本来就没什么关系，那些媒体没事找事，我也懒得理。"

第二十四章
清风明月

我无法再评论了。

我觉得整件事情最无辜的就是江子渊,他才是被牵涉进来,默默无闻被这个媒体莫名地一夜报道。

也许先入为主,毕竟我跟江子渊还算现实中认识,名义上还是个校友。那个明月公子尽管光芒万丈,对我而言也只是个陌生人。

我倾向于江子渊的人品,他的那些羞涩和善良都是他身上真实的东西。

而这次,说不定还会有人说,他借着公众人物的宁优优上位。

其实平心而论,单从现实生活里的条件,江子渊无论学识还是才华,都配得上宁优优。但由于宁优优有个金光闪闪的背景,她的家庭让她看起来高不可攀。

而可怜的江子渊,只能沦为陪衬。

这就跟电影明星,和现实里的大美女的对比一样,尽管着相等的美貌,相等的才艺,因为有了万人的崇拜,地位就变得不一样了。

就事论事,这何尝不是一种不公。

我大概到了此时,才终于理解,在宁优优眼中,明月公子为何如此的不同,让她愿意刮目相看,就是因为明月公子的光芒,甚至影响到了她。

宁优优也是俗人,她喜欢的,偏偏也是那种万众瞩目的感觉。

而当她有机会去追求这种万众瞩目,其他人在她眼里,就不值一提了。

宁优优的爸爸来过一次,我把私人空间留给了他们父女,可是我也不能躲到外星球去,在房间里,我还是不可避免听到了只言片语。

似乎,宁优优家里,他爸爸的公司里,最近是在和什么大人物准备合作,要谈一项很重要的合约。但媒体不利的谣言传出,让宁氏公司的股票产生波动,并且波动越来越大,总之是很不妙。

宁优优情绪更低落,外界好像把宁先生传闻成,为了公司发展,不惜一切手段逼女儿联姻的阴暗人物。

宁优优差点没摔桌子,我觉得当务之急是弄清楚,谁把宁优优不想联姻的事捅出去的。那个才是源头。

我道:"这些事情你和谁说过吗?"

宁优优很没好气皱眉道:"没有了!"

我想这种几乎私密的事情,她也不可能到处和别人说,和她同住我也没听她说过。但她回答得这么斩钉截铁,还是让我默了一下。

闹新闻没什么,怕的是把事情闹大,影响到其他方面。

尽管宁优优焦头烂额,甚至亲自现身向媒体澄清。但媒体都是希望把水搅浑的,效果并不大,她跟江子渊的事情还是被传扬得漫天飞。

只是我没想到,江子渊这纯良青年,还有心找上了苏枕之。

第二十四章
清风明月

苏枕之大清早约我逛了街吃了饭,有时候我就觉得谈恋爱的过程就是个体力活。

言谈间就若有若无提出来了,我把原委说了出来,还提了提明月公子。

苏枕之目光动了动,轻问我:"明月公子?"

这名字果然太古今穿越了,苏枕之都忍不住挑出来。

我有气无力地说:"宁优优网友,应该也是她现在的……心上人。"

苏枕之闻言,就有些慢慢地笑出来:"心上人?……那子渊……"

我眉梢耸动了一下,也觉得奈何奈何,此刻只能替江同学叹一句,我本将心托明月,岂料明月照沟渠。

我含糊道:"我也觉得江同学挺冤枉。"

苏枕之顿了下,说道:"子渊让我跟你说说,还想让你替他,跟宁优优好好说一说。"

我理解地看着他,"宁优优怎么了,把他拉黑名单啦?"

苏枕之也看着我,默默点了点头。

太符合宁优优作风了!唉,江同学,我为你默哀。

说到现在,宁优优心里除了明月公子,还能装下谁呢?

我无语道:"我说不管用,我替江同学说的好话再多,也得宁优优自己觉得好才行。"

苏枕之缓缓叹息:"明白,子渊不是她喜欢的型。"

我翻白眼,她喜欢的型,她就喜欢梦幻型的。

苏枕之淡淡一笑:"说到底,那明月公子到底什么人?"

我扶了扶额头:"什么人?海外留洋,俊秀公子,家世显赫,就读某国某著名学府……"

说到最后我嘴角都要抽了,加上苏枕之看着我,我便说不下去了。我低头,有点脸红地想,其实这些条件,也不尽然就真的不能实现。

苏枕之微笑:"条件还真不错,难怪你朋友也喜欢。"

是啊,优优大小姐喜欢的,都是非同凡响。

谈话中断,苏枕之开车送我回去。

我除了叹息还是只有叹息,江同学真乃好人,可惜他如此用心良苦,我能帮的忙也有限度。

我嘀咕着道:"其实我认为江同学挺好的。"

苏枕之从后视镜看我一眼:"那个网友,宁优优很了解他吗?"

我靠着枕头:"怎么不了解,视频也视频了,上周不是还单独见面了吗?"

正因如此,我觉得我对宁优优所有的担忧都是多余的。

苏枕之顿了顿,"那你也见过那个明月?"

我点了点头。

苏枕之一笑,目光绵长:"哦,依你之见如何?"

我僵硬地扯嘴笑了笑,嘘气低头,为了不带个人主见,选了个安全的回答,"宁优优说他是个貌比潘安才比子建的佳郎。"

我牙酸了酸。

后视镜里,苏枕之笑了起来。

到了家门口我就赶忙下车想走,着实尴尬,着实难为情,我的脚刚迈出去,苏枕之突然叫住我。"沐白,你等一下。"

我琢磨着又有什么"惊喜"给我,慢腾腾转过身,看见苏枕之低头把手机拿起来,将屏幕亮给我看。

他一面淡淡低声问着我:"你说的那个明月公子,是不是他?"

手机屏幕上调出了一张照片,我也随便一看,扫了眼,没想到就盯住了。

我张大嘴,不可思议。

苏枕之看我陡然之间的表情,就心知肚明了,他低低开口:"是他?"

我深吸口气,指着手机屏幕,张大眼道:"为什么你会有他照片?"

苏枕之终于慢慢把手机收回去,缓缓道:"刚才听你说到明月这个名字,又是某大学,让我陡然想起这个人来。"

我震惊不能自已,良久才能问出口:"你,认识他?"

苏枕之看了看我,慢慢地说道:"也不能说认识,简单说,他算是我留学时的一个校友……"

校友?!

我更是惊得几乎说不出话来,只是怔然盯着他看。

　　苏枕之不知是不是被我看的有少许不自在,低头良久,他缓慢看我认真道:"若是真的,我觉得你还是尽量劝宁优优离这个人远点吧。"

第二十四章
清风明月

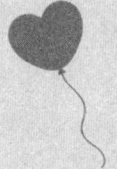

第二十五章
比子建才

我盯着他,心里只想到,能是苏枕之的校友那这个人定然不会差到哪了。

可苏枕之的警告有点莫名,他既然说不熟悉这个人,怎么说让宁优优不要靠近他。

他没有正面描述,反而轻缓一笑,说道:"毕竟,我知道的人里,能称得上'貌比潘安才比子建'的实在不多。"

我问他:"为什么?"

苏枕之一愣,笑了一下:"这还有什么为什么,后者才学可以比,但前者的相貌就得看老天定了。"

我心里泛起隐隐的担忧,道:"我不是说这个,为什么让宁优优尽量远离他?"

苏枕之顿了顿,看得出他眉宇带了丝慎重,似乎不想多谈。但,他最后还是道:"关于这个人的心思,是你和你朋友这种单纯的人加起来的几倍也比不上。"

我片刻憋出一句话:"他看起来也很年轻。"

"不要忘了还有所谓的少年老成。"苏枕之一字一顿道,"何况，他已经不是少年了。"

我哑然，同时也讶然。他是指那个人其实是心思很重的人吗？

苏枕之低低说："我走了。"

我看向他，抿唇轻微笑了笑："路上小心。"

"会的。"他微笑着发动车子，目光看着我，直到缓缓驶离院内。

苏枕之的寥寥数句话，除了让我心里更添不安外，我甚至不能透露给宁优优。天知道她陷了多深，之前她都可以把我的担忧劝告当耳旁风，现在我若是再去提醒，只怕还会白白把苏枕之拖累进去了。

这个明月公子到底是什么人，神通广大，委实神通广大。

我有生以来第一次觉得当朋友的难处，劝和不劝都很艰难。尤其是宁优优还毫无意识，还毫无所觉地和我说的时候。

最让我心里一紧的是那次，她忽然从电脑跟前蹦下来，走到我跟前，激动地抓着我的手，说："你知道吗，沐白，明月他说想投资我爸的公司。"

我张大嘴看着她，脑子没转过弯。"……你没弄错吧？"

宁优优居然开始跟我说，明月公子他家的公司，准备到国内发展。愿意以海外股东的身份投资。

我再次被秒杀了，我说："明月公子他有公司？"

宁优优翘着嘴角，顿了下："应该是他大家族里的公司吧，不过他是经理兼任董事,他说他可以做主。"

我看她再次笑得如花一般,仿佛所有不快都没了。

这是什么世道……在内心我真有类似的呼号。

我再次决定,宁优优的事情我不管了,多管闲事这个我本来就是没经验的门外汉,硬去插手就要不得。她太信任明月公子了。

优优大小姐怎么折腾,就让她去吧。

我跟苏枕之打赌,倘若这次期末考我能进得了前十,他就答应我任何一个要求,以他铮铮铁血男儿的自尊做赌注。

反之,我也要满足他一个愿望。听起来像是我俩无聊玩的小孩玩的游戏,但这种游戏就有它好玩的地方。特别跟你打赌的对象还是苏枕之这样的人时,这个赌注随之就变得诱人起来。

其实我才忙呢,都没忘了我是工作读书一块儿上的,两手抓两手都要硬。公司学校,还要适时关注优优大小姐,我也够忙的了。为了前十目标,最近我也无暇再去兼顾宁优优。

我把明月公子那个兼任董事的身份说给苏枕之听,我指望苏枕之给我个参考,没想到,他顿了半天,语不惊人死不休冒出一句:"是不是我的身份,让你觉得不够显赫?"

我目瞪口呆地看着他半天。苏枕之的身份应该是大学讲师,这是人文气息浓厚的一个职业,显赫这个词不适合用在讲师的身上。

苏枕之笑眯眯问我:"你喜欢做生意的还是喜欢教书的?"

第二十五章
才比子建

有时候跟苏枕之说话是需要锻炼反应力的,我吞咽一口口水道:"我喜欢钱多的。"

苏枕之惋惜道:"那太遗憾了,明显做生意赚钱多。"

我瞥他一眼:"你没见有大把人倾家荡产的?"

我本意是要跟他开个玩笑,他淡淡笑了笑,看着我说了句:"沐白,我要跟你说,明月公子是个商业奇才,真的奇才。"

他看着我的眼神顿时深邃和认真,我心里有点复杂,有点类似,你知道一切事却偏偏不能阻止他一样。

苏枕之说他不算认识明月公子,可他却不经意地总能透露出明月公子的信息,我也很奇怪。

"那证明他这个人在国外念书的时候,实在太有名了。"苏枕之如是说。

我不想再谈及这些令人纠结的话题,主动选择了缄默。

本来我今天出来,是苏枕之忽然说有要紧事找我,结果我刚才跟他拉了半天,也没听出他哪句话是要紧的。

我咬着牙:"你把我叫出来到底什么事,我那还摊着一堆事没做呢,告诉你,别指望用这种方式分我的心,你打赌就能赢了。"

我正义愤填膺,他就含着朦胧的笑意,抬手缓缓把车里的灯给灭了。吓,我是怕黑的。这么一手是什么意思。

我胳膊被苏枕之伸过来的手拉住,那一瞬间我想逃了。

黑暗邪恶啊有没有,苏枕之握住我的手,气息和身体就靠近了我。我逐渐僵硬的时刻,就闻得他一声轻笑。

笑还没笑完,我就无可避免地被亲了。

为什么人在谈恋爱的时候总要在纠缠过后才能说正题,我一直不明白。私以为这事儿太频繁也不好,那种缠得密不透风的感觉次次都让我窒息。

可是苏枕之喜欢,他的所有温文尔雅都可以一刹那褪尽,着实苦闷。

"这就是重要的……事。"他断断续续,在我耳边说。

我还能说什么,我握着手,转过眼说:"我再也不会相信你了。"同样的借口,别想骗我第二次……

苏枕之退回到他的座位上,从他的坐垫旁边拉出来一个小盒子,低笑出来:"好吧,为了让你继续信任我,我决定邀请你,参加明晚的舞会。"

盒子在我面前打开,一串夺目的白金项链串着珍珠,出现在我眼前。

盯着如魔术出现的项链,我霎时怔忪。

我没有问什么舞会,是苏枕之的举动,让我一时无法回味。车厢里的灯重新被他打开,微暗的光芒之下,他穿暗蓝色西装,白衬衫中锁骨隐现,捧着白金项链,在这一刻,他可以是个十足的王子。

可,我呢?

我……

第二十五章
才比子建

我一愣间，感到脖子一凉，苏枕之竟然拎起项链，没等我同意就扣在了我的脖子上，冰凉的金属质感涌遍身体，我目光掠到近在咫尺苏枕之的脸，有点失语。

苏枕之垂下眼眸，没给我机会说话，径自道："做我的舞伴。"

我喉头有点干涩，"苏枕之。"我第一次没叫他师兄，因为觉得叫不出口。

何必呢，我本不是公主，却圆了我一个公主的梦。我该怎么说，苏枕之在我心里，一直都是貌比潘安，才比子建。

还是那样我面对他的时候说不出拒绝的理由，他问我："这个事够重要了吗？"

他的眼眸，像夜空中的星星，闪烁着温柔。我心里软成沙子不像样，也只有微微低下了头，当点头。

他把我脖子上原本戴的那枚戒指摘下来，握在他手心，朝我微微举起手轻笑："这个我先保管，明天舞会后还你。"

舞会什么的我比较浑噩，这个代名词更让我想起那些陌生的世界。

没想到上午我收到一个很大的邮包，犹豫着打开，顿时看到里面各类华丽纸张包装铺就的东西。撕开包装，就是一件漂亮得不像话的裙子。

我把裙子拿出来比画，一时有点囧的感觉。虽然跟童话小言的情节一模一样，然而我抖开裙子，盯着看了半晌，这大概是我长这么大以来，看过的最童话公主的衣服，衣襟都仿佛飘着仙气。

可是这衣服穿着不会冷吗？

宁优优惊叹连连地看着衣服，那表情，我就不加以形容了。她说："简直羡慕嫉妒恨，你这丫头太有福了！找个好男人怎么就这么给力。"

我拎着衣服踌躇，不管怎样我答应了苏枕之，答应了他我就一定会尽量配合他。这裙子……穿是能穿，只怕为了配合还得专门去做个发型。

我有点难为情。

我说："现在快秋天了，这衣服是不是有点清凉？"

宁优优翻白眼，道："土不土啊你，宴会现场哪里没有空调吹着，冻不死你的。"

空调，可是这样春不春夏不夏的天气，谁知道宴会是开冷气呢还是暖气呢？

我杞人忧天地想着。

宁优优提议先弄头发，她说她愿意帮我弄最简单，最大方的一种发式。抱着对优优大小姐过尽千帆的信任，我坐到镜子前让她摆弄。

宁优优给我带了卷卷的一小撮假发，垂在胸前，我自己的头发她稍微盘了起来，用N多发夹固定在脑后，整个过程，满打满算半小时，这已经大大让我松了口气。

苏枕之来电话，说十分钟后到。

第二十五章
才比子建

我看着日落黄昏，宁优优催我："快，趁现在赶紧换衣服。"

我慌忙地拿着衣服进屋，用最快的速度穿好了，出门后，只来得及在镜子前照了一下，看了看效果。发式和衣服，很般配。这就让我放心了。

宁优优激动地抱了一下我，"小白，今天晚上你一定会夺尽眼球的！"

我脸更红地下了楼。

换上衣服感受到了五分钟的寒冷，我就坐上了苏枕之的车，他早就打好了暖气，瞬间让我如入春阳。

苏枕之今天太亮眼了，一身纯黑的西装，说实话我从没看他穿这个颜色，相当的扎人眼。本来以前看见他穿西装就足够惊艳的，看见今日的这一身打扮，才感叹美人的实力果然不同凡响，每当你以为他那样最美的时候，他总能马上爆出更美的一面。

深沉的吸人眼球的俊美，这就是苏枕之今晚的感觉。

我光顾着看他，也没注意形象。苏枕之嘴角扬起笑，直到他侧头，用唇在我脸颊边碰了一下，我才反应过来。

"沐白，你一定是今晚最美的人。"

最美么？我尴尬地别开眼，最美这个词太凌厉了，我不敢当。

他还要凑过来，我看势头不对，赶紧躲了，红着脸说："我，我刚刚擦了香。"

苏枕之扑哧笑出来，道："好吧。"

苏枕之慢慢开动轿车，等他到达目的地的时候，天色已完全黑下来。也可以说，真正的狂欢才开始。

我心里忽然觉得不安，就觉得今夜会不平凡。

这是一家高耸入云的大酒店，我也能感受它的浮华。

苏枕之打开门，绕到另一边，替我开了车门，然后把手伸给我。

我搭着他的手下车，他含笑搂住我，在门口停留了一会儿，把烫金帖子递给门口司仪，片刻便被请入了内里。

舞会在六楼，坐电梯上去，门开的时候，就感到一股香风袭来，瞬间就好像感觉开启了另一个世界的大门。

苏枕之带着我进入，我眼前所见，尽是衣香鬓影，数不尽的千金贵妇，到处是西装革履的端着高脚酒杯的男子。

我深深吸了口气。

苏枕之进场还是引起了一些人的关注，每当电梯门开他们都会望一望，苏枕之的仪表气度，显然也让他们很关注。

但苏枕之刻意低调，也没说话，也没和谁招呼，只顾带着我步入了人群中。

进了人群，基本就没什么人注目了。

苏枕之抱着我，靠在我脸边笑："这里有数不尽的好吃的，还有喝的，你可以尽情享受。"

说得我跟馋鬼似的……我很想瞪他一眼，最后却只是软绵绵看了看。

第二十五章
才比子建

我看到这里这些人，主要都是三五成群的聚一起说话，我看苏枕之好像也没什么人认识似的，真不知道他来参加舞会的目的为何。

美食确实很诱人，不过相比之下旁边喝的品种就少了许多，看见最多的就是酒，各种各样的红酒白酒甚至啤酒，其余只有热牛奶白开水，还有很少的饮料。

我拈了几块吃的放在嘴里，出乎意料的美味，我的眉梢跳了一下。

往旁边看看，确实没人注意，我忍不住多拿了几个吃。苏枕之在我耳朵边笑："尽管吃，只要别吃的忘了我就行。"

我又拿了两个塞进嘴里，懒得理他。

突然之间略显喧闹的人群中，响起了淡淡的音乐声，先是舒缓的前奏，让人们慢慢停止了此刻的事情，逐渐转过了脚步。

我见势头变化，这些人好像都开始往一起聚集，连忙吞了嘴里东西，喝了口水。

苏枕之再次搂紧我的腰："要开始跳舞了。"

跳舞……眨了眨眼，我觉得我猛地被苏枕之转了个圈，正面对着他，他抱起我，膝盖用力一顶，我就不由自主跟着他步入了舞池。

"等……我不会跳！"

我差点惊呼出声，灯光骤然变换成五彩的暗光，照耀在舞池这一片区域。

苏枕之抱得我很紧，我几次想拉开点距离，都被他拉回去。舞步我不熟悉，被动地被他带着转来转去，那叫个狼狈。

更无耻的是，他居然在我偶然抬头的时候，一低头就堵住了我的嘴。我一边忙乱地跟着他的舞步，一边还要仰着头被他纠缠。

周围不停地擦过一个个的人，虽然他们的目光都不会刻意停留在我和苏枕之身上，但毕竟在大庭广众之下，我的心理承受力是不行。

一曲舞下来我大汗淋漓，苏枕之倒是一脸笑容很尽兴。

我火了，嘴唇火辣辣地痛，我觉得应该适时地表现一下气节，在他手臂放松的时候，一把将他推开，我头一扭，头也不回走向了舞池边缘。

苏枕之要拉我，一时没拉住，下一场舞已经接着开场，人群再次动了起来，等我挤出去回头看，密密麻麻竟然一眼看不到他了。

我没奈何，继续往旁边安静的地方走去。

越走我心里越涌起刚才的一幕，虽然知道苏枕之在某些方面一直很不君子，我也知道今天舞会，和他一定会有些啥，但他也太过分了。我决定要把气节贯彻到底，不能他想怎么就怎么了，一定给他点颜色看！

我气哼哼地打开一间房门，就走了进去。

刹那的安静让我有点不能适应，虽然这一刻我想到乱闯人

第二十五章
才比子建

家房间是不好的,但这种安静,我却很喜欢。

房间好像还没有开灯,依稀能看见轮廓,我摸到一个沙发坐下去,大大吐了口气。

没想到舞会中还有这么安静的场所,我颇为开心地靠到了沙发上,准备休息休息再出去。

就在这时,我听到一个人说话,其实只有一个字:"谁?"

我猛然惊了惊,迅速朝声音来源处看去,角落里黑漆漆的,但直到这时,我才看出那里影影绰绰一个人影。

我心顿时提了起来,本来以为没人,想不到结结实实被吓了一跳。

我想走,一时犹豫不定。但这时那个人笑了一下,声音又说:"对不起,吓到你了。"

他这么一开口说话,听着温文有礼,顿了顿,我就略微放松了下来。

放松过后就觉得尴尬,刚刚不知怎么没注意到人,幸好没做什么出格的事情,不然脸丢光了。

我也低声道:"是我闯进来的,不好意思。"

那人过了片刻,轻缓说道:"没什么闯不闯的,我也是进来藏起来的。"

藏起来?我觉得这人的说法有点有趣,好端端的还要藏起来?

那人又笑道:"外面太吵了,是不是?"

声音的确是很好听,配合那个人的语气,我先前的一丝紧张也确实留不住了。但我却没有接话,我不知道怎么回答,心里汗,我不是在这里遇到了哪位喜好遗世独立的隐逸先生吧?

我觉得这样在黑暗中讲话有点不自在,尤其我并不知道对方是谁。我听他的声音很年轻,知道应该是个年轻男子。

顿了会儿,我朝那人看去:"你知道灯在哪里?"

片刻他说道:"门的左边。"

正好我就在门旁边,立刻走过去,伸手去摸开关。找到后,便按了下去。

亮堂的大灯开启,将房间照得通明。我开完灯就转过身,一眼看到了坐在角落单人沙发上的人。

那人端着一杯茶,也朝我微微一笑。

而这一刻我只觉得不敢相信自己的眼睛,眼前人这么熟悉的相貌,冲击得我一时没有回过神来。我心里又惊又疑,不敢相信这个人居然是宁优优电脑上的,那位神秘风云人物明月公子?!

不可否认我结结实实被震得深刻,换了别人是没有这么大冲击力的,但明月公子是帅哥,帅哥的脸,总不是那么让人容易忘的。

何况我看过明月公子视频以及照片的时间又不长,盯着这个人上下打量了几眼,我就能肯定自己是没认错了。

我强按捺下心中的情绪,眼眸略微垂下,控制不露出什么

第二十五章
才比子建

明显的痕迹。

"明月公子"笑，亲眼看见感官就直接多了，委实是翩翩浊世的佳人，从这一笑的风采中就能体味三分。"原来是位美丽的姑娘。"他说。

我，我简直要接不下去了。我扯着嘴角笑道："过奖。"

这灯太亮堂了，照得清晰，我估摸怎么也是三百瓦的。

"明月公子"歪着头，眼眸微眯，淡笑道："怎么好像你看见我，很惊讶一样？"

我觉得这种事儿扯多了非常不利，我的预感应验了，在今晚果然发生了大事。我看着他，尽量不在心里把他和宁优优联系到一块，我动了动嘴，半天开口："先生的仪表，额……很出色。"

"明月公子"似乎凝滞了一下，良久他的表情似是失笑："出色到姑娘这么惊诧？"

我伸手去拽门，略点头："失陪。"

我跨门而出想起一句名言，有句话说，你信与不信，反正我就那么说了。料不到我随便一闯遇见的是一代风流人物明月公子，注定异彩纷呈，不知道今晚回去面对宁优优的时候我能不能对她说出。

第二十六章 端庄

眼前人绕得我有些晕，我瞅着身上衣裙，脚上穿的还是细高跟，脚好痛。

我看着眼前人影绰绰，有点发虚，可别真找不到苏枕之才是。我捏了捏裙子，我今天穿的衣服没办法带手机，弄到现在没法找，可怎么办。

我窘了，有些后悔刚才的冲动跑开，正边向前走边张望的时候，忽然旁边伸出一只手臂拽了我一下，我便落入了一个怀抱中。

脑后传来喘息声："你跑哪去了，害我找你许久。"

师兄！我眼睛瞪大，忙使劲把他手臂掰开，我挣脱出来。

转头看到苏枕之，被他一把抓着我双肩，眉间露出的焦急隐然："你到底干什么，就算不想跳舞，也别乱跑啊？！"

我脸红低头："我们走吧。"

他目中眸色渐渐深凝："你刚才去哪了？"

我心头一突一突的，主动拽了他胳膊："去洗手间了，走吧。"

苏枕之唇线微抿，片刻道，"那走吧。"

可是偏偏就不如愿，前面乐乐呵呵过来一个上了年纪的老头儿，端着高脚杯直直朝苏枕之走来："三公子！你可来了，居然躲在这，你可真会找地方！"

抬手不打笑脸人，这老头满脸笑得跟弥勒佛似的，眼睛只剩一条线，不管真假都让人生不起气来。

苏枕之的脚步只得顿下来。我再怎么迟钝也知道这"三公子"是冲着苏枕之叫的，没奈何之下，也只能随着他住了脚。

等那老头近了跟前，我听苏枕之道了声："韩世伯。"

老头子笑得更欢："三公子客气了，早先给你下了帖子，还以为你们家一个人都不来。"

苏枕之也露出微笑："怎么会呢，方才没看见韩世伯，其实我已经到了有段时间了。"

老头子端起酒杯，拍了下苏枕之的肩头，靠近道："你是替你父亲来的吧？他恐怕又是没空？"

苏枕之但笑不语。

老头子呵呵一笑，目光这才转到我身上，我只觉得那道目光飘忽难以捉摸，老头子就笑了："这位小姐是……你的舞伴？呵呵，小子好眼光。"

我搭着苏枕之的手臂略微僵了僵，垂眸没有说话。

苏枕之隔了会儿，缓缓笑道："不，这是我未婚妻，小柳。"

我脸色一白，下意识抬头去看他。

苏枕之还是冲着老头子笑，并未低头朝我看一眼。

第二十六章
端庄

老头子圆滑世故的脸色顿时出现一丝僵硬,但也是转瞬的事。他又笑起来:"听你父亲说你还是单身,真没想到……呵呵,你小子好小子。"

苏枕之淡淡道:"还未来得及与家父说明,等过几日会亲自跟他说的。"

老头子频频点头,片刻笑了笑,目光掠到我身上好一会儿,才慢慢说道:"这位小姐瞧着眼生,不知是哪家千金名媛,莫非是三公子在国外认识的?"

我心头一紧,咬了咬下唇,感觉视线不停地往我身上扫,我只得抬头,虚应地笑了笑。心脏却好像有一只手揪扯紧了,异样钝痛沉闷。

苏枕之待要说话,就觉得不远处门声一响,隐隐有人影走了过来。

那人同样端着高脚杯,姿态雅然,离远就笑道:"韩总。"

老头子听到声音立即转过身,刹那间脸上露出一抹诧异,顿时哎一声,脸上的神情控制得恰到好处,叫道:"竟是明公子?"

"明月公子"来到跟前,晃了晃酒杯眯眼一笑:"想不到在此地遇到韩总,还有,苏枕之。"

苏枕之的目光顿时变得微妙起来,眸光看了"明月公子"片刻,才道:"明辉。原来你已经回国了。"

韩老头子也晃着杯中酒,流露出惊叹的笑意:"明公子此行可是大驾光临,什么时候回来的?"

那位浑身照耀着明月光辉的贵公子明辉露出淡笑，道："也刚到，遇见两位也实属惊喜。"

我闻言，眸光凝起，定定盯着他看。

他叫明辉？

苏枕之握着我的手倏然紧了紧，微笑道："看这舞会都开场了，明辉和韩世伯不约个人跳跳舞？"

他话说得没有什么不妥，还带着淡淡相邀之意，但三人中也只有他带着我，那个韩老头和明辉总不至于凑做一堆跳舞。

此话说出来，韩老头就笑了："我老头子跳不动舞了，倒是明公子，带舞伴了没有？"

明辉看了苏枕之一眼，意有所指地一笑："刚回来，还没来得及结识各位名媛。"

韩老头心照不宣地笑了："看明公子谦虚的，以你的品貌，今晚就不知能得到多少名媛的倾心。我侄女韩梦也来了，要不介绍你们认识？"

明辉笑得温文尔雅："荣幸。"

我突然有点无语。

韩老头子像变戏法一样，绚丽舞池中，就飘然走下一位年轻女子。鬓发高盘，身材高挑，观之秀丽。

韩老头子介绍："这是我侄女韩梦，这是明氏企业继承人，明辉公子。"

那韩梦得体地笑着，"明先生好，久仰大名。"

明辉主动伸手相握，二人很快就步入了舞池。我看着那两人有点刺眼。

韩老头子看向苏枕之，目光又在我俩身上流连，笑道："可惜三公子已经心有所属，不然今天晚上，你与明公子定是备受瞩目。"

苏枕之道："韩世伯说笑了。"

他拉着我，微一用力，便到了舞池人流混杂中。我看着他深邃的眼眸，心底莫名感到不安。

我低低地笑："这舞会挺没趣的。"

"我也觉得没趣。"他忽然抱住我，在我耳边轻声说，"对不起。"

我一怔，慢慢低下头，靠着他胸前站立。这声对不起说得太没缘由，可是却让我心里无端怅然。

半刻，他轻轻吐了口气："反正已经来过了，我们走吧。"

我盯着他眼睛："难道你来这里，就是为了让人看见你？"

他迟疑了一下，半天才道："本来，确实只想让人看见我就行了……"

我扭过头，这种完全是为了应付场面的事情，我又有什么必要跟来？我道："何必带我来。"

"我想有人陪我。"他坦然道。

我有点堵得慌。他拉住我："沐白。"

这时舞池中所有人都跟着音乐转了一圈，我眼角却瞥到了明辉，心里只叹，这位明月公子，貌似非良配。他说他不认识名媛淑女，又把宁优优置于何地。

苏枕之把外套脱下，披在我身上，我攀着他肩膀，踮起脚尖张望。

苏枕之顺着我目光，"你还有心管别人。"

说完拉着我就走。我转头看他："你就这样走了，不怕人说？"我也看出苏枕之今日来什么舞会，是属于受托，而这个托他的人……怕就是他那位爸爸。

苏枕之着重道："我已经来过了。"

他拖着我出门，外面风骤然大起来，吹在人身上实在冷。苏枕之的衬衣领口大敞，他怎么就不嫌冷。

苏枕之带我回了宁优优家里，车到门口，我准备开门下车，他忽地拉住我。

我回头，看他眸色深深道："你没有什么给我说？"

我愣了愣，略微歪头想了一下，"路上小心。"

苏枕之定定看了我良久，用句文艺满怀的话说，就是他像要把我吸进去。半晌他徐徐笑道："回去早点睡吧，今天你累了。"

我看着他，翘起嘴角细细一笑："你也是。"

手心被塞了一个硬硬的东西，我知道是那枚戒指，身体略僵，但此时不能露出痕迹，我慢慢把手攥紧。

"本来我想……"苏枕之略略垂眸，低笑道，"算了，你先休息一下吧。"

第二十六章
端庄

我说不出心里是什么感觉，抬头看着他："你刚才说，未婚妻？"

他捏了捏我的手，忽然荡出一缕笑："戒指你都收了，还不是吗？"

苏枕之的笑极真心，当然他一直都是真心的人，我只说一瞬间有丝不确定，不确定我能不能承受得了这份真心。

宁优优戴着耳机抱着薯片在吃，看见我立刻把耳机摘了，"公主回来了，怎么样，今天有没有惊艳到？"

我慢慢把累死人的鞋脱了，朝她看一眼："太天真，这种宴会你难道没去过，美人太多了。"

宁优优又激动了："但你的男人无可比拟啊，今天苏师兄没有给你挣面子？"

我慢慢看她一眼，忽然语塞，今天苏枕之倒是低调得很，只可惜也还是被认出来。不过今天宴会真正的翘楚，倒是和宁优优有关联。

她疑惑："你看着我干吗？"

我慢慢道："你知道明月公子的真名吗？"

想不到宁优优睁大眼不假思索地道："明辉啊！怎么的？！"

我："……"

宁优优不甘我停了，拽着我道："你干吗提起他？"

我斜了她一眼："你就这样紧张他？"

她笑骂了我一下，伸手打我道："去你的！"

忽然觉得我是有够无趣的，我自个儿都被大沙子淹没了，哪还有办法去管别人。我看了看宁优优，默默走进房里。

宁优优却跟了上来，说个不休："明月说要给我个惊喜，他还欠我一顿法式大餐！"

我猛然转过身，存心吓她一吓，看她骤然停住脚，我才舒缓道："你有没有想过，也许人家公子喜欢端庄高雅型的？"

宁优优顿时一凝，缓缓站直身体："你怎知道我不端庄不高雅？"

我无话可说，兴许在外人面前，宁家小姐的确是又端庄又高雅。主要是我还没想好要不要告诉她明月公子的事实。

童话故事那都只是一个晚上的存在，一觉醒来发现什么都变回原样。大家都以为自己坦荡，其实总会做一些不甚坦荡的事。

我还是得勤勤恳恳地为五斗米折腰地去上班，扣好工作服，拿着包包出门。

昨晚上娘亲忽然问我打算什么时候交男朋友，我猛然想起来苏枕之在车里跟我说的话，脑海中不知不觉就蹦出一个词，私订终身。

戒指都有了，未婚夫都快成了，可在老妈眼里我还是个没男朋友的主。

我觉得我说不出口。

艾咪咪忙碌的身影在我面前转来转去，她看不下去的时候，就把一叠文件拍我面前："姑娘诶，咱们进入一点状态行不行？

第二十六章
端庄

节庆过后马上越来越忙,你走神走得也不是时候!"

我脸上火辣辣地烧起来,对不起还没说出口,她就摇摇头自顾走开了。不一会儿又到我旁边的桌上弄文件。

我也赶紧伸出手去弄,听他们拍着巴掌议论:"昨天是商界大佬韩先生的寿诞,你们有谁接到请帖了吗?"

艾咪咪头也不转地说:"开玩笑吧,你以为人家的请帖那么好得,就是咱们老总还不知道有没有资格呢。你做梦吧?"

"啧,我只说羡慕而已。"那人说完便拿着整理好的文件走了。

何小双说:"没见今天报纸都登了,昨晚上好几家大公司都合作上了,真是好手腕。"

"这些人做事,都是这样,说是生日寿诞,里面还不知藏了多少袖里乾坤。哪样单纯的了,别看随便的一个寿诞,根本不可能有那么简单。"

艾咪咪不咸不淡地瞥了她一眼。何小双最近打听别家公司的事儿太殷勤了些,都不知她是要想干什么。

我疑惑地看向艾咪咪,听来的事情有些会捕风捉影,但这种公司与公司之间的传闻,据说大多都是很可靠的。

"咱们小公司不就是这样,不就得巴着求着人家。"艾咪咪撇撇嘴淡淡说,"能让我们分一杯羹自然是好的。"

何小双指着一份杂志,略叹一声:"你看这帅哥。"

艾咪咪探头,我也探头,居然是明月光辉。

我若有所思盯着照片，这么高调，占据了一整个版面，我估摸着宁优优想不知道也难了。

何小双转头："好像是一位新秀，听说过明氏企业吗？好像在国外很有名。"

艾咪咪端起咖啡喝，眯眼问："没听过，做房地产行业的？"

杂志被她们几个霸占着，我就抽空瞄到了几眼，通篇介绍的都是怎么怎么样的光辉事迹，把那个明辉夸得天上有地下无。

还是艾咪咪说了句公道话，哧了声："在我们洛城，房地产最雄霸天下的就是华盛集团，其他，难说。"

借地讽刺这位新秀雷声大雨点小，我诧异，华盛集团，宁优优她爸的公司啊？

埋头苦干直到午休。忙碌才让时间过得快，十月过后基本上中午就没法回去休息了，在办公室从早待到晚，感受无声无息沉闷的加班过程。

就是艾咪咪偶尔闲聊两句，松缓一下氛围。中午吃盒饭的时候可以多聊聊。

我打量她，艾咪咪永远艳光照人，在她身上不管多忙碌的事情，她都能保持一种良好状态，说实话我心里很佩服她。

"你怎么了你？"艾咪咪出声，一边扫我一眼。

我心有戚戚焉，半晌怔怔问道："咪咪姐，你会不会跟一个身份相差很多的人在一起？"

艾咪咪抬了抬眼，"主要还是看你自己吧……"

第二十六章
端庄

她又回头说："你看那何小双，不就厚着脸皮，一点也没觉得自己配不上人家。"

宋哲宇？我恶寒了一下，很僵硬的我从没想过宋哲宇那是高攀。我茫然了一下，看样子我是太戴着有色眼镜看人了，客观分析宋哲宇不算金龟婿也是潜力股了。

在人家眼里也是何小双高攀。

我一愣。美女是非多，何小双一直是红人儿，公司里叫她小双姐的不在少数。

宁优优果然知道了明辉的事情，她的确惊喜得像个挖到宝藏的幸运者，明辉当天就约了她吃饭，宁优优马上应承。

明辉之于她现在就是蜜糖，甘之若饴。

我在房间里无聊翻着杂志，宁优优自然买了一堆商业杂志在家里，看来看去，觉得这些人少不了拼的就是背景实力，明辉在国内无论如何，他找上了那位韩先生当靠山。一跃成为媒体宠儿，未干任何事先成名了一把，捞到了别人对他的印象。

我这时候不得不相信苏枕之对他的评价，明辉不是个简单的人。尽管苏枕之对他不熟，却依然给出了客观公正的评价，或者可以说是苏枕之的独有的看人眼力。

苏枕之非要约我吃饭，我说头痛都躲不过，只好听他话下楼去。

进车门他就伸出手按按我的头："昨夜没睡好？还是哪里不舒服？"

他的手停留在我额头上片刻，食指缓缓滑过，一笑道："看你这里有道印子，是小时候摔了吗？"

我偏了偏头，疑惑地看着他："不记得了。"

苏枕之微微笑道："怎么会不记得，当初摔的时候，一定很疼吧。"

他不说的话我都快忘了，那道印子近几年几乎淡得看不见了，他倒是看得仔细。

我顿了顿道："可能是天生的。"很多年前我问老妈的时候，她从来没有明说过，久到我现在都忘了。

城市里的大型停车场距离广场还有段路程，走到停车场，他倒是不再提别的事，"你在这等一下，我进去停一下车。"

我于是在门口等着他。

等半天也不见出来，我疑惑，难道今天车位太满？我刚想往里走，就见人影一闪，我顿住了脚步。

苏枕之低着头往外走，忽然他身后有人叫了一声："苏枕之。"

苏枕之慢慢转过身，我亦看到他身后，逐渐走来的明辉。我也不知为什么，瞬间居然往柱子后面躲了躲。

明辉笑道："这么巧。"

苏枕之略略侧身，也含了笑："是很巧。"

明辉的声音低了低，淡笑："也来约会？"

苏枕之没言语。

"许久没见，你还是一身的文气啊。"明辉顿了顿，上前道：

第二十六章
端庄

"我还一直以为你会娶江柔,想不到你这么快未婚妻都有了。"

苏枕之面色凝了凝,淡淡道:"我跟江柔不是那种关系,你想多了。"

明辉愣了一下,随即笑道:"抱歉,我没别的意思,不管怎样,还是该恭喜你。"

苏枕之淡淡一笑:"我还没恭喜你,前途一片大好。"

明辉神色一动,我竟似从他脸上看到一抹惋惜,他说道:"你坚持不从商,我一直觉得惋惜。"

苏枕之道:"每人有每人的路要走,没什么惋惜。"

明辉道:"可惜了苏伯父那么大的企业,你要是从商,一定助力很大。"

苏枕之轻轻笑了笑,不软不硬地道:"人各有志。"

明辉笑意不减:"江家也是商贾世家,你跟江柔也算青梅竹马,我们都以为你们会成一对。"

苏枕之轻缓道:"说了是你们误会了我和江柔。"

明辉忽然歪头说:"那个女孩……柳沐白,是这个名字吧?"

苏枕之犀利道:"你怎么知道?"

明辉笑了笑,片刻才说:"优优和我说的。"

苏枕之抬眸沉沉盯着他:"优优,宁优优?"

明辉点头:"是她。"

苏枕之良久才沉缓地开口:"想不到你们已经这么熟了。"

明辉淡然一笑:"无意中听到而已,我也很惊讶。你要娶的,竟会是这么平凡的一个女孩。"

苏枕之长长吸了口气,他开口道:"平凡没什么不好。"

明辉看他一眼,笑语轻轻:"平凡确实没什么不好,但是苏枕之我们不该是那一类人。优优,江柔,韩梦,这些女孩子和我们才是一类的。"

"明辉!"苏枕之似有些严厉地看了他一眼。

明辉保持着风度,"冒犯之处,还请见谅。不过我还是那么认为,苏枕之,你不该是平凡的那类人。"

苏枕之沉沉望着他:"明辉,是你太自命不凡。"

明辉也看着他:"人跟人不可能都是一样的,苏枕之,我只是不明白你是怎么想的。"

"我没什么可想。"苏枕之冷声说完,就转身大步朝出口走来。

我往外走了几步,靠在路旁的栏杆上,用尽力平缓沉重地呼吸。

苏枕之在门口张望了一下,看到我,立刻走过来。

我抬起头看他,就在这当口,我眼角余光扫到明辉也走了出来。风流明公子,富贵金大少,我今日可算体会了话里真意。

领教了,明辉这人可说是我二十多年来遇见的真正的豪门大少爷。

只看一眼我就把目光收回来,苏枕之担忧地看了我一眼:"沐白,你不舒服?脸色怎么发白?"

第二十六章
端庄

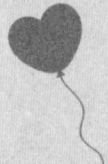

第二十七章 距离

苏枕之的目光和往常比，多了一丝不自然，我看着他，半晌露出一笑："刚才觉得胃里有点不舒服，现在好多了。"

他眼中的不自然似乎退了退，关切道："怎么样，要不要去买点药？"

我摇了摇头，眼角瞥见明辉走过来。

苏枕之只好站直身，低声道："这是明公子。"

我嘴角带着模糊的笑点头："见过了。"

明辉涵养到家地对我淡笑了一下："实在想不到，原来柳小姐还是优优的好朋友。"

我还没有问他，他就率先把宁优优扯出来了。这是说明什么，宁优优把底子都透给他了？显示他的无所不知，或是彰显我的无知？

我陡然就觉得我想问题开始往偏路上想，简单来说是失了冷静。

苏枕之暗自扣住我的臂膀，低声在我耳边道："沐白，我们走吧。"

第二十七章
距离

我自然是听他的,看见明辉,我想到宁优优应该也在附近。苏枕之简单地和明辉道了别,就带着我离开了。

我已有心事,实在很难装得若无其事,只能拿眼睛四处看看,盖过脸上的不快。苏枕之慢声道:"沐白,这儿有美食街,你想吃些什么?"

我只好把脸转过来对着他,嘴巴动了动,忽然瞥见路旁一个招牌,我挤出一抹笑,敛眸低声:"吃火锅吧……"

火锅的火焰开到最大,白白的烟雾袅袅升起,阻隔在我和苏枕之之间。

我一面咳嗽,一面夹菜吃。辣椒放得很多,味道也更好。苏枕之无奈地把茶杯推给我:"喝点茶,别总吃辣的,刚才还说胃不舒服,这边的不辣。"

他把鸳鸯锅底另一边转过来,我顿了顿,先慢慢喝了口茶。

苏枕之笑出来:"怎么不爱说话了?"

我咬着鱼丸,说道:"师兄。马上期末考了吧。"

苏枕之说:"对,定在十二月底。"

我沉默,高校的考试日期就是比较近,眼看真的只剩一个月了。他又朝我笑:"怎么?你也要开始用功了?"

我有些艰涩地把口中食物咽下,也不知道怎么说出来的:"师兄,我想多用点时间复习。毕竟我底子比其他人薄弱。"

苏枕之一时没接话,等我抬起头看他,他才露出有些不甚明朗的微笑:"当然好,我会帮你。"

我也牵强地笑:"你不能帮我背书。"

苏枕之凝视着我:"我可以辅导你。"

我犹豫了一下,还是缓慢地轻笑出来:"我把书给你,你帮我划重点吧。"

我的一只手被苏枕之抓过去,觉得似被紧握了握,他笑得如流水拂过:"没有问题。"

我也笑笑,赶紧低头。

宁优优晚上九点准时踏进了家门,我坐在沙发上看电视,胸间的郁结在看见她的那一刻到达顶点。

宁优优拎着大袋子,看见我就笑:"沐白,还没睡呢?"

我喉咙里含糊地嗯了一声。

她换了鞋子就马上走过来,把袋子放到茶几上,对我笑道:"你快看看,我给你买了一盒子桃酥,上次你不是说好吃吗?你中午时常要加班,带去吃正好。"

我看着她,忽然觉得有种说不清道不明的感受。

宁优优坐在我身边:"怎么,不高兴呢?"

我抽着鼻子怪怪地说:"能看出来?"

"都写脸上呢!"她指着我,"说罢,有谁得罪了你了?"

我心凉了凉,看着她的脸,宁优优今日化了淡妆,五官看着更显成熟和漂亮。我卡在喉咙里的话,我暗自摇了摇头,半天才说出来:"你把我的事,告诉明月公子了?"

宁优优看样子也是愣了半天,才开口道:"你的事?我……"

第二十七章
距离

"我跟苏枕之。"我垂下眼,说道。

说实话我不知道怎么问才算自然,也许问出这样的话,本身我的心中就不再坦然了。

宁优优的神情终于渐渐沉静下来,渐渐有些复杂,"我只是跟他闲聊,无意中提到一句,没想到他听到苏师兄的名字竟然说认识苏师兄。他说也见过你,我好奇就多问了几句。"

她怎么在闲聊时候无意中跟明辉说到的,我无从得知。

我只能缓慢从沙发上站起来,勉力笑了笑说:"以后,别说了。"

宁优优拉住我胳膊,脸上有些焦急:"怎么了沐白?我以后不说了。是不是他又对你说了什么?"

我看着宁优优,所有话却都堵在嘴里。我只好再摇头,扯起嘴角,"他没对我说什么,我只是不太习惯被人知道这些,你以后既然不说就没事了。"

宁优优还是一脸疑色,我从便利袋里拿出那盒桃酥,对她笑笑:"我拿去了。"

说罢径直进房。

在床边我抱着膝盖颓然坐下去,我实在没办法去指责宁优优,话到嘴边我也说不出口。好像总有夹缠不清的许多顾虑和顾忌,讨厌的同时又不能彻底甩开。

很多事情我不想去碰触,也愿意多想,我觉得不懂和装不懂是两个概念,理智和感情,更是矛盾的一体。

就好像我从见到苏枕之那刻起,就该知道他是谁一样。就该知道我无论哪点都离他差太远了。这种遥远甚至不是我嫉妒宋哲宇成绩优异的那种遥远,而像是星辰辉光。

发展到现在,我更是能越来越清楚,我脸色不由蜡白,我想我高攀了苏枕之。

可能是我脸色真的变化太大了,宁优优早上一跟我照面,嘴唇就抿了起来。

她一言不发盯着我看,似乎是怕我哪儿想不开了。我走到洗手间,对着镜子看我自己,头发凌乱不说,嘴唇一点血色都没有,脸色苍白苍白,样子有点像大病一场的人。

宁优优在身后说:"沐白,你到底怎么了……"声音越说越小。

我忽然想起一句很恶搞的台词:一个男人就把你废了。我是因为一个男人吗?自怜自艾得都快把自己整垮了。

宁优优就闭口不说话了,或许她也是不知道说什么,我用清水洗了把脸,努力动了下嘴角,想像原来那样子打声招呼,可是努力了半天则什么也没说出来。

宁优优顿了顿说:"你今天是不是要去上课?"

我恍然回过神来今天星期五,昨天才说要为了期末考用功了,今天如何能够不去。

我点了点头,道:"是的。"

说着放下毛巾,我转身来到沙发边上拿了外套,就要抓紧时间出门。

第二十七章
距离

宁优优打开桌上的热包子，抬头制止了我："还是先吃点东西再走吧，沐白……"

我顿住脚步，回头看了看桌上她准备好的早点，沉默片刻，拎着包又默默走回去。

宁优优有一搭没一搭地说了几句话，以前她句句不离明月公子，刚才的话里却意外的一个字都没提。我不知做何反应，只能也跟她随意聊着，等到一顿饭吃完。我看了看墙上的挂钟，时间已经不能再拖了。

便拿起手包，和宁优优轻轻说了一声，出了门。

到站台前望了一会儿，犹豫半天，实在没有那个力气去挤清晨的公交车了。我慢慢离开站台，打了辆车到学校，直到司机提醒说"到了。"我才回神。

转头看向学校大门，我沉默了片刻，掏出钱包付了车费，开门下去。

苏枕之的课堂，此刻竟然连门口都已经坐了人，教室里更是黑压压的一片，我诧异着走进去，却松口气地看见我常坐的那个位置还空着，没有多想，就走过去坐了下来。

苏枕之的课已经开始讲了几句，看见我，他目光扫过来，我蓦地感到脸上一暖。

他还是讲他的历史，唐宗宋祖无限风流，隐隐然融合他身上的温文气度，总是能莫名吸引住所有人。

富含魔力和磁性，怪不得愿意听他课的人越来越多，我相信后来这些多出来的人,都是打从心底钦佩这位年轻讲师的学识。

不知道我是怎么熬完了一节课的,只记得讲完后,宣布下课了。

他的目光就渐渐转移到我的身上。

大家都沉浸在刚才振奋人心的讲课中,恋恋不舍,不想离开,有几个学生主动朝他围过去,苏枕之却排开了众人,一步步朝我走来。

我看着他到了身边,他含笑说:"我还以为你不来了。"

众人看这情景,心照不宣都渐渐散了,原先想找苏枕之的几个学生,朝这边看了几眼之后,也默不吭声离开了教室。

我干笑了两声:"有课怎么会不来听。"

他目光深深地,低哑道:"你脸色怎么……"

我下意识伸手摸了摸脸,僵了僵,片刻道:"……昨天熬夜看了会儿书。"

言不由衷在任何时候都是难耐的。

苏枕之轻轻地笑了出来:"这么用功?"

我没言语。

我沉默站起身:"师兄……课上完了,我也走了。"

他下意识过来牵我的手,我缩了一下,陡然发现不应该,便又堪堪不动了。

苏枕之好像没看见,照样拉住,只听他语气轻柔,用眸光

第二十七章
距离

定定瞧着我:"别急着走,陪我出去走走吧。"

我心里一抽,实在觉得难以开口,半晌只得底气不足道:"师兄,我要回去复习了。"

没听到回话,但是手臂仍然被握在苏枕之手里没动,我慢慢抬眼,却见到苏枕之薄唇轻抿,表情和平时有些不一样。

我突然觉得嗓子好像卡住了,更说不出话。

他忽然伸出手,轻轻架在了我肩后的墙壁上,瞬间将我逼在两难之地。

"沐白,你信不信我?"

他问得低沉,我怔了,脸刹那间烧红了起来,看着他近在咫尺的脸。

苏枕之目光微敛,带起来几分的柔和,"我们……一起了那么久,我还不能让你放心吗?"

他或许是想安抚我,但这几句话却让我陷入了混乱,我看着他,更是不知做何反应才好,苏枕之是何等聪明的男子,我明白,我就算再掩饰,他也定能看出端倪。

我垂眸,在他的注视下寸寸低首,良久,才慢慢叹道:"师兄,我、我不是……不是不信你。"

腰上忽然被一托,苏枕之把我头按在了他胸口,我窘得无以复加,这教室外人来人往,不时的欢声笑语都能把我震死,这时候来这招似水情深,我又不是粗条的神经,怎么受得住?

我想推他,奈何手没处放,苏枕之的唇慢慢移到我耳边:"我都不怕,你怕什么?"

我渐渐停了动作,心底却很茫然。

这种茫然甚至让我不知怎么做才好,他握住我肩膀慢慢退出一拳左右,叹了口气,看着我眼睛像是下了决心一眼说道:"沐白,你还像个孩子一样。"

我敢说,这句话是我这一天里入耳的最惊悚的一句话,我绝对听懂了。正因为完全听懂了,所以我几乎是不知用什么表情去看着他。

苏枕之顿了顿说:"最起码你要信任我。"

回想起我至今的所作所为,我看着苏枕之略略凝住,心里某个地方因为这句话刺疼了一下。

他说,我信不信任他,那个关键不在于我信不信任,而是我自己都控制不了的某种彷徨。我又何曾对他有过一丝的不信任。

他的话说出实在有失公允,我第一次觉得苏枕之并不是那么了解我。

就算是苏枕之,他也未必事事都知晓。

我忽然张手,抱了他一下,头靠着胸膛那种深深的拥抱。我知道我的举动让他凝滞了片刻,因为我从来没这么做过。

天知道,这也是姑娘我第一回这么做。

在当时我只有这一种冲动。他是个难得的男子,可称为奇男子,没错。用再好的词汇形容也不为过,可我却是个普通人,

第二十七章
距离

十足的普通人。

我趁他愣神时松开他,迅速跑出了教室。

苏枕之后来又打我手机,我任由响了半天。坐车回了宁优优家,我坐在沙发上平复呼吸,那种火烧火燎的感受从心底直接蔓延到全身。

我心想,这算是闹矛盾了吗?

我怅然若失了半晌,做梦都没想到这个词会用到我身上,犹在几个月前,情感世界都还离我很遥远。

临近中午,我没见到宁优优回来,她一直都是带午餐回来的。我当然想不到宁优优这时候会在遭逢大难。

指针指向十二点的时候,我拿起手机要打个电话询问。拨通宁优优的手机。可是里面片刻只传来连续不断的忙音,她的手机不知怎么回事竟然占线。

我胸口闷得慌,见状不由皱眉,再打几次,里面居然传来关机的提示音。

我站起来,决定还是自己解决温饱问题。

没想到刚走到门口,手机铃声狂响,我心头一跳,下意识去看,竟是宁优优又打过来了。

我连忙接起来:"优优你在哪?!"

出乎意料的嘈杂混乱,宁优优的声音透着惶急和慌张:"沐白,你,你在哪里?"

我诧异地看了一眼手机,重新贴回耳朵上:"我在家啊。"

从声音里我好似也能听出一丝狼狈，宁优优开口："我被堵住了……"

我没反应过来堵住了的含义，她那边不知是山崩地裂了还是什么，混乱的可以。我皱着眉听了许久，才又听到宁优优的声音传来。

半晌后，她又张口似上气不接下气道："你，你能……不能过来接我？"

我握住手机紧了紧："你在哪？"

她却含混说不出个所以然，然后那种"嘶嘶"声又湮没了我的耳朵，让我去接她，又不说地方，光是听她这样的声音，我都被感染得着急了。

嘟嘟，电话此时挂了。

第二十七章
距离

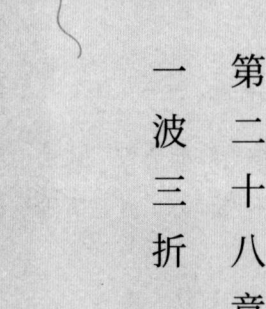

第二十八章
一波三折

我愣了半天，也只得把手机放下。

走到沙发上重新坐下来，最近犯太岁，事儿特别多，都是心烦事。世上本无事庸人自扰之那都是废话，只要是个人，都是庸人。

我猜她是被记者堵了，由于在机场毕竟经历过一次，所以我能从电话中听出一丝类似场景。

可是最近宁优优又招了什么邪祟，被这样围追堵截，我认识她至今，加起来也没像最近这样扎眼。

我冷不丁想起明辉那张脸，似乎这个人出现，一切都不太平了。难道这个人就是传说中的煞星？我这么想实在是很恶劣，但我的心情也已经恶劣得没法补救了。

好巧不巧我接到了母亲的电话，这个时候，亲人的慰藉似乎是天使的圣光，理所应当降临。

可是我们家两位看着也不像天使。

"最近你跟宋家那小子有联系吗？"

我窝了一肚子郁闷："我跟他联系干吗？"

第二十八章
一波三折

娘亲拿出喋喋不休的唐僧款慢条斯理说:"我怎么听说你在现在的单位表现不好?"

我:"……"

心底惊了惊,怎么说我还是知道,我妈要在千里之外,知道我工作好不好还是不可能的。

还有这样的无聊小人去她耳边嚼这种舌根,我简直不敢相信。

没等我说,母亲大人接了下去:"你脚踏实地好好的啊,都是吃过一次亏的人了,没机会再给你犯浑。"

脚踏实地这个词语让我凉了凉。是老妈在我心里埋的种子太深,又或是我自己的心魔没除,觉得她的话中就是怀着警告,警告我上次胡来之事。

我一次没有脚踏实地,自此之后世界都混乱了。直到现在,发展到这个乱七八糟的地步。

我冷不防觉得惊悚,我正式的导师还在国外,这个时候,苏枕之只是我临时导师而已,我背脊凉透。和导师谈起了恋爱,被知道了,显然会比上次更严重。

老妈生气地道:"你没干什么事吧?"

我神游太虚,冷不防被一惊,差点脱口把苏枕之说出来。

后来我定定神,知道她指的并不是我学校的事,我敷衍着开口:"没有,你也听外人瞎说。"

老妈道:"我当然也不愿意听,没有最好。"

宋哲宇是个不折不扣的外人，现在在她心里，无论如何该是我的话更可信一些。

我斟酌着挂了电话，手却有点抖，这么一来，她没有疑心，我更加心虚。

我跌坐在沙发上，恍恍忽忽连时间都不知道了。

宁优优在水深火热里，我坐在沙发上空等着她，备受煎熬，说到底没有人觉得好过。

宁优优一直被保护得很好，这段日子的水深火热，恐怕也是她从未经历过的。

既然不能出去，浑身又不自在，我只能如坐针毡地在沙发上，捡起几本杂志看，好歹工作了这么些日子，我也大抵能摸清在这城市有哪些雄霸一方的实力企业。

我说宁优优是千金小姐，也源于她爸是本城房地产龙头，这点艾咪咪就证实过了。然后……就是屹立不倒金光璀璨的寰宇集团。

我想起明月公子，他家的明氏企业对本城来说，的确只是个新兴的存在，不管他在国外是多么强大的存在，这就是强龙不压地头蛇的道理。

我顺着这条思路也开始推理分析，他想要站稳脚跟，依理应该寻找几个合作伙伴。

我心揪紧了，也可能是我太邪恶了，他接近宁优优，有没有这方面的缘故？

第二十八章
一波三折

毕竟宁优优也曾说过明辉想要投资她家公司。

就在这时，我翻开一页，陡然一震。

只见就在这本杂志上，不知何时又刊登了宁优优一副巨幅照片。上面，赫然是前段时间让她和她爸爸都焦头烂额的那一则八卦。

但显然，这篇报道把八卦升级了，不仅配着照片说得头头是道，更是条条是理，叫人不信都难。

这个时候我当记者的那点可怜知识才终于派上用场，我看得出这篇报道虽然洋洋洒洒几千字，但围绕的重点只有一个：

宁氏集团遭遇危机，宁总裁急欲用女儿联姻，去巴结另一位商界巨头。

……

这报道的记者太能胡扯了！

可是另一位商界巨头究竟是谁，通篇却含糊其词，没有任何的指名。我尽管只见过宁先生一面，但风采气度是骗不了人的，宁先生要真是这种睚眦算计的人，宁优优也不会那么尊敬她爸爸！

我看完之后气息不稳，只有一个感觉，好一篇颠倒黑白泼人脏水的言论报道！

骗一些不知内情的人，绝对绰绰有余。

我好不容易让自己冷静下来，伸手去拿其他杂志，这些都是宁优优最近买回来的新一期杂志，我从来没看过，今天一看，才真是震惊不小。

我翻开其他，居然也发现了几篇类似报道。大同小异，全是攻击宁先生的，报道里把宁优优描述成一个受害者，可是这种嫁祸的手段何人看不出来。

过了片刻，我慢慢把杂志扔下，这些背后有什么猫腻，我不得而知。唯一作为当事人的宁优优，正被这些事情折磨着。

我最近，并未看出宁优优受什么影响，这些不实的报道，难道没给她造成伤害？我想不通。

熬了漫长寂静的一段时间，我耳内忽然听到汽车引擎的声响，我浑身绷紧端坐没动，过了会儿，果然听见门响，宁优优的身影终于出现。

一见之下我有点无法反应，宁优优裹着一件深灰色的外套，几乎把脸埋进去，在她身后，有个人护送她回来。

我赶紧站起来："优优！"

我居然从后面看到了戴着眼镜一身凌乱的江同学。

宁优优抬起头看了我一眼，脸上表情难测，一副刚刚逃难归来的狼狈。

片刻，我听见她对江子渊低声说："谢谢你。"

江子渊的表情充满着复杂，我看那斯文男人连胸口的衬衣都有些歪了，样子就跟和人打过架似的。

"不，不用。"他也低着说，"你还好吧。"

宁优优拽着身上的外套，对他说："要不……你进来喝杯

第二十八章
一波三折

水吧?"

江子渊这时才慢慢挺直站好,半天讷讷道:"不了,你,你好好休息。"

说完转身就要走。

"子渊。"宁优优开口叫他。

江子渊脚下又跟生了根似的,硬邦邦又转过身。

宁优优把身上的外套脱下去递给他,略低头说道:"你的衣服。"

江子渊僵硬接过,转身蹬蹬蹬迅速离开了。

这副尴尬的场面过后,宁优优慢吞吞挪到沙发边,一脸木然地坐下了。

我二话没说,先拿了杯子倒了一杯热腾腾的水给她,塞到她手里后,我就坐到她旁边,看着她。

宁优优端起杯子,两只手互相握着,半晌脸色才好转。她如此颓然深受打击的样子,让我觉得不是滋味,倒一点也不像宁优优。

又过了一会儿,看她脸上恢复点血色,我这才小心地问:"你又被记者堵了?"

她脸色白了白,有些不甘地看了我一眼,瞥到桌上摊开的杂志,她说:"你看到了?"

我把杂志给合上,推到一边,忐忑说:"怎么回事……这个谣言不是早就平息了吗?"

宁优优握着杯子,头又耷拉下去,显然受冲击不小:"我也不知道。"

我张嘴:"那,那江子渊……"

宁优优无力道:"他送我回来的。"

最近我跟宁优优缺乏一定的沟通,我觉得不管是因为什么,像现在这种状况,我应该多问一问。

她被一群记者突如其来围堵,江子渊说不定刚好路过,于是英勇搭救之?

怪不得我看刚才宁优优对江子渊态度都好了很多,不像以前拒其千里之外。

我旁敲侧击地道:"肯定有什么原因,你……最近真被宁先生逼婚了?"苍蝇不叮无缝的蛋,逼婚那个字我说得有点艰难。

宁优优嘴角突如其来翘了翘,有点冷意,"他也只是提了提,不知那些记者哪来的顺风耳,这个都知道。"

我沉默了半晌,迟疑看着她道:"可是,你不是有了明月公子?"

宁优优唇抿得有点紧,像是不愿提这个话题,然后才慢慢说:"明月暂时不想让我提起和他的关系,他想靠自己的实力和我爸合作……"

我心里转过千头万绪,却也只能缓慢地说:"要是你能跟明月公子的关系公之于众,这些谣言就不算什么了。"

宁优优忽然冷笑了一下,出乎意料道:"为什么要为了那些无聊的记者,就要公布我和明月的关系?"

此言一出,我也惊了,我结巴道:"难道你不想让别人知道,你跟明月公子的关系?"

我看着她,宁优优渐渐沉寂下来,她慢慢道:"也不是不想,只是……只是,现在还不到时候。"

这还有什么到不到时候的,我完全说不上来。

可能我实在对宁优优和明月公子这种罗曼蒂克的关系理解不能,他们两个好像都不在意,我只好改口,"那,明月公子说要和你们家合作的事情,已经决定了吗?"

宁优优的眉头忽然拧起来,说道:"其实明月已经把合作案递上去了,他自己也跟爸爸公司的负责人洽谈过,但是爸说……明氏的资历还是太浅,好像不太愿意贸然合作。"

我用手拨弄着茶杯,我总觉得宁先生的考量是对的,作为商界摸爬滚打多年的人,面对合作的时候当然会深谋远虑,便是我这个外人,在找工作的时候,都知道要把自己的工作资历经验说得越老越好。

其实,这个考量还在情理之中。

但宁优优不大高兴:"其实明月已经很好了,他只是在国内没什么经验,但是经验不都是慢慢累积才会有的,爸何必苛责。"

我吸了口气,没什么话可以再说。

明月公子当然优秀,如果他不是那么耀眼,宁优优也不会一发不可收被他吸引。可是他在别处优秀,把天才挪了一个窝,不代表他可以在别的地方继续优秀。

　　我感觉，这件事就好像一张错综复杂的网，只有眼光毒辣身在局外的宁先生，才一眼明辨利害。只有宁优优当局者迷，一心迷在了上面，让我担惊受怕。

　　甚至，就连明月公子……他都是看得清晰的。

　　宁优优默默喝完茶，一个人就进房间去了。

　　我自己在这默默无语，电话锲而不舍响了好久，我才意识到。

　　看到显示的是苏枕之，我刚静下来的心又起波澜，我心底挣扎了一下，才接起。

　　苏枕之淡雅平淡的声音从那头响起："沐白。在家吗？"

　　我轻"嗯"了声。

　　他低笑了一下："下来，我有话跟你说。"

　　我惊了惊，下去？他难道在楼下？

　　"师兄我……"正要找借口回绝，嗓子眼却似卡住了。

　　苏枕之幽幽道："告诉你一些事，你不想知道宁优优的事？"

　　我立马坐不住了，心一提："关于什么？"

　　苏枕之声音里夹了一丝复杂情绪："关于明辉的事。"

　　我立刻捧着手机，握紧了："……好，我马上下去。"

　　出了楼梯口看见苏枕之半开着车门，人斜倚在里面，好像累了闭上眼睛。

　　他转头看到我，嘴角慢慢露出一丝笑，我握着满手的汗，缓缓到他跟前，一瞬间失语。

第二十八章
一波三折

他几不可闻地笑了一下,声音仿佛有些遥远极轻地道:"什么时候你我见面,需要靠别人才行了?"

我偶一抬头,发现宁优优居然在扒着窗子往下张望,神色很错愕。

我马上从另一侧上了苏枕之的车,心潮泛起波澜,想说话的嘴里感到一抹苦涩。

"师兄,对不起。"

其实我是想说别的话,但话到嘴边连我也不知道怎么就变了味道,似乎更苦了。

苏枕之的目光一定盯在我脸上,好像一顶千斤称压在我脖子上面。他慢慢浮起轻笑:"我该说,我也有错吗?"

我黯然。

其实在我心里一直都认为是我自己的错误,谁也不怨,都是我自己太不知事,或者说是懦弱。

他终于也露出苦笑:"小白,这样你都熬不住,倘若我是明辉,你又该如何自处?"

我却没有听懂,也可能,暂时没有懂。

苏枕之扭过头,可能他是想让我自在一些,视线不再盯着我看。他朗朗开口:"明辉家企业根基很深,惹谁都不该惹明辉。"

这句话把我怔住了,谁惹了那个明辉,除了宁优优,还有谁?

苏枕之手里握着方向盘,好像随时要开走一样,只让我看到他略带些冷峻的侧脸。他接着说:"他回国时间很短,可是,却好像已经和韩先生交情很深。"

那个韩先生……不就是宴会上那个传言中的大老板？

我惊愕惊诧，不欲去细猜苏枕之话中隐含的那一层含义，却道："可宁优优并不曾得罪他。"

苏枕之看了看我，顿了很久才慢慢说："明辉他这个人，你不了解。他是明氏继承人，对于做生意这方面，他自有才能。他是个为了达到心愿，可以说……会用尽手段的一个人。"

我没有资格去评判明辉，因为我对他的了解远远比不上苏枕之，正因此，苏枕之的话才格外让我觉得惊心。

苏枕之这是也怀疑背后有人操控了媒体？我不由暗自道："你认为这都是明……辉做的？"

苏枕之语速缓慢地低低道："我不确定，但是明辉这段时间能这么被那些媒体青睐，很大一部分是得益于那个韩先生的推荐。他是天盛集团大股东，自有一套办法和媒体打招呼。"

我震惊得说不出话。

苏枕之深深看着我："主要是你朋友……宁优优出现的时机太对了，我才不得不这么怀疑。"

他一言点醒梦中人，这时机怎么能不对，赶在明公子急需在国内站稳脚跟的时候，赶在他需要找个强有力的靠山合作的时候。

然而这些，宁优优恐怕连想都不愿意去想。

我忽然觉得，这些聪明人，这些聪明绝顶的人，为何就这么以算计别人为乐？如宁优优这般的人也不能幸免，她对明月

第二十八章
一波三折

公子的心意，反而成了她的把柄吗？

"那要怎么办？宁优优已经陷进去了。"我喃喃道，声音也渐低。

苏枕之薄唇抿起，淡淡道："问题是，子渊现在都被拉进去了。"

江子渊，江同学。最无辜的一根河边草。所以苏枕之也警醒了。

我头埋下来，突然就觉得，这个明辉很强，强就强在这方面，对任何人都下得去手。

我心里一动，抬头凝望他，目光闪烁着："师兄，他也找过你吗？"

苏枕之慢慢道："找过，不过我帮不了他。"

他朝我看了一眼。

顿了顿，他说："还有一个事我告诉你，宁氏的企业最近失去了好几个生意伙伴，都跟明辉想要染指的那一项目有关。就算宁家势大，这一次也被打击得很难了。"

媒体是一把双刃剑，它能让一个名不见经传的人一夜声名鹊起，也能让一个名人瞬间颜面扫地。听在耳朵里，却觉得异常卑鄙。

我靠在椅背上默不作声，目光却望着苏枕之依然冷峻的颜色，他本是和煦如风的人，最近，却常常露出这种类似无奈和漠然的神情。

他为了什么露出这种神情？想到这儿，我心里刺了一下，想伸手碰碰他的脸。

就在这时，他忽然转过脸来。

我怔住。

他朝我俯身渐渐过来，我下意识靠过去，自然而然。他的手摸到我的脸侧。那个温度让我缩了一下。

他一用力，我就不可避免朝他扑过去，温热的四唇相碰，我什么都忘了。

人家说接吻什么的都是会上瘾的，和你每天早晨必须刷牙一样，看起来没什么，可是若是断了一天，都觉得各种难耐。

我抱住他腰的时候想，这车窗的玻璃应该不是透明的吧。

不管别人是陷进什么样的爱恨离别苦痛里，当沉浸在自己恋爱中的时候，还是希望自己是与众不同幸福着的。

苏枕之在唇间辗转的间隙，依稀停下来叹了声："不要跟我闹别扭了，我爱你。"

我就感觉好像那些无论怎么虐待都打不死的童话女主小强一般，特别的圆满了。有这个温度，有这个拥抱，有这个人。

可是我还来不及细品，苏枕之的舌就再次滑进了我的嘴里，杜绝了我一切愿意和不愿意的反抗。

后来他终于松开我，我额头抵着他胸膛，喘了好久才平息。

我两只手攀着他的肩膀，豁出去地问："师兄，你到底是什么人呢？"

第二十八章
一波三折

这句话不知道有没有惹到他,他骤然又不说话了。

他不说话,我也觉得沉重。垂下眸,虽然现在很多年轻人喜欢标榜宣扬只要有了爱什么都不是问题,鄙视门当户对的强硬婚姻,可是那种言论过后就会觉得太天真,这个世界上从来都不是有了爱就天下无敌的存在。

半晌,我听见苏枕之在我旁边轻轻说:

"在我心里,我是谁从来都不重要,"他看向我,眼神波动,"而是你心里,重要的是你会不会因为我是谁,就改变你的态度。"

我语塞。

门当户对这个词其实有很多个含义,门当户对,决定了相似的成长环境,决定了相似的兴趣爱好,决定了相似的理想方向,简而言之,决定了太多太多的事。

两个差异过大的人,就连平时说话,怕不是都会出现鸡同鸭讲的尴尬状况。

我不希望苏枕之在跟人家谈论课题研究股市风云的时候,我只能两耳当空气似的在旁边看着肥皂剧和小说。

恍神间苏枕之伸出手,从我颊边把乱发拂过去,我看着他。他的眼睛里也有无奈和叹息,他只能轻轻说:"小白,你不要想太多,好吗?"

我看着他,嘴角慢慢露出一丝笑:"好。"

当天晚上,我终于跟宁优优开诚布公地谈了一次,苏枕之挖来的这些消息,让我也能有底气劝劝她。毕竟就算我是个门外汉，什么都不懂，宁优优对苏枕之，总该是有点信任在的。

她沉默了很长时间，说实话，这个反应已经出乎我意料了。我原本以为她也许会像以前一样，嘻哈玩笑过去，或者不当回事，可看她那样的反应，我至少知道她是在思考了。

其实宁优优不是笨人，就算明辉让她怎么迷恋，那毕竟是一时的少女情怀，反正我是这么理解的，这种情绪随时可能过去，只要时间允许，何必吊死在明辉一棵树上呢？

等了半天，她才开口，睁着一双有些疲惫的眼眸看着我，说："沐白，你能跟我说这些话，我很感谢你。我知道这段日子，有些事我做得太没有分寸了，也连累到你，我很过意不去。"

想不到她开口是一番这么郑重其事的话，反倒让我一肚子的劝诫都说不出来了。忍了半天，我低叹道："都是朋友，说这些干什么呢。"

宁优优淡笑了一下，可是却怎么看也不像开心，她慢慢说道："不管怎样还是谢谢你，我知道你只是在担心。"

一向大大咧咧豪爽侠女的大小姐如此煽情，颇让我招架不住。虽然我真的是担心她，可是我也不希望她这样说话。

看着她的神情，那么诚恳，我决定今晚一次性把心里话说出来，我对她道："优优，其实我觉得，你这段时间就像变了个人。"

宁优优明显愕了一下，良久只见她唇边勾出一抹酸涩的笑，看向我说了句："放心，我向你保证，我还是从前那个宁优优。"

第二十八章
一波三折

第二十九章 取舍

宁优优的话让我有点忧伤。

我的一番话，不至于让宁优优现在就去怀疑明辉，但起码一定让她心里不好过。再加上她又说出了那样的话。

第二日我主动翻开新闻看，果不其然，江子渊同学又上报纸了，事情被苏枕之简直料得分毫不差，我终于看到了江子渊同学是如何在一堆记者中护了宁优优的周全。

确实是，很不容易。

我看着看着有点感动，子渊同学是用了心，这点谁都能看出来。但是宁优优的回应就有点让人失望了。

换句话说，如果昨天，我看到在无数人中护宁优优周全的人是明辉，我会从此对明月公子另眼相待，并且我第一个赞成宁优优和他佳偶天成。

可是患难见真情，关键时刻也能看到虚情假意。

宁优优去和明辉吃饭，不在家。我听到门响，还觉得奇怪。

结果打开门，是苏大美人。

他怀里抱着一个包装很好看的小礼盒，朝我一笑。

第二十九章
取舍

我有点惊讶，有点意外，还有点小窘。他施施然道："不请我进去？"

由于他是第一次踏足，虽然以前来过，但从来都是在楼下等着，所以我颇为吃惊。

当下把他给让进来，美人今日衬衣西裤，尽显儒雅风范，醉人，实在很醉人。

他把礼盒送到我手里，我略微脸红："你这是干什么？"

"赔罪的。"他一笑，目光灼灼，"怕你还生气。"

我头一低，矮了声气："先坐下吧。"

所幸，所幸我今早上闲着没事，把房间收拾了一下，不然两个姑娘住的地方，什么都没有顾忌，沙发上都是不能看的东西。

可是苏枕之一坐下，我就想起来了，江子渊的报道还在茶几上摊着，被他看见，失策。

可苏枕之第一眼还是看见了，他顺手把报纸捞起来。我在旁边看着他从头扫到尾，脸上喜怒难测。

他合上报纸，不轻不重说了句："这些记者还有没有个限度。"

我发现不知是否因为当了人民教师的缘故，所以责任心特别强，苏枕之好像多多少少，对江同学的事件比较关注。昨天找我说了那么一通话，还是因为明辉牵扯到了江同学。

我在他旁边坐下，拧着眉有些惊奇："你，在生气？"我盯着他的表情参详良久才得出这个结论来，十分错愕。

苏枕之总算露出一点笑意，拧了拧眉心轻叹："最近被闹的，心情特别不好。"

被闹的……我一窘，被谁闹的？我慢慢心里叨念，他心情不好这点，任我迟钝倒也感觉到了。

他转向我，慢慢碰了我的手，目光柔柔的，说道："没事。"

我耳根可疑地发热，说都说了，还能没事吗？

说白了我挺内疚的，虽然苏枕之越完美越好，我会越觉得自己配不上他，他若是不开心，我觉得心中更加难过。

可是苏枕之用力握了几下我的手，我抬起头来也冲他笑，嘴里却含了半天才吐出来："……别、别生我气。"

他嗤地一笑，头伸过来按了按我肩膀，嗓音低柔："怎么会呢。"

好像至此什么心结都该解开了。

我一如往日红了脸，站起身把我前日准备的东西从房间拿出来，想了想，还是塞到了他手里。趁他诧异抬头的时候，我迅速说完："补你教师节礼物。"

苏枕之脸上的表情在一瞬间变化微妙，最后定格在微笑上。"这钢笔很好看。"打开盒子后，他把玩片刻发出叹息。

这是我前几天在商厦看见买下的，我质疑一支钢笔也能卖到上千的价格，后来那售货小姐很大气地说，笔头是足金打造的，彰显身份。

虽然我觉得身份并不需要靠一支笔来彰显，但我还是买了，原因是它真的很漂亮，确实看着相当华贵。不知怎么我第一眼

第二十九章
取舍

就想到苏枕之,那种类似的内敛其间的风华,我鬼使神差掏出一月工资就把它带回了家。

我心里还有点小紧张,总算,是送出去了。

就觉得苏枕之的目光从钢笔上移开就凝视了我良久,不知何时贴了过来,到我耳边:"谢谢。"

声音近得我一阵肉紧,我只敢把肩膀往后撤了撤,眼角瞥见他的表情,又顿住。

实在是扛不住内心的种种的羞愧感,我发出蚊子叫的声:"这段时间……是我,对不住你了。"

苏枕之一愕之后,慢慢笑了起来,很轻柔地笑,他目光微动看着我:"沐白,你知不知道,你胜在坦白的可爱。"

"其实这句话,你本可以不用跟我说出来了。"

不说出来我实在是被罪恶感折磨得难受,到底,还是要忍不住说出来。

我心中一直纠结,直到后面的翻江倒海,冷不丁觉得苏枕之又靠过来了,对我说:"最近你不是也在担心朋友吗?我都知道。"

我看向他的眸子,他含着浅笑,哪怕眼底有那一点血丝,也被笑意遮掩着。

不都说这世上难以存有十全十美的人吗?可是苏枕之的表现好像从来都那样好,不管以前远远地看着也好,就算我和他在一起了,这么长时间,我也实在看不出他哪儿不好。太好太好的人，原来真是会有不真实的感觉。

我忍住泛起的阵阵酸涩意，才开口说道："今天我听优优说，她爸好像打算跟明氏合作一次。"

苏枕之停顿了一下，方给我解释道："面对众多合作对象都纷纷罢手的状态，看来宁先生也是想孤注一掷，想试一试明辉这位新人的能耐了。"

我一方面还在心里感慨明公子终于达成了心愿，一面才算理清了这些弯弯绕绕。

想到宁优优昨天还坐在这张沙发上和我说话，想到她的神情，我淡定不下来，看了看苏枕之："难道除了明氏就没有其他家了吗？宁家怎么说也是有雄厚实力的……"

瘦死的骆驼比马大，以宁优优家以前的影响力，怎么也不会一夕之间对手全离开了吧。

我悻悻道："如果宁家真的落到了那步田地，明辉公子也不用巴巴地求着人家合作了。"

苏枕之不知为何突地一笑，凝着我深笑："沐白，你这话说得可有点刻薄哦。"

我差点没撇嘴，本来就是，明辉无论如何都不是善心菩萨，他几次机关算尽，无非就是想得到宁家的支持，这方面说起来，宁家还是有足够的实力让明公子不得不低头。

甚至用了些不光明的手段。

苏枕之淡笑："明辉当然没那个本事打垮宁家，他采用的只是短期手段，暂时迷惑了众人的眼。好让他自己过桥上位罢了。"

我又看了他几眼，其实我前段时间都还有个问题想确定，我一直想知道这些事情是否真的是明辉使的手段。可是从苏枕之几次三番的话语中，他尽管淡然却毫无缘由的笃定，则让我把疑问都咽了进去。

苏枕之已经确定了的事，也许真的没有再问的必要。他有他的渠道得知这一切，而他，也并不是一个空穴来风的人。他既然这么说了，就证明已经没有确认的必要了。

而正因为如此，我心里对优优更添怅然。

我忽然就想起一个成语，所爱非人。

也许将来，你会找到一个惊采绝艳的人，真正的翻手为云覆手为雨，他强得让大多数人都为之折服。可若是，这个人没有最起码的安心呢？

我越想越想叹，想不下去了。

苏枕之沉吟："你刚才问我，除了明氏就没有其他家了吗……"

我看着他，他眸光突然一缩，有点意味深长："其实，也还是有一个的。"

我只愣了几秒，就反应了过来。在这场风波中，并非所有企业都卷了进来，宁氏合作的企业出了问题，总有其他家置身事外的公司，这些公司之中，当然也有实力雄厚的。

洛城最不缺的，就是各种集团企业，在这个金融中心，找到合作伙伴，当然是有的。

有一家，也让人很难忽略它的存在。

他是想说，寰宇？

苏枕之目光闪着莫可名状的光亮，我忽然词穷了，也盯着他不知道说什么。

宁优优晚上回来，还是很颓然地把包扔到了沙发上。

如果她爸爸宁先生真的决定了和明辉合作，她的脸上，反而见不到该有的开心。我冲了一杯麦片，抱着走到她跟前，迟疑了好几回，还是开口："你们，谈得怎么样？"

宁优优抱着枕头歪在沙发上，眼睛眨巴了几下，才开口："我问了他，他否认了。"

虽然很简短，我想我听懂了。

刹那间我不知道说什么，我陡然感到我实在太八卦了，对于她和明辉的事，用句话说，我管得太宽了。

我真的有点过分了，可能。

我各种犹疑，宁优优却强笑了一下，对我道："没事的，就顺其自然吧。"

顺其自然，我接触到了她的眼睛，她眼中那种无法信任某一人的痛苦。我忽然觉得喉咙发堵，不管这事的结局怎么样，这个女子，她还是被伤到了。

"明辉，他还问我，是不是你在我面前说了，让我这么怀疑他。"

我正抱着茶杯慢步走回房,半道听见宁优优在身后说了一句。

我骤然立住了,完全不可思议地马上转过身。

宁优优很正色道:"我当然没说出你,但他这么问,我很意外。"

宁优优突然降临的这句转述,对我的震撼是很有的。老实说我有不能置信的感觉。那个明辉,他居然说出了这种话?

岂止她意外,我自此刻起的一整晚,都莫名产生一种不舒适的违和感。

第二天,我精神不佳地去上班,整理着咪咪姐留在桌上的一些资料。

咪咪姐和一群公司女职员,直到八点过半才一路有说有笑地进门来,她手里抱着最新的杂志期刊,进来看见我就打招呼:"嗨,沐白。"

到了公司就要完全变成两个人,必须满血元气状态,我麻利地把文件递给她,从窗台上拿过抹布擦桌子。

艾咪咪冲我笑了笑,拿着文件就坐到桌前,低头开始翻看。

然而文件她只略微翻了翻,就把旁边的杂志拿过来开始看,我看她旁边还另外堆了几份报纸,巨幅头版上的照片,我瞥一眼似乎是一个人的西装,折叠在里面看不见样子。

最近这些精英什么的就爱上报纸,我没在意,继续抹桌子。

艾咪咪看了两篇文章，感慨地点评了几句，她时常这样，特别情感丰富。我在旁边就是听着，然后也跟着感叹几句，以上就是联络感情的闲聊。

大概杂志没什么好的故事，她就打开了报纸看。盯着头版头条看了许久。

我桌子都擦完了，最后我听到她咦了一声，似乎看到了很讶异的事情。我把抹布丢回盆子里，还在想昨天的事，所以艾咪咪叫我的时候我根本没注意。

等转过身，才发现艾咪咪忽然极深切盯了我一眼。

她神情既惊奇又意想不到，直盯得我一身汗毛竖起满头雾水。

我走到桌边，微笑了一下："看见什么了？"

艾咪咪的神情瞬间有些形容不出来的感觉，她重新看着报纸，就像是确认了半天，才不能置信般抬起头，说："沐白，想、想不到你男朋友那么有来头？"

我怔了怔，"什么？"

她没头脑地把报纸展开，神色复杂递过来，手指了过去，"喏，看这个，他……不就是那天送你来的人？"

我看向报纸，打眼看到苏枕之这么大幅照片，我觉得眼内被刺得适应不了，那整版照片上的人，不就是苏枕之吗？

大脑空白了几秒，我没想到会看到苏枕之的照片，而在他旁边还有一个人也被拍了下来，尽管还被车门遮着，但是，换

第二十九章
取舍

了外人可能不知道是谁,可,起码我还能认出我自己。

有种难以言喻的震惊从我心底盘旋而出,是因为我认出这张照片分明是昨天苏枕之送我回家的场景!

我的状态就如同被雷猛然击中,我只是石化般僵立着,自然忘了旁边还有翘首观望的艾咪咪。

我没有回答她的话,她不知从我的沉默中得出了什么结论,兀自张口结舌:"寰宇集团三公子,天啊,这是真的吗?"

我仿似没听见。

艾咪咪早已翻开了那一整版面的报道,盯着仔细看。我浑身像踩在棉花里,周身都不着力道,眼中只看了报道的标题几行,就已经支撑不住。

我设想过这种冲击力,却没有一种和今天一样。看来不管你事前想过千百遍,没有事到临头,永远体会不到身临其境的紧迫感。现在我体会到了,远非我能承受的巨大空落。

艾咪咪略尖的声音响起来:"沐白,你的男朋友竟然就是寰宇集团的大少爷?!"

一语无法点醒梦中人,却让我在耳鼓膜微微刺痛中回过神,我看向她,至此才发现她精彩纷呈的脸孔。

她在惊异、难信,却不知道我的心情,却和她一样。

时至此刻我没想到我居然还能冷静着一张脸,对着她看了半刻,道:"什么?"

我挤了一点笑出来。

艾咪咪估计以为我开玩笑呢，盯着我看了好半晌，眼睛瞪圆，表情又变了几变，比刚才还精彩地说："还装蒜？报纸上都写出来了！这登的不是你俩？"

登的是不是我和苏枕之，我现在大脑根本不想做出判断，我继续盯着报纸，僵硬道："都写了什么？"

我首次主动从艾咪咪手里抽出报纸，艾咪咪也愣愣地没动，任我拿过去看。

标题耸动，内容充实，我一直觉得报纸上的东西很空泛，难以描述真实的东西。可是在今天，却让我了解了苏枕之的种种。

那些我不曾了解的，报纸都爆料得巨细无遗。

艾咪咪迟疑说："寰宇集团的苏总裁……的独子，家财万贯，在国内×大学任讲师，MBA毕业……沐白，这都是真的吗？"

最后一句更小声，她还朝窗外瞄了一眼。

我握着报纸，眼睛盯在上面默然无声。然后我嘴角扯了扯，涩声开口："应该……都是真的吧。"

艾咪咪的眼中有着惊诧过后的叹息："我一直以为你男朋友是普通的有钱人，没想到这么……"

我双手虚软地放下，把报纸滑到了桌面。

艾咪咪又笑嘻嘻说："你还真的低调啊。"

我捂了一下额头，有点晕，跟她说我去洗手间。

我刚扭过脸，宁优优的电话就叫嚣过来了，好似急惶惶的铃声一遍遍响，我盯着来电显示，半晌接起。

第二十九章
取舍

"沐白。"她急速叫了一声之后，顿住，有点小心地问，"你今天……有看新闻吗？"

慢慢几步来到过道里，我咬了咬下唇，许久低低道："……看了。"

宁优优顿时无话。她想提醒我，可惜晚了一步。

我强打精神："没关系，苏枕之的身份，我多少也料到了。"

宁优优的声音掺杂一抹惊愕："料到？什么叫……苏师兄难道从没跟你提过？"

我也无话了，我才意识到宁优优并不是那个意思，是我误会了。

宁优优急急说："沐白，你……你到底怎么回事？"

我握着手机听了半晌，忽然觉得四肢有一丝劳累，我对她说："等我下班说罢。"

前一天还是她焦头烂额，转眼，就是我深陷囹圄了。

就好像昨天我还置身事外地安慰她，说开导别人的话，到了今天，我自己变得四面楚歌，不知东西南北了。

宁优优的语气透着气急败坏："我明白了，一定都是冲着我，是他……有人想挑拨你和苏师兄的关系，沐白，你别上当！"

她冲着电话狂吼，我觉得眼睛实在是酸得难受，喉咙越来越堵，几乎说不出话。

我背靠墙壁，慢慢坐下来。

那篇报道我没细看，实在是没勇气看下去，将我和苏枕之彻底公之于众了。原来被曝晒在阳光底下是这种感觉，不安全感层层都上涌。

宁优优的声音似乎已经藏不住焦躁了，隔着电话，她不停地道："沐白，你……那篇报道说你是平民女子，你不要往心里去。听说我，苏师兄他一直把自己隐藏得很好，这么久都没闹过什么新闻，这篇报道出来，他也一定很不高兴的！"

我觉得宁优优好像急得有点语无伦次了。这样的感觉让我想到了过去曾经的那一段时间，新闻猛于虎，不处在风口浪尖的人，绝对体会不到的感觉。

我惶然。

苏枕之一直把自己隐藏得很好，是的，他从来没有在我面前暴露另一面。就如师兄，他只是我的师兄。或者在他自己眼里，这种隐藏，以及在宁优优眼中，她都觉得是为了我好。

为什么要这样觉得，只因我，的确和他有天壤之别。我陡然握紧了手机。

第二十九章
取舍

第三十章
怅然若失

屏幕突然一黑，手机凑巧这个时候没了电。

我慢慢站起来，转身朝前走。感觉一路上的人好像都在看着我一样，实在难以打起精神。

难受似乎只有自己能体会。

我有时候会想我为什么总是这样难受，好像真是忒苦情忒悲情了。苏枕之是谁我为什么要关心，他的身份就算再高个几层次又怎么样。

我应该感天动地地去爱他，非他不嫁，爱得脑子里完全不考虑其他。这才是恋爱的状态，脑袋晕乎的状态。

可我为什么单单得纠结这个？

手机没了电，我想找个人宣泄都彻底失去了机会。

一上午不知道是怎么熬的，办公室的俩女的一直打趣我："柳沐白，你以后可得时时注意了，等会儿出门的时候，别再被什么地方的记者偷拍了！"

她们就笑，办公室里最需要的就是开涮的新闻话题，我把头差点埋到桌子底下去。

第三十章
怅然若失

有个新来实习的小姑娘特别大胆，直接跑到我桌子前，还伸头向我脸前凑："柳前辈，教教我们，怎么能钓来这么大一只金龟婿？！"

我微微一抬头就陡然看见她近在咫尺放大的脸，以及眼里闪烁的富含兴味的光芒。

我紧抿住嘴，把头低下去。

艾咪咪停了停，道："好了，你们都不要缠着人家小柳，还要工作呢……"

实习小姑娘和其他围观看热闹的都露出不以为然的神色，小姑娘有些似笑非笑地继续问："柳前辈不要藏私啊……让我们也有点机会，去鱼跃龙门一次。"

分外刺耳，分外刺耳，我努力不去听，伸手想捂耳朵，心头拂过一丝的厌意。这些人，人人都对围观别人的事乐此不疲，甚至不管被围观的人愿不愿意。

这是何等讨厌的感觉。

艾咪咪皱了皱眉，没有再说什么。

对这些八卦她也都是习惯了的吧。

小姑娘还不放过我，天知道我多希望她无视我闭嘴走开。"不如柳前辈下次给介绍个什么有钱的高管认识吧？"

她再次接了让人吐血的一句，我抬起头，语气有点生硬："对不起，我没什么好介绍的。"

感觉说完这句话明显就安静很多了，面前小姑娘神色变得微妙，我不想去看四周都是些什么表情。

小姑娘几不可见地瞥了一下嘴，从我桌前离开了。

很多时候，爱，只是自以为的感觉。你以为你是爱得感天动地，可谁相信你是真爱。

我想苦笑。平时中午我都是不回去的，可今天，我特别想见见能让我感觉熟悉的面孔。

拿着东西出神时，艾咪咪从我手中接过抹布，轻轻道："你别干了，我来擦桌子吧。"

我勉强笑了下，一言不发走出办公室，实在已失去说话的力量。

到门边我撞到一个人才反应过来，愣了愣嘴里喃喃说"对不起"。

没有听到回音，我抬起头，才发现是何小双在看着我。

我一怔。

何小双看了看我，一言不发，转身就走了。

我又怔了许久，看了看她的背影，也移动脚步出了公司。

我的手放在口袋里慢慢步行，离开公司之前我打算是回宁优优住处的，可是走着走着，还没到坐车的站台上，我的脚步就迟疑了，最终，闷头超了过去。

如此四下里荒芜，我一时又想我手机关机了，苏枕之若是想找我，都找不到该怎么办？

想着想着我就又蒙了，我这样想他，又这样害怕自己，何苦？

第三十章
怅然若失

现在这样,难道这不是在自找罪受吗?

我大概是第一个漫无目的走路,却仍走得如此犹豫的。

在某家没注意名字的店门前来回了好多次,中途我居然还把手机拿出来智障地想看看时间。后来才转身在对过的墙上看到时针,已经过了我上班时间的点,并且是早就过了。

我想到那些人的嗡嗡八卦声就脑袋作痛,最后做了决定,只能下午不去上班了。

我打电话请假,再次想起手机不通。

于是这才患得患失拦下了一辆车,回到宁优优的住所,我唯一庆幸的是钱包还没忘记带。

打开门,预想中的声音没有来,照旧是空荡荡的。

我迟疑了一分钟,才低头换鞋子进去。在沙发上坐了半天,方拿出了充电器,把手机插上,开机。

然后,我已经难以估算出过了多少时间。隐约是,外面的落霞都出来了。

宁优优的电话响起和她进门的时间几乎一致,她身影出现在门口,握着手机讶异看着我。

我转头看到了她,瞬间眼底湿润,开口才发觉嗓子略哑:"优优。"

宁优优惊异地说:"沐白!你在家啊?!"

我刚嗯了声,她便迅速转身冲门外边喊:"苏师兄!你快进来!沐白在!"

门外蓝影一动,我再度愣住了。

苏枕之修长的身子跨步进来,声音沉哑:"沐白!"……

我喉头被堵住,看着他还未开口,苏枕之连跨几步过来,我被狠狠抱了。

他的气息这个时候让我想流泪,幸好是我的脸完全被捂住,连呼吸的间隙都难上加难。我用手去攀他,心口一阵阵揪着。

宁优优就在门边没进来,她说道:"呃……那个,你们先聊,我下去、买点东西……"

传来门被关上的声音,苏枕之才渐渐放开了我。

手臂仍然搂住我的腰,他低头深深道:"手机怎么关机了,到处找不到你。去哪了?"

我的手机就放在茶几上充电,我受不了他仿佛灼烫的视线,却好像有股力量把我吸住,让我只能看着他的脸。

"手机……没电了。"我伏在了他肩上。

他握着我肩膀声音暗咬牙,他手劲控制不了得有点大:"别让我找不到你。"

我咬咬牙,抑制住眼底的泪水,绕指柔能克百炼钢,不要让我这么崩溃。

苏枕之略略放松我,声音尽力舒缓地道,可惜就是尽力舒缓,也还掩不住沉重和焦灼,他轻喘道:"……看见报纸了?"

听他这句话我耐了半晌,五味瓶倾倒,奈何却只能扯着嘴角说出一句场面话,似乎掩饰,低头轻声说:"想不到,师兄……

是这么厉害的人……"

他身体一僵，再次将我拥紧。

我想，苏枕之是不是也词穷，无法表达他的情感。

如果不是手机响了，我可能还在浑噩当中，并且是铃声持续很长时间，还是苏枕之提醒的我。

我拾起手机，瞄到上面的号码，不知怎么的瞬间心一沉。

有时候人真的会产生某种福至心灵的感应，这种心虚感，让我想起有段时间，我看到来电显示就心虚，居然是此刻想也想不到的老妈。

身旁是苏枕之，他眼眸清澈地看着我。我尽量自如地去接电话，放在耳边特别颤地喂了一声。

我听到的声音觉得特别阴冷："你在干什么？这么久才接？"

我心就更凉了，怎么说也是一起生活二十年的母女，她的情绪还是能听出来的，慢慢说道："手机声音小，我没听见。"

老妈的声音含着老大的怒气，如果不是隔着电话，她恐怕都是能掐死我。

"没听见？有人说你谈了恋爱，是不是真的？！"

我体会到了这么多天压抑着的一种情绪，怒气，母女天性，可能是出于母女中特有的一种羁绊，只要母亲开口，她总有办法激起我最真实的情绪。

在她面前，我没办法像在别人面前一样隐藏。

于是，我发火了。"谁说的？！"

我心中有刺，恰恰好踩在了这根刺上。

她咬牙切齿地恨恨道："你还管谁说的？你说，你是不是又干了这种没脑子的事？！"

仿佛都能看到她咬碎一口牙的样子，谁发怒的时候都是颠覆往日形象，我家的母亲尤其是。在家里我看惯了她这种样子，所以此刻轻易地就能想象出来。

我一忍再忍，道："你又听了谁的闲言碎语，能不能别听风就是雨？"

印象中母亲素来是不听劝告的，她认定了就是认定了，这次也不例外。她几乎都在冷笑了，"你看看你能不能让人放心，还以为你真开始下功夫念书了，没想到又开始五迷三道的，你是不想走正路了是吧？"

何为气不打一处来，我和她的心情完全一样。

我咬了咬唇半天没说出话来。手机被死死捂在耳朵上，好像掩饰什么一样。

苏枕之还在我旁边，我不知道电话里略微尖厉的声音传出来是什么样，还能不能被听见。

我道："我怎么了？"

她不阴不阳蹦了一句："你找的什么有钱人男朋友，告诉我？"

我咯噔，可称为心惊肉跳，下意识要反驳，可是却出了一身虚汗，"你到底听什么人说的？"

第三十章
怅然若失

老妈顿了顿，只道："柳沐白，我只问一句，你还怕不怕丢人？你还能不能用点好的心思？"

我胸口起伏，脸色不知变成什么样了，苏枕之似乎隐忍地低声问："你怎么了？"

我脚底麻了一下，担心他的声音传进被听到。我几乎脑后发凉地转脸看了看他，抱着电话我压低声音："你无缘无故说出这么难听的话，我哪儿没用好的心思了？"

想不到老妈她居然开始沉默了，把我晾了有一分钟，就让我听着她的呼吸去感受不安。然后来一句："我现在不想跟你说话。"

啪，挂了。

冷暴力，又是我遭遇过的冷暴力。

她以为这样能给我更重的惩罚，事实上在家里和她一起住的时候，我的确也饱受摧残。

可是我现在很想摔手机。我觉得摔了也不可惜，如果能让我发泄一下，让这个古董淘汰去吧。

苏枕之面沉如水，盯着我久久不作声。

我脑袋被一波一波怒火冲击着，刚改善的关系又崩了，每次都是这样，吵翻特别容易，都能用极其尖酸的语言冲着对方，温情全部都消失了。

苏枕之缓慢地握住我僵硬的双肩："刚才是谁？"

我受惊一样看着他，其实不是看着他，我还想着刚才老妈说的话。

老妈说话实在很难听,在她盛怒的时候,我敢说我出门在外遇见所有人都没有她的功底。可是也只有她这么骂我能忍受,毕竟是亲妈。

她居然说出什么"有钱男朋友",这样的离谱,可是偏偏是振振有词,她刚才就是在质问我!

苏枕之盯着我,我不能不回答他,可一看到他盯着我那眼神,我就什么都说不出来。

"是你母亲?"高人就是高人,你以为你不说人家就不知道,还不照样一语中的。

我把手机放下,扭头去饮水机上倒水。一回头苏枕之静悄悄站在我面前,大白天没把我吓死。好吧,现在也不是白天了,我瞄一眼窗外,已经擦黑。

苏枕之用那双独有韵味的眼睛盯了我很久,冒出一句:"伯母说了什么?"

我反应半天才反应过来,伯母,多么斯文的叫法。这个词我回味了半天才跟我们那儿的阿姨称呼等同。

我沉默了会儿,苏枕之一抬手,又把我手臂给抓住了。

出于一种莫名的心理,我火速回答:"就是骂了我一顿。"

他眼里动了动,声音放轻了些:"为什么骂你?"

"没什么,在家她也经常这样,很正常。"我耷拉下眼皮,脚尖移动想从他面前挪开。

第三十章
怅然若失

苏枕之皱了一下眉,早说他这样的男人极少皱眉,好涵养好气度,皱了眉就表明真的很不好。奇怪我一直不觉得我跟苏枕之是在谈恋爱,或者不是传统意义上的谈恋爱,在他面前我似乎总是不能放开自己,做不了最真实的自我,可是他的一举一动却又好像刻在我心上,我在意且对此熟悉得很。

手腕被大力拉住,切切实实地抓紧,我脚步卡住犹如被定身一样,因为确实第一次感受到苏枕之这样的蛮力,而震惊。

他在我耳后发出暗吼:"小白!"

"你站住。"他说。

说实话我真不相信苏枕之耳力能那么好,我电话捂那么死紧,他还能一字不漏听见,他现在爆发让我很迷茫。

我只要不正面对上他眼睛就还能撑得住,我侧了侧身问道:"我又让你怒了?"

其实我本来想说是不是又让他受不了了,临时换了个问法,问出来才发现效果不一样。

他薄唇微启,扣着我的力气越发得紧,我察觉不对想逃,他冷冷然问出了一句:"在你心里,我究竟是不是你男朋友?"

我心凉了一半,不,加上刚才那个电话,我想该是全凉了。

苏枕之等了我半天等我开口,他的目光更是一直笼罩着我,直到一分钟又一分钟过去,我才看见他紧抿的唇又一勾,似乎无奈至极:"沐白,我说句实话,你一直在躲,我也一直在努力顺着你。我想你可能还不懂,还需要时间,我这么长日子也警告自己不要给你压力。但最近,发生了这些事,你越来越不肯说话,我就想知道,什么时候是个头?或是,一直也没有头……"

很多事情不是你躲就能不去面对的,可是我总是做不到,得过且过,我第一个老板和爹妈最终受够了我,也是因为我改不掉这点。

现在被苏枕之当面指出来,我觉得比以前加起来的伤口都要猛烈。

被他说的,我眼圈抑制不住一红。

苏枕之道:"你连看我也不敢看吗,从认识到现在,我对你所做的,我不信你感觉不到。你,你让我如何?"

我发现鼻子酸的,让我嘴巴再弯曲一些说话,都不行。幸而还能抬头,重新看进他眼里。

所以我不敢,苏枕之的眼里没有责备什么的,预想可能有愤怒也没有,就是那种仿佛苍凉、无奈的情绪浮在他脸上,比任何怒火都厉害,更觉万箭穿心。

苏枕之低叹:"你是不相信我爱你,还是怎么的……"

我实在忍不住涌上的酸涩,眉心皱得紧紧的,那种感觉就是想对苏枕之说话,但苦于无法说出重点,最后就演变成没法说。

我干了一件最不愿意的事,流眼泪。

第三十章
怅然若失

可我实在是忍不住了，导致我说不出话一个劲掉眼泪，心里是一个劲鄙视唾弃自己。我想跟苏枕之好好解释，我也不想这样，可思想跟身体行动有时候缺心眼地不能同步。

这大概是我第一回掉眼泪，被自己逼的。谁也不怨。

苏枕之的面部表情也僵化了一下，手迅速就罩上了我半边脸："哭什么？"

至少他不再追问了，而是忙不迭擦我的脸。

这时候连张面巾纸都拿不出来了，只会用手一下一下划拉，我就觉得我的脸和他的手掌摩擦，火烫火烫。

其实内心同样在问，把话说清楚有这么难么，我不明白为什么有时候我心里想的，和实际做的会有那么大差别。比如我想这么做，可是却做不出。

听见门钥匙响起的声音。宁优优拎着方便袋站在门口，看着我们就愣住了，大概她没想到她好心好意留给我们私人空间，我却被一个电话浪费了，还成了这般形容。

我哭不下去就盯着苏枕之瞧，我觉得我说不出话来，至少也能用眼神传达点什么。

比如，我真的挺在乎他。

苏枕之伸手伸了几次，最后才含蓄地搂着我半边腰，把我架到沙发边上。"唉……别哭了。"他说着把视线移向了一边。

他一说我更难受，都不知道怎么办是好了。

宁优优默默地进门把方便袋放在桌上，香味都从里面飘出来，她买了熟食。她看了看我，迟疑着道："要不，苏师兄，今天就让沐白先休息吧？"

苏枕之没言语，但他垂眸看了我一会儿，转过头望向宁优优，却微微点了下头。

第三十章
怅然若失

第三十一章 童话笔记

从那天起，宁优优闭门谢客，表面看我和她都需要时间来平静。

我难过得喉咙眼都卡住了，却仰望着天花板茫然。我自己都讨厌自己了，不要说别人了。苏枕之会不会也终于有一天厌倦，我当不起他这么好的待我。

而当我靠在沙发上，冷静了许久之后，才稍微能渐渐回味出，家里的娘亲骤然得知我和苏枕之之间的一切，我才想起告密的会是谁。

谁会知道一切，谁会这么无耻，谁又会这么无聊。

说真的我始终觉得从来到洛城后，不，应该说很久以前我跟他就没什么交集了，可不过是我以为而已，许多事在别人眼里就得换个样子。

我憋着一股气，手都发抖。跟公司告假三天，不管外面如何天翻地覆。

宁优优和我待在家中，闲着时躺在沙发上发呆，发呆过后偶尔上上网。似乎一切平常。我并不知道她倒腾些什么。

第三十一章
童话笔记

可是其实还是有一件大事,就是宁优优和明辉掰了。

曾经好得跟一个人似的亲密感情,猛然间很彻底地掰了个干净。

导火索是报纸头条,某天突然爆出了明公子和宁优优,说他们正在交往,还刊登出了宁优优和明辉的一张合照,这件事无疑又成了热门,明公子看来真是越来越风光,他如今的境遇,和当初不可同日而语。

当我看到的时候,我也是真有点不淡定了。而当宁优优看到报纸的时候,她什么也没说。

记得几日前早上,我翻开她买回来的报纸,还很讶异地说道:"明公子又上报纸了?"

宁优优眼皮都没奓拉一眼,没作声。那时候我还不知道她和明辉已经演变成这样了。直觉告诉我,这姑娘是受刺激了,她的所作所为很有点爆发的迹象。

无论如何我跟她在一个屋檐下相依为命,彼此心事重重,却能互相慰藉。

其实我不理解明辉的用意,宁优优的手机并没有关机,曾经有一天,我看见她手机连日响了十几遍不止,她都置之不理。

而我看那上面显示,全是未接电话明辉。宁优优这样的冷处理,显然是收到了效果。

我忍住了压制的躁怒,没去找宋哲宇去算账,我如今跟宁优优同病相怜,最重要的一点,你不主动去招惹,却被别人屡次三番陷害的情况。

第一枚重磅炸弹是，宁优优向媒体宣称，她与明辉毫无关系。

这是我第一次见到宁优优的另一面，御姐变成绕指柔，她还出去接受记者采访，她说，如果再不站出来，她觉得对不起她爸爸对她的疼爱。

而关于她和明辉的那些事儿，她则全盘否定了。否定和明辉的交往，也否定和宁先生不和。原来宁优优也可以这样。

采访完她的神情还是疲惫的，好像从状态中还没出来，她抬头看了看我，对我说，她发现人有时候就得装孙子，装无辜，不能永远都那么强势。

优优大小姐低调出境，一点无奈一点委屈的形象立刻让报纸掀起一阵狂轰滥炸。

近日让媒体竞相追逐的，不再是明公子一枝独秀，而是优优大小姐和明氏公子的相爱相杀。

说真的我才感受到宁优优的手腕和魄力，出身商业家庭的大小姐果然是不一般的。

我看着她，我想优优大小姐终归还是和我不一样，因为她真的有实力有背景，可以轻而易举扭转乾坤。所需要的，不过是她的狠心和勇气。

最后，明公子找上门来了。

对于宁优优的声明，明辉表现了出人意料的低调，他一直没有跟宁优优正面对上，这也是我不理解这人的另一个原因。

第三十一章
童话笔记

可是今天他大驾光临登门也是事实。

今天，刚好是我请的那三天假最后一天。

宁优优则很干脆："我跟你没什么好说的。"

明辉一身雅气，身材笔挺，像儒雅贵公子般走进来。外表无懈可击的男人。

"优优，我希望你能听我说。"

宁优优抱着双臂，女人的魄力取决于面对男人时的勇气，她几乎是用一种散漫的态度看着明辉。

看得出就算是明公子也有些招架不住了，他很轻地说道："对不起……我知道有些事我做错了，但那只是开始，优优，我对你是认真的。"

奈何就在一间屋，他说得再小声我也能听到。

吃干抹净之后，这个时候才来演深情无悔，生活果然不是电视剧，电视上看到这种情节，我一定会笑场，现在看到却觉得讽刺。

宁优优冷嗤一笑："说的好像我跟你有什么一样。明先生，希望你说话注意点分寸，叫人听见，我一个女孩子，还要脸不要。"

明大公子终于变脸。

我不太待见这个人，无言地拿出包，正好顺势出门，上班去了。估计在家里，人家明公子心里还觉得我碍事，给他个机会，让他知道他的失败不在于别人，完全是他自己的错。

我跟宁优优说不准是前世修来的缘分。

她穷途末路,我如履薄冰。她不堪其扰,我也未必能够走运。我俩连被困扰的时间都那么吻合。

在单位中我也不得自由,埋头恨不能把自己当空气。可是有人很活跃,我发现何小双整个下午到处串门子,找人唠嗑。

艾咪咪一如既往讨厌她,可是今次却表现得不明显。

她偷偷跟我说:"何小双要辞职了。"

能有人不谈论我,我就高兴了,当然配合地勾头跟她八卦:"不会吧,什么时候?"

艾咪咪道:"今天就走了!你还不知道。人家要另谋高就呢……她那男朋友,嗯。"

我忽略了后半句,只诧异:"辞职不是要提前三个月?之前没听她说啊。"

艾咪咪挑眉,趁着外面喧闹小声说:"人家哪里还在乎这些,我先前就说她待不住吧,果然,被男朋友伸出橄榄枝接走了。"

"一人那啥啥,周围的都跟着升天了。"

我没作声。

说着说着何小双串门子串到了我们这间办公室,人一旦决定走,就没什么顾忌,所以小双姑娘一进来,就发出一阵清脆笑音,这次艾咪咪也很给面子,起来寒暄:"小何来啦。"

哎,我进公司几个月,都没见过她用小何这个称呼。

人嘛,真不得假不得。

何小双就坐下来唠嗑了,可她第一句话却是冲着我:"柳沐白,听说你休假,你什么时候来上班的?"

语气充满热情和惊奇,虽然热情没听出多少,那个惊奇多少还是装的。

我道:"刚来。"

何小双忽然笑得花枝乱颤,无法形容她那种笑,只能用这个词。她说:"豪门女友,人家都这么说你,你还挺好命的。"

有时候所谓的不爽情绪,就是在一句话之中掀起的。

艾咪咪打趣说:"小双你不也是吗,找到个好男友。"

何小双这次笑得很含蓄,似乎表示默认,可是过了一会儿,她又把火引到我身上:"怎么能跟柳沐白比较,她男人都是高水准级别的,我们一到跟前,都是平凡人啊……"

带着调笑语气说出的话,让我有掀桌的冲动。我沉默以对。

艾咪咪笑了:"当然比不了寰宇集团的三公子。"

何小双就着话头,仿佛随意地对我说:"哎,不过柳沐白,你们家世悬殊这么大,也不好哦,以后恐怕不太容易走到一起。这种事太多了。"

艾咪咪听出不对味,也笑骂:"会不会说话啊,你。"

何小双陪着她笑,笑一会儿就开口:"我也是说事实嘛。"

我抬起头,淡淡看着她,道:"自然……谁也比不了何小双你幸福。"

何小双摆着手,脸扭过去:"哪里哪里,不敢跟你比。"

我说这女人是不是有病,我忍着忍着才没有当面骂出来。

然后艾咪咪看了我一眼,两个人的话题,终于不再绕着我,但是,则彻底无视我了。

嬉笑了一阵,可恨今天下午气氛这么松弛,等到老板终于从楼上下来的时候,何小双才从椅子上站起,笑着说着走到门边。

艾咪咪最后虚情假意赞叹她一把:"看你今天得意的,人家为了找工作都挤破头,你不动声色就换了好工作。"

何小双一手搭着把手,人站在门外笑说:"我算什么,当心人家柳沐白以后被当名人一样追捧,各家媒体都挤到公司来,让你们出门都不行啊。"

要不是她很快关了门,我手里的文件夹就想砸过去了,实在无法忍耐。

艾咪咪送完她回来,我脸色才好一点,艾咪咪嘘口气,看着我,轻叹一声也没多说什么。她用胳膊肘捣了捣我,低声说:"沐白,知道刚才在外面,那女人还跟我说了什么?"

艾咪咪对何小双的称呼又变回了以前的"那女人",我没表示意见,直接问:"她又说了什么好话?"

艾咪咪听出我的反话,也小小叹了叹,直至顿了顿,才张口:"她说啊,她看新闻上面报道你,说你曾经辍过学。"

我刚才不知起了什么念头,抓了一支笔在手里,瞬间就被握得死紧。

除了难以置信和震惊外我培养不出别的情绪,我看着艾咪咪,艾咪咪也看着我,房间里出现片刻的静悄悄,我不懂,这

第三十一章
童话笔记

些事都和那女人有关吗？！

艾咪咪脸变了一下："你脸色好吓人……沐白，这女人真挺讨厌的，长了一张破嘴。她走了也好，眼不见为净。"

她是走了，一干二净，可是，留我满腹愤怒，被她奚落？

我咬着牙，才熬到下班时节，度日如年，我拖着包，第一个走出办公室离开。总觉得这污浊的空气，多待一刻都能让我窒息。

可是走入大厅我都好像还在做梦一样，那些蜂拥而来的亮如白昼的灯光，好像我刚刚还相信我只是做了一个梦，这会儿就发展到现实了。

我熟悉的各种摄像，照相机，穿着大外套的记者，扛着他们的宝贝就冲过来，我现在的反应怎么及得上他们，瞬间被围个水泄不通，我左右环顾，却发现我站在这个圈子的中间。

"柳沐白小姐！请接受我们的采访……"

"柳小姐……"

我傻愣愣地看着他们，倒吸一口凉气，面前多了起码三只话筒。那些个人一脸巴巴地看着我，好像我只要稍微吐出什么字，他们马上就能奋笔疾书。

好奇怪。

前世我还在采访人，原来被人采访是这种感受。这种好像孤岛，四处霜剑的感觉。

我不说话，可是闪光灯还在闪，记者自然能根据我的沉默，再写出一大篇报道,这些流程我熟悉得印进了骨子里。记者种类不同,但本能都在。

那些人的表情开始变得莫测,我突然很想逃。在人群包围中,我浑身僵硬得犹如木头。

我不该这样的,我至少应该想出什么办法应对。

我头皮发麻,心里的反应再次没有起到任何作用。

远远的,我看到大门口冲进来一个人,我眼前发花,如坠深潭。那个人的速度很快,几乎立刻就冲入大厅,一路向着我,大步如风般走过来!

"苏先生!"

"苏公子请问你是来接女友下班的吗?传闻你打算回到公司工作,请问是的吗?"

那些记者起码分出了一半精力,主动走过去,话筒移到了苏枕之身上。苏枕之似乎想靠近我,他的目光跟着我,但是在距离我还有一步的时候,却没有再向前。

离得这样近,他眼神偏偏有些模糊的雾气。

他转了个身,说道:"大家有问题都问我。"

记者都像是得了特赦令,扛着摄像机这下彻底抛弃了装哑巴的我,转而把苏枕之里三层外三层包围起来。

苏枕之停顿了一会儿,有些轻轻道:"大家一个个问。"

他本是斯文的人,面对大群蜂拥而来的人,他表现得也是淡淡礼貌。苏枕之站在人群中,谁也抹不去他的存在感。

第三十一章
童话笔记

记者刚才的连珠炮消失了，换上一个打头的，话筒递过去询问："请问苏公子是来接女友下班的吗？"

苏枕之的背影动了动，似乎想转过来，但是硬生生顿住了，他淡然回答："是的。"

就算苏枕之被包围，我的身边，也还是围着三五个人不肯离去，其中一人的话筒一直没离开我嘴边，不怕死地问："请问看到苏先生来接你，你心里有什么感觉？"

感觉，我僵硬的四肢好像有了些活力，漠然看她一眼。看到不知突然哪来那么多记者，围得人越来越多，苏枕之的身影被遮得差不多，攻势却丝毫不减地愈演愈烈。

他们只要新闻，因此我周围的这些记者都开始兴奋。

有股怒气忽然从我心头升起。

我排开那些记者，把他们的手臂统统推掉，扭头往公司里面走。所有人都没走，当我一进去，好像有种奇异的默契骤然沉默下来。

何小双，理所当然又坐在一堆人中间闲话唠叨。

那一刻我什么都顾不得了，我盯着她，目不斜视朝她过去。

何小双咪地笑出声，惯性似的开口："看吧，大名人果然有记者来堵了，真是没猜错。"

我听不到她说什么，周围的什么人看我什么都不管了。到她跟前，眼中只有她那张脸。

我抬起手，狠狠抡了她一巴掌。

我觉得浑身的气都出了，手底下落到了实处，感觉真是不同。

第一次打人，何小双的脸上迅速红肿起来，呵，没想到劲道够了，真能有如此立竿见影的效果。

我以为以前电视上演的，都是骗人呢。

我发现什么话都能说出口了，没有该死的顾忌该死的畏缩，我冲着她道："有句话你说的不错，这个世上物以类聚人以群分，你和你男朋友、你们，一个无耻一个不要脸，都是 略货色。这话不假。"

何小双，温柔妹妹霍地站起来，凶相毕露，尖叫道："你疯了？！！"

我冲她咬牙，笑出来说："你喊什么，你恨不能把记者全都引来是不是？"

是疯了，这份工作我也没办法再干了。

她吃惊地看着我。

周围落针可闻，我直视着她的眼睛，忍着不断颤抖的双手说道："你管好你的嘴，也请你转告你的男友，叫他也闭嘴！各家自扫门前雪，我怎么样实在不需要你们两个来多心、拜托你们二位，积点口德！"

一口气说完这些，我血液冲脑门，颤得几乎冷静不下来。我气红了眼，眼前却一片模糊。

艾咪咪站起来好像要说什么。

我转过身，再快速地离开这里。都到了门口身后才传来何小双尖叫:"有没搞错?!又不是我们把记者叫来……"

出了门我大口呼吸了好几下,心里对她和宋哲宇这一对的厌恶达到顶点。

是不是她叫的,只有鬼知道。

天上下雨地上滑,本来是各自跌倒各自爬,那个女人,受够了那个女人的冷嘲热讽了。

人人都庸俗,不过是碌碌凡尘的男男女女,但原来真有那种把庸俗到底当高贵样的可怜女人。没得让我厌恶了这么久。

世上无完美的人。

还有一部分人,有很多人,不是不清楚自己的毛病,她们也常常自省,可是却改正不了。不知道是自己本身不够,还是哪里出了问题。

永远生活在自己生活圈子的人,没办法去融入另一个相差过大的圈子,因为树高千丈,叶落归根。

我突然好想念家。

虽然我那位娘亲才狠骂过我,用尽重重刻薄语言攻击我,可是我此刻孤立无援,想的,还是想回家。

这世上有很多的生活圈子,有很多种生活方式,每个圈子里都会有很多人。然而当你在其中一个圈子长大,生命中就会有再也抹不去的烙印。

也许我最错的,就是贸然踏进别人的生活圈,结果只能被排斥。

除了年少轻狂那会儿，我从来都没有这么雷厉风行过。我买了火车票，在没人发现的时候，打包了行礼，坐火车逃了。

人有时候做事，并不都需要细想，因为冷静下来会让你怯懦，会让你瞻前顾后，只有凭借那一时冲动，才有足够的勇气。

看，我多了解我自己。

还没到年关，所以我可以轻易地买到随便什么时候的火车票，火车行程是那样的慢，所以我到一半就后悔了。我发现人都有个贱脾性，当你决意离开的时候，脑子里满满的都会是那个人的好，同时还有你自己的不是，越想就越是折磨。

我挤在一堆杂乱行礼中间，听几个民工在那里高谈阔论，烟味充满着整个车厢，为了怕被注意我一直拼命埋着头。我的喉咙里始终隐隐在疼，堵住那里的东西几个小时也没有消散。

我的手机在我持续不断的蹂躏下终于没电了，中途换的长途大巴走到一半居然轮胎爆胎熄火，当司机查探半天，说可能我们今晚需要露宿在旅店的时候，我简直有种恨不得把眼泪从身体里掏出来往盆子里扔的难受感。

虽然最后还是没有在外面过夜，但大巴在半夜中颠簸前行，我还是感到一阵阵的胃里抽痛。想这就是难过到极致了。

我想我还是太年轻，以为什么都很轻易，我想我还是太自傲，总以为自己什么都能适应，什么都能接受。可实际上我不止不能够适应，甚至连普通人接受事物的水准都没有。

我曾经还那么藐视家中束缚我的规矩，我活该狼狈不堪。

第三十一章
童话笔记

难不成其实还是爹妈最了解我,他们逼着我嫁百万男,不过也是考虑了我本人的接受程度。真给我找一个好到天上的金龟婿,我还不知变成什么德行。

做白日梦是要有代价的。

我历尽千辛万苦,中间转了两次车,才终于看到我的家门,我反应过来的时候,其实我已经在路上度过了两天。

两天来我没睡觉,已经头昏脑涨随时可能晕倒,我拖着行李箱。迈过好几个楼梯,站在熟悉的门前,我伸手敲门。

差点连敲门力气都没有,所幸门很快就开了,站在里面的是我老妈。

我本来想着,我一进屋,一定要先哭,把这段时间的憋屈先扫除干净,我想终归血浓于水,老妈看我可怜,说不定什么都不会再问。

至少,我本来还想着,起码先让我吃上一碗馄饨面,喝一口热乎乎的热汤。

我的想法是很好的,可是里面传出我熟悉无比的声音喊我:
"沐白?"

我瞬间感到我仅剩不多的气力都涌到我脑门上了,老妈身后,苏枕之焦虑的脸色和带着一身隐约的沧桑出现在我的视线中。

我和他对视良久,苏枕之微微笑着,眼中流露出好像失而复得的某些忧愁。

老妈红着一双眼看我,终于沙哑地开口:"人家苏先生得知你不见了,连夜坐飞机赶过来,怕你又不在家……"

老妈那种十分沙哑的声音穿入我耳里,深沉的情绪,带起恍如隔世的感觉。我本来以为到家能好好清醒的大脑,却在进家门的这一刻彻底当机。

就是经历千般大难以后,一切回到原点充斥了哀怨的喜感。

是这样吗?……我脑海中迷惑地一片,吃苦受罪我颠簸了两天两夜,结果还没人家坐飞机快。

我一口气卡在喉咙,眼前一黑,昏过去了。

再次醒过来的时候,映入我眼帘的是最熟悉的场景。我睡在家中自己的房间里,身下翻来覆去,是睡了多年的大床。我觉得骤然从云端上,安然落地了。

老妈坐在床头,眨巴着眼看着我。温馨得让我都感动了。"醒啦。"她问我。

其实老妈不骂人,不逼迫我做事的时候,她还是正常的慈祥的母亲。因为这种情况比较少,所以偶尔出现一次,我就格外感动。

她叹了一声:"饿了吧,这儿有粥。"

我眼睛盯了她很久,鼻端早已闻到床头的香气,转眼果然看见一碗小米粥,还冒着热气。我爬起来,老妈就帮我垫枕头,把粥递给我。

我饿得两眼发晕,一言不发狼吞虎咽吃完。老妈在床边才

第三十一章
童话笔记

叹着气说下去,"小苏那孩子……唉,我才知道了,原是小时候我们家认识的,一开始,我们是真不知道你新男朋友竟是那家的儿子……可太巧了,不是太稀奇了吗?"

她垂头默默说着,我喉咙里卡着最后一口粥,这番话我没听明白,但好像感觉出了一点,我千方百计没能打动铁石心肠的老妈,倒是苏枕之先打动了她。

这真是亲闺女不亲,比不上别人吗?

老妈那神情好像又想说什么又说不出来,总之一个词,复杂。话说我从来没见过她这样神情,好像也拿不定主意地犹豫着看我。

内心因她这种神情颤了颤,我垂下头,低声道:"妈,苏枕之呢?"

老妈眼神闪烁看了看我,她欲言又止,半天才说:"小苏让我先劝劝你,他先去了别处住……唉,留他也留不住。"

听她好像无限惋惜,这种不是装的。我看向她,惊怔:"妈,你……"

老妈避开我的眼神,看着一旁沉默下来。她一连几叹,叹出了不寻常的意味。她的这个态度,对那个马年俊和其他任何人都没有,骤然奇怪了起来。

老妈站起来:"我不坐了,一会儿午饭好了,再来叫你吃。"

我睡了一整夜,从旮旯里掏出我的充电器,刚插上电,手机就猛烈震动了好大一会儿,十几个未接电话,十几条未读短信。

我难以一个个去翻，有苏枕之的，也有宁优优的。我走时谁也没告诉，直到看到这些消息，我才觉得眼睫湿润。才觉得因为我的懦弱，让别人尝受苦楚，实在不应该。

不知过了几许时候老妈来叫我，我放下手里的一切穿上鞋走出门，连印象中我以为一定会对我拉下脸子，严肃严厉的父亲都没什么太大表情，饭桌上看见好几道我过去爱吃的要死的饭菜，吃饭的时候旁边母亲拼命给我塞菜。

故事都说菩提树下能顿悟，真的好像是突然想通了一般。

"我想去见见苏枕之。"我抬起头，嗓子略哑，问对面的爸妈，"你们知道他住在哪儿吗？"

爸妈面面相觑一会，还是老妈赶紧道："就附近的国航宾馆，离我们家不远。"

我略点头，闷声快速吃了饭，然后去照镜子，看见自己两颊凹陷，几天没洗的头发油腻得恶心，我问老妈有无热水，自己又去厨房烧了一大锅，烧好后倒进面盆中，把脸和头发都洗了个干干净净，做完一切，我掏出吹风机吹头发。

老妈在门口看着我，吞吞吐吐又开始了："我们家是普通家庭，小苏他家确实是大富之家……我看小苏他对你的心也实诚……沐沐，你俩以后怎么样，总之，我和你爸总是希望你幸福，一切你自己觉得合适就行……"

看得出为了表达清意思，她已经努力在思考措辞，二老许久没有这么通情达理，我捧着毛巾对着镜中的脸，看来苏枕之

第三十一章
童话笔记

空降我家这种意外,也是一时把他们震住了。

我伸手去抓脖子,却不小心把戒指扯出来了,一时又是一凝。

老妈尴尬地站在门口的时候,我家门铃响了。

老妈赶紧跑去开门,而我好像福至心灵一般,立刻跨出洗手间的门,看着老妈把大门开了。

我脸一热,赶紧又缩回去。

我听苏枕之轻柔地说道:"伯母,你好。"

老妈一边说着"快进来",一边侧过身,好像要往我这儿望。

"沐白……在吗?"

"哦哦,她刚起了,在,在屋里呢……"

原来老妈不是不会温柔说话,只不过她分对象。我觉得在苏枕之面前,她好像也带了点谨慎,就和我的感觉一样,不由自主就带了这种感觉。

我慢慢腾腾从洗手间出来,一眼看到沙发上坐着的苏枕之,我才愣住,他双手交握,看上去,而他好像更加紧张局促?

老妈正犯愁,看见我就把我推了上去。"你们聊吧。"

苏枕之抬头,我低头。

发现有些人就是兜兜转转回到了原点,每回见他,我心里某一块总是揪着,总是感觉到不真实,我跟他好像永远都不能站到一起。

我在心里画了一道屏障,现在想来,明明我和苏枕之都不愿意,我却始终无法走出来。

"苏枕之。"

我看见他眼里有一圈淡淡的红丝,我想着他这几天的焦急,彷徨。我睡得昏天黑地,而他怕是一点没睡着。

我忍住眼泪:"你怎么来了?"

苏枕之从我出现就盯着我,喉头动了动:"沐白,我、怕你出事……"

我胸口发闷,有点燥,很多话都堵在我喉咙口,难受得要死。下意识按住脖子,我看着他哑声说:"我们去阳台说罢。"

苏枕之慢慢走到我跟前,靠着我肩,那种亲密的感觉好像又回来,我愣愣看着他。他露出笑:"带我去。"

我忍住心里翻涌的百味,慢慢抱着他的手走,听他站在阳台边说:"这是我第一次来你家,真的很漂亮。"

我低头沉默,苏枕之,你一点都不生气么,我做了这么多没心没肺的事,甚至无视你的好意,我做了这么多连自己都看不起的事,你怎么就能不生气,还能若无其事地跟我说话?

他忽然道:"沐白。"我震了一下,打眼看他。

看他眉眼绽出笑,盯了我良久才好像犹疑地说:"沐白,我想知道,你想通了吗?"

我看着他几乎说不出话,我不知道自己做了这么多不能原谅的事,他居然还在乎我有没有想通。明明他什么错都没有,却总是心甘情愿顺着我。哪怕,我不告而别之后。

我不知道我何德何能,我知道我不配,只是我现在还是难受得要命。我终于看着他开口:"苏枕之,有句话,我很想,很想现在就跟你说。"

苏枕之没言语。

我怕自己把勇气漏了,一个劲儿往下说:"对不起,我好像,一直在给你各种各样的烦恼。"

苏枕之扳过我肩膀,我固执地低着头不抬,顿了顿,他的声音就绵绵地传入我耳朵:"不要这么说,无论你信不信,沐白,你从来没有给过我任何烦恼。"

我鼻子酸涩生硬地说:"苏枕之,你喜欢我这样的?"

苏枕之眸光有些飘移,过了好一会儿说道:"沐白,我也说一个吧。"

时间好像凝固了,我不知道苏枕之要跟我说什么。那一刻有种惶恐,那些言情电视剧上好像无论女主怎么闹腾,那些个围在身边的男人们都是深情无悔至死不渝。可是生活中要是碰到个女的那么闹腾,十之八九都是要讨人厌的。

我惊恐地等着他的下文,一边做好了为自己无理取闹埋单的准备。

他缓慢凝视我:"一直以来,我最怕的,就是你不相信我喜欢你。"

我再也没有逃避的理由,这样太累,我抱着他就哭,声音扯得我老爸老妈从厨房直接奔出来,这段时间我是怎么样的折腾自己,干了这辈子最蠢的事,难过得我嗓子都要冒烟了。

苏枕之任我哭，不停顺着我后颈，另一手竟然也从脖颈里倒腾出一只对戒，"那，你现在还愿意吗？"

　　我克制住喉头的哽噎，说出心底那句话："只要你不觉得我不配，我愿意了。"

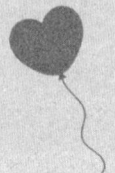

尾声 平淡生活

宁优优轮番轰炸的电话锲而不舍地追来,我摸了摸眼睛,接起听她连珠炮气急败坏的声音:"你去哪了?柳沐白,你人呢?!"

我想我不告而别,却还有这么个朋友关心我,我该是个混蛋。

我用一种非常缓慢、非常舒缓的低沉语调向她叙述了过程,说的时候,有种自己整个人也都把历程走了一遍的感觉。

我对她简明扼要说了情况,"都挺好的,没事,苏……苏师兄也来了。"

我以为我说出苏枕之能让她放心,她咯噔冒出一句:"你回家了?"

我从嗓眼里挤出一个字:"嗯。"

她又难以置信地吼:"那你之前都是在干吗的?手机也不开,躲起来冬眠?"

冬眠不是,估计是冷静吧……我默然。人都需要一个人冷静,是不。

宁优优说道:"你终于知道,以前都是你自己作了吧。"

是啊,作,换了从前我简直条件反射要恶心这个词,我总觉得我是最讲理最通情的人,可惜我这个时候还能说什么呢。

刚刚一番自我内心剖白简直都快成我的罪己状了。

我反过来还知道要关心关心朋友,这个才是正经。宁优优在我心里总一副御姐的形象,自己困难重重的时候都会主动关心别人,其实她的处境又哪里好。

"优优,你这两天怎样?"

宁优优沉默了一下,说道:"还能怎样,老样子。担心你担心死我了!"

她总是能让我如此的愧疚,在一句话之间,我耷拉下眼皮:"过两天回去看你。"

"过两天?"她叫嚷起来,"难道你还不过完年回来?"

我朦朦胧胧已经忘记了真实年月了,扫一眼日历,恍然一惊,这都什么月份了……

宁优优道:"听你语气也没忧伤得要死,那看来是苦尽甘来了。我说,都到了这份上,苏师兄是不是求婚了?"

我没好气笑道:"听你的语气也挺元气十足的。看来也没大事了。"

她顿一顿:"那自然,我这边没什么事,你好好过年吧。我说,你家地址我还不清楚,告诉我吧?"

我疑惑道:"你要我家地址做什么?"

我跟宁优优是多媒体上发展出来的感情,革命友谊持续至今,始终都带着一抹神奇色彩。

她不耐烦:"朋友做到现在,问你地址不行啊,快告诉我。"

我道:"要不一会儿发给你。"

她表示同意。

我躲着打完这一通电话,从洗手间里闷出来。可怜我今天已经闷里面三次以上了,除了这地方竟没一处安全基地。

晚饭整了一桌子菜,老妈穿着围裙满手的面粉,看了这一桌子菜我也尴尬,苏枕之更是如此。站在桌边就开始伯母伯母的道谢。

不知是否因为不自然,苏枕之极快速地吃完了饭,就道别到客厅去了。

等我也吃完,老妈就催促我带苏枕之出去走走。

其实我是不知道有什么好走的,但看二老的神情,又看沙发上苏枕之明显不太自然的模样,想想,还是上前拉他,把他拉出了门。

老妈总认为闷在家里会闷坏了,我拖着苏枕之去楼底绿茵草坪逛。出了门才觉得,我手里握着的,他的臂膀才稍稍放松下来。

这么说刚刚在屋子里,他真的是紧张的?

我内心有点接受不能,朝他看了看,他也朝我看了看。半晌,冒出一句:"本来看你一个人跑去洛城那么远的地方,以为伯父伯母不疼你,现在看来不是这样。"

没想到他会说出这么一句让我噎住的话,让我为难住。本来我瞪着他的目光也收回,老爹老妈在外人面前都是和和美美恩爱好夫妻,其实当初我离家也不完全算他们逼的,主要还是因为……

我冲苏枕之僵硬笑了笑:"他们大多数时候还是很好的。"

苏枕之看着我,脸上慢慢露出笑:"父母都这样,有时候会比较不讲理,忍忍就过去了。也别较真。"

说得真好,不愧是讲师,每一句都像在教育人。

我抬头,意外地看见一个人直挺挺走过来,就见他那眼睛像是望着我,直勾勾盯着。可是当我顿住脚,也盯着他的时候,他偏偏面无表情地走过去了。那一瞬间我产生奇妙的违和感。马年俊,我居然看见了马年俊?!

"那是谁?"苏枕之在耳边问。

我脑中也停滞了片刻,有些心虚地低头:"没谁。"

没想到苏枕之不打算放我过关了,手握着我另一边肩膀往前走,我再抬眼的时候正好见他眯起了眼,嘴角含着一丝笑,问我:"沐白,你当初是因为什么到洛城的?"

我肩膀僵硬起来,哪壶不开提哪壶,怎么说的全是禁忌话题。

我道:"你问这个干什么?"

苏枕之勾唇轻笑:"想知道,不能告诉我?"

我鼓足勇气拍掉了他的手,瞪眼:"每个人都是有秘密的,不知道吗？"

苏枕之半张着嘴，忽然一笑："好吧。"

我心虚地揣着不能说的"秘密"转身，决定逛完公园就回去，他拉住我的手，又把我扯回去，跟他同一步调。

我尴尬道："你不要我在前面带路？"

他坦然："不用，这条路我很熟。"

我狐疑，问道："我妈说你是'他家的'的孩子，好像认识你，真的吗？"

苏枕之一本正经："我也有不能说的秘密。"

我："……"

所谓搬石头砸自己的脚，就是这意思了吗？

苏枕之蓦地露出狡黠一笑，伸手把我拉入怀中。温暖的气息瞬间将我包围，我突然就身体每一寸都放松了。

我是一只胆小的鸵鸟，但也许这个男人一直以来带给我的，就是所谓的安全之感。

我听到他低低而温柔地说："但以后，我们没有秘密，坦诚相待，共度此生。"